Oscar bestsellers

di Fabio Volo

nella collezione Oscar

Esco a fare due passi
È una vita che ti aspetto
Il giorno in più
Un posto nel mondo
Le prime luci del mattino
Il tempo che vorrei

FABIO VOLO

UN POSTO NEL MONDO

OSCAR MONDADORI

I edizione Arcobaleno febbraio 2006
I edizione Oscar bestsellers giugno 2007
I edizione Grandi Bestsellers ottobre 2008
II edizione Oscar bestsellers settembre 2013

ISBN 978-88-04-63550-5

Questo volume è stato stampato
presso ELCOGRAF S.p.A.
Stabilimento - Cles (TN)
Stampato in Italia. Printed in Italy

www.librimondadori.it

Un posto nel mondo

A Greta

In ogni cosa ho voglia di arrivare
sino alla sostanza.
Nel lavoro, cercando la mia strada,
nel tumulto del cuore.
Sino all'essenza dei giorni passati,
sino alla loro ragione,
sino ai motivi, sino alle radici,
sino al midollo.
Eternamente aggrappandomi al filo
dei destini, degli avvenimenti,
sentire, amare, vivere, pensare
effettuare scoperte.

BORIS PASTERNAK

Intro

Sono in una clinica. Seduto su una sedia scomoda in una sala d'aspetto che guarda sul cortiletto interno. Tutto è tranquillo. Silenzioso e pulito.

Francesca è a pochi metri da me in un'altra stanza. Sta per partorire nostra figlia. Alice. Sono emozionato. Sono preoccupato. Penso a loro e penso a me. Francesca è la donna che amo. È un arcipelago. Un insieme di meravigliose isole che io, navigando nelle loro acque, visito in tutte le loro delicate forme. Di lei conosco ogni piccola sfumatura, ogni minuscolo dettaglio. Conosco i suoi silenzi, la sua gioia. I suoi mille profumi, l'ombra dei suoi baci, la carezza del suo sguardo. Amo la rotondità della sua calligrafia. La luminosità delle sue spalle nude e il suo collo a cui ho sussurrato i miei più intimi segreti. Sono incantato dalla capacità che hanno le sue mani di creare attimi di eternità dentro di me. Adoro i territori dove mi conduce quando mi abbraccia. Territori che conosco pur non essendoci mai stato. E nonostante tutta questa conoscenza riesco ancora a emozionarmi e a regalarmi istanti di stupore. Lo so: sono sdolcinato, stucchevole e patetico, ma non posso farci niente. Credo sia la conseguenza naturale di quando si incontra finalmente il piede che calza alla perfezione la scarpetta che tengo in mano da anni.

Francesca ha detto di amarmi e io le credo. Non solo perché lo dice, ma anche perché lo avverto in tante cose, nei piccoli gesti, nelle attenzioni che lei non sa nemmeno di fare. Di questo è totalmen-

te inconsapevole, così come il mare non sa di chiamarsi mare. Mi accorgo che mi ama anche dal fatto che quando sto con lei ho spesso voglia di fischiare e canticchiare. Qualche ora fa stavamo passeggiando per strada vicino a casa. Ci regaliamo spesso questi momenti. Passeggiare insieme la notte ci fa bene. Parliamo di noi, e di come viviamo questo appuntamento importante della vita. Condividiamo il nostro sentire. Quando viviamo un momento che ci emoziona, ci chiediamo a vicenda di farci una domanda su quell'istante per aiutarci così a preservarlo meglio nella memoria. A volte invece passeggiamo senza parlare.

Amandoci abbiamo spesso buoni motivi per stare in silenzio. Non passeggiamo solo ora che Francesca è incinta, lo facciamo da sempre. Soprattutto d'estate perché ci piace sentire il suono delle TV uscire dalle finestre. A volte rimaniamo un po' ad ascoltare i programmi e a vedere le ombre e la luce che i televisori proiettano sui muri. Questa sera ci siamo fermati di fronte alla panetteria vicino a casa. È una notte di maggio e le TV ancora non si sentono. Di fianco alla panetteria c'è il forno. Sull'altro lato della strada c'è sempre una sedia. Serve a tenere occupato il parcheggio per quando devono caricare il pane. Mi sono seduto con Francesca in braccio. Tutto ci accarezzava: la luce del mattino che stava arrivando, il vento, il profumo di pane, i rumori di chi lavorava. L'ho guardata negli occhi, quegli occhi con cui da tempo anch'io vedo il mondo. L'ho annusata sul collo come un marinaio annusa il profumo del mare al mattino. La sua pancia ha iniziato a muoversi. Tornando verso casa, Francesca ha sentito che forse era arrivato il momento, e siamo venuti qui. In questa sala d'aspetto penso alla mia vita, a come cambierà, e cerco di capire cosa significhi avere un figlio. Per sempre.

Ripenso a tante cose della vita prima di adesso. Per esempio, alla facilità con cui potevo prendere uno zaino e partire.

Questa bambina, io e Francesca l'abbiamo voluta, tuttavia quando mi ha detto di essere incinta ho pensato: "... aiutooooo! No-cavolo-aspetta-ancora-un-attimo-non-so-se-sono-pronto-cioè-lo-voglio-ma-sarò-in-grado? Posso-avere-ancora-quarantotto-ore?".

Mille paure cadute dall'alto come scatoloni in un magazzino.

Un secondo dopo questo pensiero sono stato invaso da un'emozione talmente forte che mi sono dovuto sedere in macchina. Stavamo ballando nel parcheggio di un ristorante quando mi ha dato la notizia. Ero talmente felice che per esserlo di più avrei dovuto essere due persone. Dal giorno dell'annunciazione Francesca è diventata ogni istante più bella. Ancora oggi rimango spesso incantato a osservare la luce che abita in lei.

C'è stato un giorno, verso il settimo mese di gravidanza, mentre stavamo facendo l'amore, che ho proprio visto il suo viso diverso. Sembrava una bambina. Vibrava. Assomigliava al mare.

Quando penso che il corpo di una donna ha la capacità di generare un altro essere umano mi sento così piccolo. Lei mangia e il suo corpo come un laboratorio crea una persona. Come si chiama questo miracolo? Ah... donne. C'è qualcosa di più bello al mondo che una donna non lo contenga già in uno sguardo? E poi che strano fare l'amore con una donna incinta. A parte i seni enormi che sembrava volessero esplodere, la cosa più insolita era sentire quella pancia dura tra i nostri corpi. Io avevo sempre paura di schiacciarle tutte e due, le mie donne. Facevo l'amore con Francesca in maniera delicata. Quando stava sopra di me, riuscivo a vederla in tutto il suo splendore. Che visione. Anche se ci piaceva soprattutto farlo stando su un fianco, con me abbracciato dietro di lei. È stato soprattutto in quei momenti che ho fatto quelle confidenze intime al suo collo. Mi piaceva tenere la mia mano sulla sua pancia e abbracciarla. A volte sentivo Alice muoversi. Nei primi mesi, quando la pancia iniziava a vedersi, facevamo quasi fatica a fare l'amore. Ci sembrava di violare qualcosa di sacro. Poi invece c'è scoppiata un'irresistibile fame di noi e tutto era amplificato. La pelle sorrideva a ogni piccolo tocco.

Conosco persone che già da adolescenti sognavano di sposarsi e avere dei figli. Io e Francesca non siamo sposati e fino a qualche anno fa io non avrei mai pensato di fare questo passo, perché non lo sentivo come una cosa che potesse appartenermi. Ma la mia vita negli ultimi tempi è cambiata in maniera radicale. Ha preso un'altra direzione. Io sono cambiato. Non sarei d'accordo quasi su niente con il me di qualche anno fa. Se lo incontrassi adesso, difficilmente diventeremmo amici intimi. Forse non mi sarei neppure simpatico.

Ora Francesca è di là. Non assisto alla nascita. «Agli appuntamenti con chi si ama è bello anche aspettare un po'» le ho detto uscendo dalla sala parto. In realtà mi sono allontanato solamente un attimo, perché devo scrivere una cosa.

1
Dai da bere ai ciclamini

Mi chiamo Michele, ho trentacinque anni e non saprei dire esattamente che lavoro faccio. Ho scritto un libro circa un anno fa e anche se non è stato un successo non è andato male, e comunque mi ha permesso di firmare un contratto per un secondo. Prima di scrivere il libro lavoravo come giornalista nella redazione di un settimanale. Anche se non in maniera fissa, scrivo ancora qualche articolo, soprattutto interviste. Sono quello che chiamano un free lance. Diciamo che questo è il mio lavoro principale, ma durante l'anno mi capita di arrangiarmi con altri mestieri secondari. Arrotondo e rendo diverse le giornate. Per quanto riguarda gli articoli, mi occupo io di ogni cosa. Chiamo chi devo intervistare, fisso l'appuntamento e tutto il resto. Consegno il pezzo già finito. Pronto da impaginare.

Scrivere un articolo ogni tanto, intervistando chi voglio, con i miei tempi, ha reso il mio lavoro migliore. Quando avevo l'obbligo di restare in redazione tutto il giorno, con una serie di regole e di orari da rispettare, le cose andavano peggio. È una cosa che non ho mai capito: avrei potuto fare il lavoro in metà tempo, ma se lo avessi fatto mi avrebbero dimezzato anche lo stipendio. Quindi fingevo. Per anni sono stato il re del solitario sul computer dell'azienda. Oppure gironzolavo su internet e andavo a vedermi le agenzie immobiliari che mettevano le foto degli appartamenti in affitto. La mia città preferita era New York. Nei giorni di vera noia cercavo una casa a Manhattan e, quando la trovavo, fantasticavo un po' facendo finta di abitare lì. In quegli anni di lavoro ho abitato mezzo mondo.

«Scusi infermiera, sa dirmi qualcosa?»

«Siamo ancora all'inizio, stia tranquillo, appena succede qualcosa vengo io a informarla...»

Io e Francesca abbiamo anche rischiato di perderci. Nel senso che da quando ci siamo incontrati a oggi, che stiamo diventando genitori, ci siamo lasciati.

Praticamente sto avendo una bambina con la mia ex.

C'è chi dice che non bisogna tornare con gli ex perché la minestra riscaldata non è buona... Beh, non hanno mai assaggiato Francesca. A parte il fatto che a me il cibo riscaldato piace da matti. La pasta al forno, la polenta, il minestrone, perfino la pizza... sarà questione di gusti.

La prima volta che ci siamo frequentati non eravamo in grado di amarci. Eravamo come due persone che hanno tra le mani lo strumento che amano, ma non lo sanno suonare. Poi abbiamo imparato.

Il problema reale nel nostro modo di amare consisteva nel fatto che in fondo eravamo due persone che non avevano molto da dare. Le relazioni servivano a farci sentire meno soli, ci aiutavano a difenderci dalla nostra tristezza. Insomma, io per esempio ero un uomo che cercava la donna della vita perché in sostanza non avevo una vita. Questa è una frase che mi aveva detto Federico: "Non devi cercare la donna della tua vita, ma una vita per la tua donna, altrimenti cos'hai da offrire? Cosa metti in tavola?".

Fede è una delle persone alle quali devo questa paternità. Gli devo la mia rinascita. E anche Francesca gli deve la vita. Senza di lui non so se ci saremmo ritrovati, ma soprattutto se mi sarei mai ritrovato. Forse avrei continuato a navigare alla deriva senza nemmeno accorgermene. Federico mi ha salvato.

Ci siamo conosciuti in prima media. In quel periodo della vita in cui cambi scuola e amici e hai un po' paura. Vorresti ancora i compagni che avevi alle elementari. Il primo giorno quelli nuovi hanno tutti una faccia strana. Sempre.

"Ma chi sono questi qui? Da dove vengono? Non saranno mai miei amici come quelli di prima, con queste facce."

E dopo solo un mese, quelli delle elementari neanche te li ricordi più. Federico era di quelli che, a prima vista, non sarebbe mai diventato mio amico. Non mi era neppure simpatico e infatti, come regola vuole, non essendomi piaciuto subito e non essendo piaciuto subito nemmeno io a lui, siamo diventati inseparabili. Lui era figlio unico e io avevo una sorella con cui parlavo poco; praticamente io e lui siamo diventati fratelli.

Spesso la sera invece che andare a dormire dai miei nonni andavo da lui. A tredici anni abbiamo fatto il giuramento di eterna amicizia appoggiando le nostre mani sulla pigna di cemento della casa diroccata.

Era una casa disabitata tutta distrutta che aveva sul tetto nella parte frontale una pigna di cemento. La casa andava a pezzi, quindi salire sul tetto per fare il giuramento richiedeva una grande prova di coraggio e dimostrava quanto ci tenevamo alla nostra amicizia.

Scendendo io sono scivolato e mi sono fatto un taglio sotto il ginocchio sinistro. La cicatrice che mi è rimasta è la firma della nostra amicizia.

Con Federico a sedici anni ho fatto le mie prime vacanze senza la famiglia. La prima è stata a Riccione. Siamo andati lì perché ai tempi si diceva che a Rimini e Riccione si trombava di sicuro. Dopo una settimana non avevamo concluso niente tranne una sera dove lui era riuscito a limonare con una di Padova in discoteca e a infilarle una mano nelle mutande. Usciti dalla discoteca, in cambio di un cappuccio e un bombolone, mi ha fatto annusare le dita.

In quella vacanza non avevamo molti soldi e più di una volta siamo anche usciti dalle pizzerie senza pagare. Avevamo escogitato un piano. Si portavano da casa degli oggetti che non servivano più, come un portafogli o un mazzo di chiavi o un marsupio o una giacca, e si portavano a cena. Poi dopo aver mangiato si lasciavano sul tavolo e si usciva uno alla volta. Il cameriere, vedendo le nostre cose, stava tranquillo come se uno fosse andato al bagno e l'altro in macchina o cose di questo tipo. Ha sempre funzionato. Anche quando eravamo più grandi. Soprattutto nei locali dove non si poteva fumare.

A diciott'anni, freschi di patente, abbiamo fatto la nostra prima vacanza in macchina. La sua Polo amaranto. Destinazione Danimarca.

Prima di arrivare alla frontiera italiana la macchina era già un cesso. Piena di pacchettini, lattine, tabacco sbriciolato sparso dappertutto. Non esisteva ancora il lettore CD: la macchina era piena di cassette. Sotto il sedile c'erano anche un paio di custodie nere dove infilarle, ma alla fine erano ovunque tranne lì. Cassette originali e cassette fatte da noi. Quando ero piccolo mia sorella registrava le cassette mettendo un piccolo registratore portatile vicino alle casse dello stereo di casa. Si chiudeva nella stanza e se per sbaglio una persona entrava doveva rifare tutto da capo. Poi il padre di Federico ha comprato uno stereo di nuova generazione con tape A e tape B.

Si facevano una serie di cassette con le canzoni adatte per la vacanza. Quella che non mancava mai era: *Misto Vasco* oppure, nel caso di una conquista, *Lenti*. Visto che andavo all'estero non lenti italiani. Fede aveva fatto una cassetta di lenti degli Scorpions. Una delle canzoni preferite di quel viaggio, quella che cantavamo a squarciagola, era *La noia* di Vasco. Lì nessuno ci aveva detto niente sulle donne per questo appena siamo arrivati è stato quasi uno choc. Le ragazze più belle che avessimo mai visto. Lì non era Riccione, lì abbiamo trombato veramente. Evvai di Scorpions.

Tornando da quel viaggio siamo passati da Amsterdam e con noi sono venute anche le nostre due conquiste danesi: Kris, la mia, e Anne, la sua.

Mi ricordo il cartello dell'autostrada, mi ricordo che abbiamo parcheggiato, poi non ricordo praticamente più niente. Una fetta di torta e dei funghetti. Basta. Il resto della memoria in fumo.

Ricordo solamente quando in stazione abbiamo salutato le nostre due fidanzatine e ci siamo accorti di essere tristi. Ci dispiaceva veramente. Ci sentivamo innamorati e volevamo stare con loro per tutto il resto della vita. Ci siamo ripromessi che ci saremmo scritti un sacco di lettere. "*... I love you I love you I love you...*"

Non ci siamo mai scritti nemmeno un ciao.

Ho ancora le foto, però... chissà come stanno adesso?

A volte mi viene voglia di rivederle, quelle sconosciute che si trovano tra le fotografie della mia vita.

Quando aveva circa vent'anni, Federico ha iniziato a vendere e affittare case, per questo abbiamo avuto la fortuna di andare a vivere da soli presto. Un giorno ha trovato due case in affitto che erano un vero affare. Ognuno il suo micro appartamento, perfetto per grandi feste qualsiasi giorno della settimana. Qualsiasi giorno tranne i mercoledì, perché la sera del mercoledì c'era l'appuntamento fisso da me per la partita a Subbuteo.

Pochi i motivi per cui si poteva richiedere il rinvio della partita:

– malanno grave improvviso;

– frattura al dito;

– sesso certo con una ragazza (solo se mai trombata prima);

– terremoto sopra il sesto livello della scala Mercalli;

– incapacità di reggersi in piedi a causa di una sbronza inaspettata all'aperitivo.

Insomma... siamo stati inseparabili fino all'età di ventotto anni, poi lui ha preso una decisione importante che ci ha allontanati. Gli ultimi anni, prima di separarci, vivevamo sempre nello stesso modo. Lavoravamo di giorno, qualche uscita serale durante la settimana, venerdì e sabato autodistruzione alcolica, la domenica più che altro serviva per recuperare. Quando ci andava bene si rimorchiava, altrimenti... pugnette! Devo dire che con le ragazze avevamo un discreto successo, lui più di me.

Insomma, sinceramente non è che nella vita si facesse molto di più. In quella routine ci sentivamo al sicuro. Tutto era conosciuto e così potevamo avere il controllo su ogni cosa. Si mangia qui, si beve l'aperitivo lì, si va in discoteca là. *No problem*. Pilota automatico. Per me era il massimo. La stabilità mi ha sempre fatto stare bene, almeno apparentemente.

Poi un giorno ecco l'imprevisto. Dopo il solito aperitivo e la solita cena, invece di andare in discoteca io e Federico siamo tornati a casa sua, perché lui non aveva voglia di stare fuori.

Quella sera a cena non aveva praticamente mai parlato. Ha passato la serata picchiettando il coltello sulla bottiglia dell'acqua. A un certo punto gliel'ho anche spostata, ma lui non mi ha nemmeno guardato, non ha detto niente e dopo un po' ha ricominciato con quella del vino.

Arrivati a casa sua abbiamo preso due birre e ci siamo seduti. Io sul divano, lui sulla poltrona. Qualche commento su chi avevamo visto in piazza, qualche pettegolezzo stupido su un paio di tradimenti che erano ormai sulla bocca di tutti, poi lui è tornato a essere silenzioso. Fissava la bottiglia di birra mentre cercava di staccare l'etichetta con l'unghia. Gli ho chiesto se c'era qualcosa che non andava. Al momento ha risposto che andava tutto bene, poi, dopo un attimo di silenzio, ha iniziato un lungo monologo, come fosse impazzito o posseduto.

«Quale sarà la nostra cosa? Io la mia non ho ancora capito qual è. Ho la sensazione di essere qui su questo cavolo di pianeta per fare qualcosa di importante, ma non riesco a capire cosa... Tu sai come si fa a capire qual è la propria cosa? Boh... mi sembra che sto buttando via la vita. Ieri avevo sedici anni... *boom*, oggi ne ho ventotto.»

«Quale cosa, scusa?»

«Ma sì, dài... la propria cosa, la propria chiamata, il proprio talento o capacità da esprimere. Insomma, quella roba lì, quella cosa che ognuno ha e che ci rende diversi dagli altri, il motivo di questa mia presenza, il senso della vita, che cazzo ne so...»

«Oh... ma che c'hai messo nella birra, il pongo fuso? Che c'hai la crisi dei trent'anni a ventotto?»

«Mah... non lo so. Te l'ho detto, sento che devo fare qualcosa di grande, forse non per l'umanità intera ma per me, qualcosa di straordinario per la mia vita, anche se non ho ancora capito cosa. So solo che sono stufo e dentro di me sento una forza che spinge, ma io non riesco a liberarla e così finisce che qualsiasi cosa faccia alla fine mi annoia.»

Ha fatto una sorsata di birra, si è passato il labbro inferiore su quello superiore come fanno di solito quelli che hanno i baffi, anche se lui non li aveva, e poi è esploso: «Basta basta basta... mi sono rotto le palle, ci sarà un'uscita di sicurezza da questo modo di vivere, meritiamo di più che starcene in piazza a bere. L'abbiamo già fatto per troppo tempo, non dobbiamo commettere l'errore di rimanere qui e perderci in una vita ordinaria, già segnata. Io voglio veramente liberare quella forza prima che se ne vada, prima che finisca, che si spenga, e che renda il mio culo inseparabile dal divano».

«Mi sa che è veramente la crisi dei trent'anni a ventotto. L'ho sempre detto che sei uno avanti.»

«Vai a cacare! Non prendermi per il culo, aiutami a capire, piuttosto. Sto veramente impazzendo, oppure sono impazziti tutti gli altri? Cazzo Michele, io vendo case, niente di male per carità, guadagno anche bene, ma passo la mia giornata a dire alla gente quello che si vede aggiungendo solo *bello* o *bella*. "Qui c'è la sua *bella* vasca da bagno, qui la sua *bella* finestra, lì la sua *bella* caldaia..." Dico quello che si vede, hai mai pensato a quanto è assurda questa cosa? Mi aspetto sempre che un cliente mi risponda che non è mica scemo, che le vede anche lui la finestra e la vasca. Sii sincero, non dirmi che anche tu non ti sei rotto di fare sempre le stesse cose, vedere sempre gli stessi posti e la stessa gente. Non hai ogni tanto la sensazione che ci possa essere di più, che in realtà la vita sia di più? Gli articoli che scrivi sono belli, ma quanto ti frega realmente di quello che fai? Un paio di mesi fa hai scritto un articolo su come mantenersi in forma con gli oggetti di casa. C'era la fotografia di una casalinga che faceva gli esercizi con una bottiglia da un litro e mezzo di acqua… Cazzooooo, Michele, tu non sei così.»

«Cosa ci devo fare? Se mi chiedono di fare un articolo su quell'argomento, io lo faccio. Non sempre posso dire di no, non sono mica io a scegliere, a volte.»

«Comunque non è questo il punto, il punto è che sono io che mi sono rotto di questa vita e di queste serate.»

«Questa non è stata una grande serata e neppure una gran cena, sono d'accordo. Tu poi sei stato praticamente sempre zitto, comunque non abbiamo mangiato malissimo e abbiamo anche riso un po'.»

«Sono stato seduto di fronte a una che ciucciava una sigaretta di plastica perché voleva smettere di fumare… ne vogliamo parlare? La ragazza di Carlo ha sostenuto una discussione sul fatto che fosse importante festeggiare San Valentino. E lui la chiamava micia… M-I-C-I-A! Non è una micia: è un gatto attaccato ai coglioni. Dopo mezz'ora che l'ascoltavo mi era già venuta l'orchite, mi sono sbucciato l'interno delle ginocchia con i maroni. Ha persino detto che uno dei sogni della sua vita si realizzerà martedì, quando con il suo micio andranno a scegliere la cucina. Ma la cucina può essere il sogno di una persona di ventisette anni? Adesso vomito… Che differenza c'è tra questo sabato sera e quello scorso? Che invece di andare al Galaxy siamo tornati a casa. Punto. Ho ventotto anni e sto già vivendo l'illusione dell'autista del tram… vaffanculo! Io non mollo così presto.»

«L'autista del tram? Guarda che non stai bene… passami la birra.»

«No, tu non stai bene se non capisci! Lo sai, Michele, cosa fa l'autista del tram?»

«Mi fa sempre effetto quando mi chiami per nome. Cosa vuoi che faccia… guida il tram.»

«No, sbagliato! Sembra che guidi il tram, che sia padrone del mezzo, in realtà è uno che semplicemente frena e accelera. C'è il binario. Lui al massimo decide la velocità, ma neanche tanto, perché persino le fermate sono prestabilite e devono rispettare un orario. E così capita anche a noi: liceo, università, lavoro, matrimonio, figli, capolinea! Finisce che decidiamo solo quanto tempo metterci. Tutta la straordinarietà della vita ridotta a due funzioni: accelerare o frenare. Punto. Abbiamo l'illusione di guidare la nostra vita.»

«Vabbè, non è proprio così, sei un po' pessimista. Un sacco di volte ci divertiamo, ridiamo, non è poi tanto nera come dici... tutto sommato io non mi lamento.»

«Che schifo: "non mi lamento"... Siamo qui per spaccare il mondo e tu mi dici "non mi lamento"... Senti Michele, pensala come vuoi, ma è da tempo che io ho un fortissimo desiderio: voglio lasciarmi andare, voglio di più per me, voglio buttarmi per cadere verso l'alto. Ci sto pensando da tempo e sono arrivato a questa conclusione: perché non giochiamo un po' con la vita?»

«Non ti seguo. Che cazzo vuol dire giocare con la vita? Forse dobbiamo fare proprio il contrario. Smetterla alla nostra età di giocare e pensare a cose più concrete: che ne so, trovare una compagna, mettere la testa a posto, sposarsi, fare dei figli, magari invece dell'affitto iniziare a pensare a un mutuo. Lo sai che pagare l'affitto è come buttare via il denaro, perché alla fine non hai né una casa né i soldi? I nostri genitori a questa età avevano già dei figli. Magari è questo che ti agita, il fatto che a ventotto anni non abbiamo ancora fatto qualcosa di concreto. Una sorta di orologio biologico al maschile. Se fossi una donna, forse adesso vorresti un figlio.»

«Eh sì, ho la crisi dei trent'anni a ventotto, e la crisi delle donne da uomo... E chi cazzo sono, un esperimento genetico? Certo che dobbiamo fare le cose che hai detto, ma non si può partire da lì, non si può mettere le scarpe e poi le calze. Io non sono contrario all'idea, ma ci sono un tempo e una stagione per tutto. Guarda Maurizio, per esempio. A ventisette anni è uscito da casa dei genitori e si è sposato con Laura. Cazzo, ma vedere il mondo prima, no? Tutta la vita in un chilometro quadrato. Che tristezza è? È uscito da una casa per entrare subito in un'altra come un malato che cambia reparto. Tra l'altro si è sposato con una che era già stata con tutti noi. Qui le donne sono come le palline del flipper: prima con uno, poi con l'altro, e prima di sposarsi e andare in buca hanno già toccato tutti i bordi. Non sono contrario alla casetta, alla macchinetta, all'ufficetto, alla fidanzatina...»

«Beh, se dici "casetta", "ufficetto", "fidanzatina", un po' sei contrario, perché con il diminutivo stai già prendendo per il culo. Comunque, se lui l'ha incontrata sotto casa perché doveva fare il giro del mondo? Magari dici così perché tu non hai trovato quella giusta.»

«Vabbè, dimmi che la pensi davvero così, che pensi veramente quello che mi hai detto e smetto immediatamente di parlare con te di queste cose e parliamo di fica. Dico solo che ci deve essere qualcosa da fare di più grande.»

«Senti Fede, la cosa più grande che posso fare è tornare a casa.»

«Cerca di capire ciò che voglio dirti. Se guardo il mio futuro, è quasi tutto già tracciato.

«Voglio prendere in mano i fili della mia vita. Non voglio più essere l'autista del tram. Voglio scendere, capire ciò che voglio realmente, qual è la mia cosa. Magari scopro che è veramente vendere case. Questo dev'essere il mio gioco di società. Altro che PlayStation. Non voglio diventare uno di quei rincoglioniti che sparano in un televisore e si sentono eroi, e poi basta un ritardo di tre giorni del ciclo mestruale della fidanzata e sbiancano, crollano o addirittura scappano.»

«Fede, sinceramente non so cosa dire. Siamo qui a bere una birra, e tu mi fai dei discorsi che abbiamo già fatto anche in passato, ma con un senso diverso. Cosa vuol dire che adesso dev'essere un gioco? Dài, ripigliati! Cosa devo fare secondo te? Mi metto in silenzio in garage e aspetto che una vocina mi dica che devo fare l'astronauta, o il salumiere, o il pittore? Insomma, io semplicemente cerco di star bene, cos'altro devo fare?»

«Non ti ho detto queste cose perché tu prenda una decisione. Dico solo che io non credo di voler spendere altro tempo per venire in piazza a bere, se non ho fatto prima qualcosa di importante per la mia persona. Io da domani sono occupato con me.

«Volevo solo sapere se ti andava di essere complice in questa avventura. Tutto qua. Ecco che cosa avevo.»

«Eh... tutto qua un cazzo! Mi hai vomitato addosso un pullman di pensieri. Ho il cervello che mi scoppia. Usciamo?»

Siamo usciti nuovamente e ci siamo ubriacati. Io un po' meno.

Federico mi ha detto che voleva farlo perché il giorno dopo da quella sbronza sarebbe risorta una nuova vita.

Sono tornato a casa confuso, quella sera.

Nei giorni successivi non abbiamo più affrontato quegli argomenti. A parte il fatto che Federico ha iniziato a uscire poco, tutto il resto sembrava tranquillo come prima. Passavamo molte serate in casa, soprattutto da lui. Una sera avevamo appuntamento alle nove a casa mia, ma alle dieci e dieci non era ancora arrivato. Lo chiamo ma non risponde. Strano che non mi abbia avvisato. Fosse stata una serata qualsiasi non mi sarei preoccupato, ma era mercoledì, e gli omini del Subbuteo erano già in campo. Il mercoledì se è in ritardo me lo dice.

Per un istante mi rivedo a otto anni davanti alla scuola che aspetto mia madre che non arriva. Mi agito.

Lasciando stare il terremoto, quale sarà delle quattro possibilità per non venire? Si sarà ubriacato? Sarà andato a far vedere un appartamento a una cliente e saranno finiti sul pavimento della casa vuota a fare l'amore?

In passato è anche successo.

E se invece fosse sul pavimento di casa sua svenuto o morto? Sono uscito di casa e sono andato da lui. Ho suonato ma non mi ha risposto nessuno.

La porta di casa mia e di casa sua sono di quelle che quando le tiri si chiudono automaticamente. Senza bisogno delle chiavi. Spesso ci chiudiamo fuori, per questo io ho un mazzo di chiavi di casa sua e lui di casa mia.

Potremmo tenere in macchina ognuno le proprie chiavi di scorta, ma poi, come è già successo, capita che usandole ci dimentichiamo di riportarle in macchina e finisce che prima o poi rimangono dentro insieme alle altre. Ho preso le chiavi, ho aperto e sono entrato cercando il corpo ubriaco o senza vita di Federico. Non c'era.

Tutto era in ordine, anche più del solito. Niente fuori posto, nemmeno un piatto o una forchetta sporca nel lavandino. In qualsiasi posto sia andato, prima di farlo ha sistemato casa.

Sul tavolo in cucina un biglietto per me.

"Ciao Michi. Ho deciso di provarci. Dai da bere ai ciclamini."

2

Ciò che ho dovuto imparare

Insomma, all'età di ventotto anni io e Federico abbiamo preso due strade diverse. Il famoso bivio esistenziale. Siamo diventati praticamente ognuno l'*alter ego* dell'altro. Lui la strada, io la casa. Lui si è buttato totalmente in un'avventura senza sapere a che cosa sarebbe andato incontro. Io ho vissuto invece una scelta di sicurezza e tranquillità.

Fino a qualche anno fa io non ero in grado di prendere una qualsiasi decisione che comportasse un cambiamento. Ero terrorizzato. Avevo otto anni e frequentavo la terza elementare alla Carducci. Sezione A.

Sono uscito dopo il suono della campanella e come tutti i giorni mi sono messo di fianco al cancello vicino al pilastro di cemento.

Da qualche giorno, finalmente, era mia mamma che veniva a prendermi a scuola dopo aver passato circa un mese in ospedale.

Quel giorno era in ritardo, i miei compagni li avevo praticamente già salutati tutti. Anche i loro genitori. Anche la maestra se ne era già andata. Sono rimasto solo io davanti alla scuola. Se ne è accorto anche Silvano quando è venuto a chiudere il cancello. Mi ha salutato chiamandomi per nome. Si ricordava di me perché ero un suo cliente fisso quando durante la ricreazione vendeva le schiacciatine di contrabbando.

«Silvano, aspetta a chiudere, fai entrare un attimo il bambino.»

«Michele, entra che ti vuole la direttrice.»

«Non posso, sto aspettando mia mamma che mi deve venire a prendere, poi se non mi vede si spaventa.»

«Lascio aperto, allora, così quando arriva glielo dico io che sei dentro.»

Mentre salivo le scale per andare in direzione cercavo di capire cosa avevo fatto. Ero agitato e spaventato, anche se non sapevo bene perché.

"Avranno trovato i chewing gum sotto il mio banco? O dalla calligrafia sono risaliti a me e hanno capito che sono stato io a scrivere sulla porta dei bagni: 'Fabrizio Metelli della III E è scemo'?"

Appena sono entrato in ufficio, la direttrice si è infilata il cappotto e mi ha detto che mia madre non poteva venire e che mi avrebbe accompagnato lei a casa.

Anche se non ero felice di andare con lei, ho tirato un sospiro di sollievo.

Durante il tragitto cercava di essere carina con me ma io non sono mai stato un bambino che dava confidenza e rispondevo solamente "sì" o "no". Le uniche parole che le ho detto sono state: «Sta sbagliando strada».

«Non ti porto a casa tua ma dai nonni, ti aspettano lì.»

Sotto casa mia nonna mi aspettava. Ha ringraziato la direttrice, la quale dopo avermi salutato e aver detto a mia nonna: «Sono molto dispiaciuta, non so che dire», se n'è andata.

Mentre salivo le scale le ho chiesto dov'era la mamma e perché non era venuta a prendermi. Ma non mi rispondeva.

Per la prima volta, entrando a casa dei miei nonni, non ho sentito la TV accesa in cucina. Mio nonno non era a tavola ma chiuso in camera ed è uscito solamente dopo qualche minuto e dopo aver parlato in segreto con mia nonna.

Mentre ero seduto a tavola aspettando che qualcuno mi desse da mangiare, mio nonno è entrato in cucina e mi ha detto che doveva parlarmi di una cosa importante.

Mi ha fatto un discorso confuso. Ha iniziato dicendomi che mia mamma era una persona speciale e che era dovuta andare via per un po', poi mi ha parlato di angeli, di Gesù e che da quel giorno mi avrebbe protetto standomi ancora più vicino. Alla fine del suo discorso ho capito che stava semplicemente cercando di spiegarmi perché mia mamma non era venuta a prendermi. Non era potuta venire a scuola perché era andata in cielo.

A otto anni non avevo l'idea della morte che si ha da adulti, allora non la consideravo come una cosa definitiva. Dopo le parole di mio nonno io ci avevo creduto che a mia madre erano cresciute le ali ed era volata via, infatti più che dispiaciuto a volte ero arrabbiato con lei perché mi aveva abbandonato e mi aveva lasciato lì da solo senza nemmeno dirmelo. Non poteva venire davanti al cancello della scuola dove eravamo d'accordo di incontrarci e salutarmi prima di partire per il cielo?

Mi mancava mia mamma, e chiedevo spesso quando sarebbe tornata.

Mi piaceva di più la mia vita quando c'era mia madre. Dopo che se ne era andata io e mia sorella stavamo sempre dai nonni, tutti i giorni dopo la scuola e spesso ci fermavamo anche di notte. A volte piangevo perché volevo dormire nella mia cameretta a casa dove c'erano tutte le mie cose.

Spesso il giocattolo che mi serviva era là.

Quando ho perso mia madre ho iniziato anche a vedere meno mio padre.

A me, questi cambiamenti non piacevano.

Le mattine era mia nonna che ci vestiva e ci portava a scuola. Ho imparato subito che non era brava come mia madre a comprare e fare gli abbinamenti con i vestiti. Capitava che a scuola ridevano.

Da quando mia madre se ne era andata, io ho iniziato a mettere i dolcevita. In acrilico. Una vera passione per mia nonna.

Io lo odio il dolcevita.

"Ti copre bene la gola e così non ti ammali."

Mia sorella, essendo più grande e femmina, era più autonoma e aveva più voce in capitolo, mentre io sulla vestizione dovevo stare zitto. Sempre. Anche quando il giorno di carnevale mia nonna ha deciso che il vestito per andare alla festa a casa di Rossella Bianchetti me lo avrebbe fatto lei.

Poteva mancare il dolcevita? No!

Ne ha comprato uno nuovo per l'occasione. Bianco, sempre in acrilico, abbinato a una calzamaglia di lana dello stesso colore. Poi ha fatto un bel buco su un cartoncino color rosso da dove spuntava la mia faccia quando me lo metteva in testa. Il risultato finale per lei era strepitoso. Ero vestito da... lecca-lecca.

«Da lecca-lecca? Nonna, ma che costume di carnevale è?»

«Sarai originalissimo, nessuno alla festa avrà un vestito così.»

Non avevo dubbi.

La cosa più imbarazzante della festa era rispondere alla domanda: "Ma da cosa sei vestito?".

L'unica persona che non mi ha fatto quella domanda è stata proprio Rossella Bianchetti, vestita da Biancaneve, che tra l'altro era la mia fidanzatina da qualche mese anche se non lo sapeva.

Lei non mi ha chiesto niente, mi ha guardato un attimo e poi ha detto: «Perché ti sei vestito da fiammifero?».

L'ho lasciata.

La calzamaglia bianca mi pizzica le gambe ancora oggi quando ci penso.

Mia madre l'anno prima mi aveva vestito da cowboy, ed ero talmente bello che alla festa Cenerentola e Pippi Calzelunghe a momenti litigano per darmi un bacio.

A me tutti quei cambiamenti non piacevano, rivolevo la vita di prima, quando c'era ancora la mia mamma.

Per questo motivo per me "cambiamento" era una brutta parola. Significava stare male. Ed è stato molto difficile liberarsi da questa paura che mi ha paralizzato per molti anni.

Non cercavo cambiamenti, ma stabilità.

Le mie decisioni erano totalmente condizionate da questa paura, e chi è spinto dalla paura non fa mai scelte che esprimono i propri sentimenti, ma che lo fanno sentire semplicemente meno spaventato e più tranquillo. Volevo sempre tenere tutto sotto controllo. Volevo situazioni governabili, nel lavoro, nel rapporto con gli altri, nelle relazioni di coppia.

Non avrei mai potuto lasciare il mio lavoro, mettere tutto a rischio, tutto in discussione, come aveva fatto Federico. Impossibile per me. Quindi, a causa di questa paura, subivo una vita che non era la mia. Non stavo vivendo il mio destino. Forse solo poche persone vivono realmente il proprio destino, e io non ero sicuramente tra quelle. Ne vivevo uno che mi aveva praticamente investito. Io me l'ero cucito addosso come un abito e pian piano mi ero convinto che fosse il mio. Anche se a volte mi accorgevo che in certi punti stringeva un po'. Ma ci si abitua a tutto. A un lavoro che non piace, a un amore finito, alla propria mediocrità.

Le uniche cose in cui mi sono sempre buttato credendoci tantissimo sono state le storie d'amore. Quando incontravo una donna che mi piaceva partivo in quinta, perché la mia difesa non stava nella rinuncia, semmai nella gestione superficiale del sentimento o, meglio ancora, nell'indossare una maschera. Inventavo un personaggio e nella fase del corteggiamento mettevo in scena lui, così potevo stare nascosto, fuori da ogni pericolo.

Per esempio, la prima volta che ho visto Francesca stavo in un bar: mi ero fermato a fare colazione. Lei lavorava lì.

Eravamo ancora totalmente all'oscuro del fatto che quell'attimo era la radice di un sentimento d'amore che avrebbe cambiato il corso della nostra vita e che ancora ci lega.

A differenza di molte storie, quell'istante non è stato per niente speciale, anzi, tutto è avvenuto nella totale reciproca indifferenza. Nessun colpo di fulmine, nessuno sguardo di complicità o di intesa. Solo una pura e semplice regola di mercato. Domanda, offerta.

«Cosa ti porto?»

«Un caffè americano e un cornetto, grazie.»

È stato solamente dopo qualche volta che tornavo in quel bar che l'ho notata veramente. Si può dire che praticamente è stato allora che l'ho vista per la prima volta e mi sono incuriosito. Io ero seduto a bere un caffè e lei era fuori dal bar che fumava una sigaretta. La vedevo attraverso la vetrina e aveva lo sguardo perso nel vuoto. Era lo sguardo di una che si annoia da tempo. Immobile. Avevo l'abitudine, quando osservavo qualcuno, di farmi tutto un film in testa: su cosa stesse pensando, cosa stesse vivendo, ma soprattutto cercavo di capire se fosse felice. Se questa famosa felicità esisteva veramente nella vita di qualcuno. Francesca mi dava l'idea di essere una che voleva stare fuori da tutto per un po'. Quei momenti della vita in cui si desidera semplicemente una tregua, una pausa, un attimo di pace per potersi riposare.

Eppure, nonostante in lei fosse tutto così sbiadito, senza alcun gesto affascinante o un vestito appariscente, non riuscivo a toglierle gli occhi di dosso. Dietro a quella figura c'era qualcosa di magnetico; non capivo cosa, ma mi attraeva. Un qualcosa di straordinario che andava liberato. Io, che ero la persona più in gabbia del mondo, volevo andare in giro a liberare la gente. Forse era un comportamento automatico. Non riuscendo a liberare me stesso cercavo di liberare gli altri, senza nemmeno avere gli strumenti per poterlo fare.

Comunque, c'era sicuramente qualcosa in lei che le impediva di mostrarsi viva. Ho pensato che dovevo avvicinarmi.

Ho pagato e sono uscito.

Quando sono stato di fronte a lei, ci siamo guardati, lei mi ha fatto un sorriso vuoto, da lavoro, io l'ho fissata qualche istante e poi, per uscire dall'imbarazzo, le ho chiesto se aveva una sigaretta, anche se io non fumavo più. Ha aperto il pacchetto e mi ha fatto cenno di servirmi. Senza gentilezza, senza uno sguardo. Niente. Tutto molto freddo. Mi sono allontanato e poi sono tornato da lei. Non potevo dirle quello che pensavo, allora le ho chiesto se aveva anche da accendere. Mi ha fatto accendere. Non fumavo da almeno due anni.

Le ho detto grazie e sono rimasto a fissarla di nuovo come un ebete, poi me ne sono andato.

Ricordo che camminando verso casa ero dispiaciuto. La sua indifferenza mi aveva un po' ferito.

Quando sono rientrato non riuscivo a smettere di pensare a lei. Che nervi!

"Cosa vuole questa nella mia testa? Non è il momento, adesso."

Sono tornato spesso al bar senza farmi notare. Veramente non c'era pericolo, perché lei non mi considerava proprio, diciamo che ai suoi occhi ero trasparente. Se mi fossi presentato nudo al bancone del bar ordinando un caffè, mi avrebbe chiesto se lo volevo macchiato o normale. Niente di più.

Poi un giorno ho deciso di partire all'attacco. Ho iniziato a lasciarle dei bigliettini sulla macchina. Almeno quelli non erano trasparenti. Poesie, pensieri, frasi scritte da me. Le ho messo anche la lista della spesa, aggiungendo che mi sarebbe piaciuto farla con lei. Una volta le ho spedito al bar un mazzo di tulipani ancora un po' chiusi. In ogni tulipano avevo nascosto un piccolo bigliettino con una frase. Nei giorni successivi, tornando a casa, avrebbe dovuto trovare sul tavolo i bigliettini caduti all'improvviso dai tulipani che si schiudevano. Insomma, le solite cose patetiche e noiose che solo un uomo interessato può riuscire a fare.

Poi mi è venuto un dubbio. Ho pensato che ricevere attenzioni da uno sconosciuto poteva anche spaventarla o comunque indispettirla.

"E se sto facendo la figura del maniaco? E se la sto infastidendo?"

Sul biglietto successivo c'era scritto: "Sono solamente incuriosito da te. Un giorno ti ho vista e, misteriosamente, ho continuato a pensarti. Mi piacerebbe scoprire perché. Non sono un maniaco. Comunque, se tutto questo gioco ti infastidisce o ti spaventa, smetterò immediatamente. Basterà che tu domani indossi qualcosa di giallo come i tulipani che ti ho spedito. Ciao".

Il giorno dopo sono andato a prendere il caffè: lei non indossava niente di giallo, nemmeno un braccialetto.

Il gioco è andato avanti per un po'. Non lasciavo biglietti tutti i giorni, anche perché a volte parcheggiava proprio di fronte al bar. Poi una sera sono andato a una festa. Mentre chiacchieravo, tra le varie teste che si muovevano ho intravisto il viso di Francesca. I suoi occhi per un attimo hanno incrociato i miei. *Boom!* I nostri sguardi si sono toccati. Poi lei si è girata e ha continuato a parlare con altri. Ho pensato che magari, essendo io invisibile, avesse guardato il muro dietro di me.

"Vabbè, adesso le dico che sono quello dei bigliettini" ho pensato, invece ho fatto finta di niente e sono andato a prendermi da bere, ma ogni tanto la guardavo di nascosto. Dopo un po' la festa iniziava ad annoiarmi, così ho deciso di andarmene. Ho cercato Francesca per salutarla ancora una volta con lo sguardo, ma non l'ho trovata. Ho fatto un giro per vedere se si stava baciando con qualcuno in qualche angolo della casa. Ero già geloso... Niente, non c'era più. Appena uscito, l'ho trovata per strada sotto casa. L'amica con cui stava mi ha chiesto se potevo accompagnarle fino alla piazza, dove avevano lasciato la macchina.

«Volentieri.»

Fortuna che la sua amica mi vedeva, per lei non ero trasparente.

In macchina, Silvia era al mio fianco, Francesca era seduta dietro, e a un certo punto mi ha chiesto: «Posso fumare in macchina?».

«Sì, certo.»

Mi dà fastidio se qualcuno fuma in macchina – da ex fumatore non sopporto l'odore –, ma in quel caso sono stato vile. Che brutta impressione avrei fatto se avessi risposto: "No, non puoi fumare". "Glielo dirò più avanti, quando staremo insieme, quando avremo dei figli, insomma, quando avrò più confidenza" ho pensato.

«Vuoi una sigaretta?»

«Non fumo più.»
«Da poco?»
«Da circa due anni.»
«Ma se me ne hai chiesta una meno di un mese fa...»
"Cazzo... non sono invisibile, mi vedeeeee" ho gridato nella mia testa. Poi ho detto: «È stata una ricaduta, e poi non l'ho nemmeno fumata tutta. Allora ti ricordi di me, pensavo non mi avessi nemmeno notato...».
«Beh... diciamo che sei l'unico ragazzo carino che viene in quel bar.»
«Ah...»
Silenzio. Non sono riuscito a dire niente. Mi sono concentrato sulla guida e poi con un sorriso idiota l'ho guardata nello specchietto.
Dalla felicità le dita dei piedi tamburellavano su e giù nelle scarpe.
«Io me ne sono andato perché era un po' noiosa come festa, però non ho molto sonno, vi va di andare a bere una cosa?»
«Più che altro noi avremmo fame, puoi portarci a mangiare?»
Il trapezista dei sentimenti che viveva dentro di me faceva le capriole su se stesso come una girandola. Non vi dico le dita dei miei piedi. Siamo andati a mangiare una pizza al trancio, abbiamo bevuto delle birre e poi abbiamo fatto una passeggiata sotto i portici a guardare i negozi chiusi. Ero gonfio di felicità. Mi tremava la pancia. Era da tanto che non provavo una sensazione del genere. Non c'era nessuno, la città era vuota. Ho desiderato che arrivasse il camioncino che lava la strada e poco dopo è arrivato. Tutto era perfetto, tutto era sinfonia. La temperatura, il colore delle cose, le luci che si riflettevano sul selciato bagnato, e loro due che ridevano e mi prendevano in giro come fanno le amiche, semplicemente guardandosi. Quelle amiche che hanno un codice fatto di occhiate e di parole chiave, e all'improvviso scoppiano a ridere e tu ti senti un coglione preso in mezzo. Comunque quella notte è stata meravigliosa, siamo rimasti in

giro e poi seduti sulle scale della cattedrale. L'unica cosa che mi infastidiva era che a volte chiedevo delle cose a Francesca e mi rispondeva Silvia. "Non l'ho chiesto a te, cazzo!" avrei voluto dirle. Francesca rimaneva un po' sulle sue, e se non era d'accordo su qualcosa non lasciava correre. Mi ha anche ripreso un paio di volte su delle cose sbagliate che ho detto. Dava l'idea di essere una donna che dona tutto, ma non regala niente.

Prima che arrivasse la luce del mattino siamo andati a fare colazione. Dal salato delle pizze al dolce dei cornetti. Arrivati alla macchina di Silvia, ho chiesto a Francesca se voleva che la accompagnassi io.

«Vuoi che ti accompagno?»

«Si dice accompagni!»

«Ah... scusa. Allora, se vuoi, io ti accompagni!»

Ha sorriso, ha guardato Silvia ed è venuta con me. Finalmente soli. Siamo rimasti in macchina a chiacchierare sotto casa sua. Le ho fatto sentire un po' di canzoni. Almeno sulla musica mi sentivo sicuro. Volevo baciarla. Era l'unica cosa che desiderassi in quel momento. Sentire le sue labbra, il suo sapore. Aveva tutto il desiderio e il mistero di un bacio mai dato.

Mi ha lasciato il suo numero e poi è scesa. Ho aspettato che entrasse nel portone. Mi sarebbe piaciuto accendere la macchina e schizzare via come un missile da tanto che ero contento, ma quando ho girato la chiave mi sono accorto che avevamo ascoltato troppa musica con il motore spento e la batteria era partita. Un quarto d'ora dopo mi hanno aiutato due ragazzi che passavano di lì. Mentre spingevo, ho sperato che Francesca non si affacciasse.

Tornando a casa ho allungato la strada per caricare la batteria. Mi sentivo già innamorato, ma di innamorarsi sono capaci tutti, e a tutti può accadere. Amare una persona è un'altra cosa.

Quello l'ho dovuto imparare.

3
Avranno fatto l'amore?

Quando mi sono svegliato, la mattina era già diventata pomeriggio e io ero ancora emozionato, ma soprattutto curioso. Volevo sapere tutto di lei. Volevo guardarla mangiare di fronte a me per vedere come faceva. Volevo sapere che faccia aveva appena sveglia. Scoprire come spingeva il carrello al supermercato, se era di quelle che lo lasciano da qualche parte e poi lo riempiono o di quelle che se lo portano sempre appresso. Ero curioso di capire come sceglieva una torta in pasticceria e se, dopo avere mescolato il caffè, batteva il cucchiaino sul bordo, prima di appoggiarlo sul piattino. Volevo sapere come stava seduta in bagno mentre faceva la pipì, se era una di quelle che mentre la fanno tengono già il pezzo di carta in mano. Quanto mi piace quest'immagine. Dà proprio il senso dell'attesa. Gomiti appoggiati sulle gambe, sguardo perso nel vuoto, e quella certezza sul futuro in mano.

Sono rimasto a letto un po', dopo quel risveglio, per poterla immaginare da comodo. Ho pensato di essere al mare con lei. Nella mia fantasia aveva portato un pareo anche per me. Come avrà fatto a sapere che lo dimentico sempre? Lo tirava fuori dalla sua borsa piena di tutto: spazzola, crema, occhiali, fascia elastica per i capelli e, in fondo, perché sono sempre in fondo, le chiavi e le sigarette. Ci sono bellissime storie d'amore nel fondo delle borse, tra i pacchetti di sigarette e le chiavi; per questo a volte si fa fatica a trovarle, semplicemente perché tentano di nascondersi per poter rimanere lì. La vedevo infilare la testa dentro la borsa per ripararsi dal vento e riuscire ad accendere una sigaretta. Ho immaginato anche di vederla sdraiata sul divano di casa mia a leggere, mentre io facevo le mie cose. Forse una delle fortune più grandi di essere uomini è che si possono desiderare, pensare e amare le donne. Vuoi mettere che differenza? Pensare alla pelle di una donna, al suo corpo, agli occhi, al sorriso, alle mani. Sono fortunato. Faccio la pipì in piedi e amo le donne. Che posso volere di più dalla vita? A proposito di fare la pipì in piedi: penso sempre a questa fortuna ogni volta che entro nel bagno di certi locali. Credo che, se fossi una donna, farei un corso per diventare come l'uomo ragno e farla restando aggrappato alla parete. Perché anche tenere i piedi sulla tazza è pericoloso, si scivola.

Finita la mia proiezione mentale mi sono alzato dal letto. Finalmente avevo il suo numero, e potevo comunicare con lei senza strisciare come un sorcio per infilare bigliettini sotto il tergicristallo della sua auto. Non sapevo se era giusto o no chiamare subito. In realtà avrei voluto che fosse già lì con me. Forse era meglio aspettare un po', pensavo, ma poi, mentre aspettavo, avevo paura che lei prendesse impegni con qualcun altro. Sono andato a farmi una doccia.

Mi dimentico sempre di mettere le salviette in bagno e me ne accorgo quando mi sono già lavato le mani e non so dove asciugarle. Così finisce che me le asciugo nell'accappatoio appeso e adesso ho tutta una fiancata nera.

Decido di mandarle un messaggio.

"Cosa scrivo? Faccio il simpatico?"

Andiamo sul classico: "Ciao sono Michele, mi sono svegliato adesso. Ti va se più tardi ci vediamo? Fammi sapere. Baci".

No, così non va bene, troppo formale, e poi con "mi sono svegliato adesso" potrebbe pensare che come mi sveglio le mando un messaggio subito... che ansia... e poi "baci" è troppo confidenziale.

"Ciao sono Michele, è un po' che sono sveglio. Se ti va possiamo vederci più tardi."

Così forse è presuntuoso, sembra che, se le va, io posso concederle di vedermi. "Se ti va possiamo vederci" è arrogante, o no?

"Ciao Francesca, se ti va sono qui."

Eh sì... e chi sono, un rapper del Bronx? "Ehi baby, se vuoi sono qui sulla mia limousine"... Lasciamo stare.

Perché quando non sei interessato a qualcuno sei fichissimo, mentre se una persona ti piace ti rincoglionisci e il cervello diventa un purè?

"Ciao sono Michele, se ti va ci vediamo, altrimenti niente. Mi sono rotto di essere criticato per ogni messaggio."

Vabbè, stavo scherzando, pensa se mi fosse partito veramente un messaggio così.

Alla fine le ho scritto che ieri sera mi sono divertito, e mi farebbe piacere rivederla. Punto. Ho scritto e inviato, altrimenti non ne venivo più fuori.

Inviato.

La cosa più fastidiosa quando mandi un messaggio a una persona a cui tieni è che dal momento dell'invio parte il conto dei minuti.

"Rispondi rispondi rispondi."

Non ha risposto. Magari ha il telefono spento. "Che faccio, chiamo, faccio uno squillo per sapere se è acceso? E se poi è acceso? Messaggio più chiamata: divento pesante. Chiamo con anonimo. Solo che se faccio uno squillo e metto giù capisce che sono io che controllo. Lo capisce? Sì, lo capisce!"

A volte i minuti non sono solo minuti, sono reincarnazioni di vite. Nell'attesa, sono già rinato mille volte. Ho percorso tutta la catena alimentare. Sono stato zanzara, armadillo, elefante...

"Vediamo in messaggi inviati a che ora l'ho mandato per capire quanti minuti sono passati: NOOOOOOOOOOO!"

Ho scritto il messaggio con il metodo veloce T9. È uscito:

"Mi farebbe piacere rivederv*i*". Cazzo: rivederv*i* e non rivedert*i*. Adesso viene pure Silvia.

Mi sono fatto un'altra doccia, dovevo far passare il tempo.

Ho sentito il suono di un messaggino arrivato. Finalmente.

Sono uscito dalla doccia completamente bagnato.

"Che fai? Mi annoiavo un po', se ti va passo e ci beviamo un tè. Paola."

Com'è che oggi non mi interessa ricevere messaggi da altri se non da Francesca?

"Ciao Paola, non posso, c'ho un pitbull attaccato ai maroni che dimena le zampe, farei fatica a versare il tè nelle tazze, facciamo un'altra volta."

Sa di scusa?

Allora le ho scritto un'altra cosa. "Oggi non posso. Mi spiace. Baci."

Mentre stavo per riappoggiare il cellulare sul bordo del lavandino è accaduto il miracolo. È arrivato un messaggio.

L'arcangelo Gabriele annunciava per la seconda volta un grande evento. Signore e signori, Francesca aveva risposto. Mi sono inginocchiato sul tappetino del bagno come se avessi fatto goal alla finale di Champions e ho letto: "Ciao Michele. Mi sono svegliata da poco. Silvia non esce, è stanca, se per te è uguale vengo sola. Quando vuoi chiama. Fra".

"Ciao Michele", ha scritto il mio nome. "Quando vuoi chiama... se per te è uguale."

I miracoli possono accadere anche quando si è nudi in bagno!

Non-ho-fame-non-ho-sete-non-sono-stanco-non-sento-niente-sono-di-gomma-posso-prendere-gomitate-anche-dagli-spigoli-delle-porte-sono-invulnerabile...

Ho aspettato un po' a chiamare, l'ansia del "mi considera, non mi considera" è passata. Passeggiavo ormai nel territorio della certezza: se chiamo lei risponde. Tutto normale, verrebbe da dire, ma fino a ieri poteva essere una cosa impossibile.

Dopo un po' l'ho chiamata, ero sdraiato a letto con il cellulare appoggiato sul petto. Siccome avevo messo il vivavoce, sembrava che le sue parole uscissero dal mio cuore. Mi ha chiesto se mi andava di accompagnarla al mercatino etnico. Ovviamente ho accettato e l'ho aspettata a casa perché mi ha detto che passava lei.

Ero pronto subito. Appena ha suonato sono sceso immediatamente, come se avessi avuto in casa il palo dei pompieri. Abbiamo passeggiato e chiacchierato tra le bancarelle. Ho comprato degli incensi e degli alimenti biologici. Poi siamo andati a prendere dei dolci in pasticceria e siamo saliti da me per mangiarli e bere un tè. Con lei il pitbull attaccato ai maroni non c'era.

Ho scoperto che si era appena lasciata. Anzi, si stava lasciando, insomma, non si capiva bene. Praticamente lei lo aveva mollato da un po' e siccome lui soffriva molto continuava a cercarla promettendole tutto quello che quando stavano insieme lei chiedeva e lui non le dava. Pur di tornare con lei, era disposto a tutto.

«Quest'ultimo periodo non è stato facile, perché lui soffre e a me dispiace da morire, mi sento una merda. Vederlo che sta male mi uccide. Sono abbastanza convinta che sia finita tra noi, ma vederlo così, sentire quello che mi dice... mi sembra che abbia capito delle cose, ma non so... sono confusa...»

«Capisco che ti dispiace, è normale, ma non puoi nemmeno stare con uno solamente perché lui soffre. Comunque non ho capito se tu vuoi tornare con lui o no...»

«Fino a qualche giorno fa ero convinta di no, poi l'altra sera ci siamo visti e un po' mi ha convinta... o forse no... te l'ho detto, sono confusa. Comunque già il fatto che sono qui con te e che sto bene mi fa capire tante cose, credo.»

«Sì, lo credo anch'io.»

«Cosa?»

«Che tu sia confusa... Lui come si chiama?»

«Eugenio.»

Dopo avere parlato un po' ci siamo baciati. Io con il cuore in gola. Cazzo, quanto mi piaceva Francesca.

Ci siamo guardati un film sul divano. Poi ho cucinato e

abbiamo mangiato a casa. Dopo cena e dopo lunghi e infiniti baci, abbiamo fatto l'amore. Forse lei l'ha fatto solo per capire meglio la sua situazione o forse le piacevo veramente. Comunque è stato bello. Io non capivo niente, totalmente rincoglionito dalla bellezza della vita. Stavo vivendo una di quelle situazioni in cui tutto scorre liscio come l'olio e sembra di essere in una favola.

Nei giorni successivi la chiamavo al telefono e invece di parlare mettevo il cellulare vicino alle casse dello stereo o dell'autoradio: le facevo sentire un pezzo di una canzone e mettevo giù. In certi casi mi richiamava e lo faceva anche lei. Quella fase dove si è rincoglioniti l'uno dall'altra e si è felici di esserlo.

Facevamo un sacco l'amore.

Fare l'amore con una persona però non vuol dire essere in intimità. A volte prima si fa l'amore e poi si entra in confidenza, ci si conosce veramente. Questo riguarda soprattutto la mia generazione. Una volta quando si faceva l'amore con una donna si era già conosciuta tutta la famiglia. Io avevo fatto l'amore con Francesca, ma non avevo ancora molta confidenza con lei.

Per me è il bagno che solitamente rivela il grado di intimità. Potrei fare l'amore con una donna ma non riuscire ad andare al cesso di casa sua, se non per una velocissima pipì. Il bidè è decisamente impensabile, e prima che riesca a usarlo a casa di altri devo almeno conoscere un quarto della famiglia e dei vicini del palazzo. Preferisco infilarmi un pezzo di carta fra le chiappe come fosse una lettera e farmi il bidè appena torno a casa. A volte ho il terrore di perderlo, quel pezzo di carta, perché è capitato che non lo trovassi più, se non nel fondo dei pantaloni.

Capisco di avere un buon rapporto con una persona non per ciò che ci diciamo, ma per la capacità che ho di cacare a casa sua e per il tempo che resto in bagno. Più tempo mi prendo, più la confidenza è forte. C'è voluto più di un mese prima che nel bagno di Francesca riuscissi a leggere le etichette del docciaschiuma o dello shampoo.

Ci sono volte che resto in bagno così tanto tempo che si formano due pallini rossi sopra le ginocchia a causa dei gomiti. Addirittura a volte mi viene un formicolio alle gambe, anzi, per la precisione, solo su quella destra, talmente forte che, alzandomi, sento che non mi reggo e rischio di cadere. Questo succede però solo a casa mia, quando non c'è nessun altro. Perché anche quando sono nel mio bagno e qualcuno gironzola per casa sono in difficoltà.

Per esempio, quando ci sono andato la prima volta con Francesca in casa non ero sereno. Il mio appartamento non è particolarmente grande, e avevo paura (oltre ai rumori strani) di lasciare cattivi odori. Allora l'ho fatta tenendo la mano sul pulsante dello sciacquone dietro la schiena, come il concorrente di un quiz, e appena ho sganciato la bomba ho fatto scendere subito l'acqua. Poi, dopo aver usato la carta, ho schiacciato per la seconda volta.

Ma quando sono uscito lei era nel corridoio e stava per andare in bagno.

"Oh cazzo!" ho pensato. Sapevo che non era ancora del tutto praticabile, allora ho fatto l'affettuoso. Le ho detto "vieni qua", tirandola verso di me e ho iniziato a baciarla e accarezzarla nel corridoio, giusto il tempo necessario perché la perturbazione lasciasse almeno gli Appennini. Mari mossi, temperature stazionarie. Lei avrà pensato che ero particolarmente dolce e affettuoso. Invece io aspettavo il sereno/poco nuvoloso.

Ci siamo visti il giorno dopo e il giorno dopo ancora e ogni volta abbiamo fatto l'amore. Il terzo giorno, dopo averlo fatto, nel momento in cui si fissa il soffitto, ho fatto la mia confessione: «Devo dirti una cosa che non so se ti farà piacere».

«Cosa?»

«Sono io quello che ti lasciava i bigliettini sulla macchina e ti mandava i fiori.»

C'è stato un attimo di silenzio. Ho avuto paura che per qualche ragione si fosse incazzata. Invece ha detto: «Lo so».

«Come lo so?»

«Ti ho visto dal secondo giorno, sei agile e veloce come un koala di marmo.»

«E perché non me lo hai mai detto?»

«Perché mi faceva ridere e volevo vedere fino a che punto saresti arrivato. Ero curiosa. Poi era il periodo in cui stavo lasciando il mio ex e non c'ero molto con la testa. Sinceramente, fino a che non abbiamo passato quella serata insieme dopo la festa non è che mi interessavi molto.»

«Perché, adesso ti interesso, invece?»

«Mah... non l'ho ancora capito, però sei simpatico, caro il mio koala di marmo.»

«Vaffanculo.»

Ci siamo baciati e abbiamo rifatto l'amore. Che bello quando si sta con qualcuno e all'inizio si fa l'amore continuamente. Ovunque. Si dice che quando si è innamorati il piacere sessuale aumenta perché il corpo produce più feniletilamina, un ormone che accresce la gratificazione sessuale. Eravamo due panini imbottiti di feniletilamina.

Un pomeriggio mi ha chiamato e ha detto che doveva parlarmi.

«Di cosa?»

«Quando ti vedo te lo dico.»

«Sì, ho capito. Ma è una notizia bella o brutta? Almeno l'argomento...»

«Dài, tanto ci vediamo tra poco. Baci, ciao.»

Ho pensato di tutto. Quando ci siamo visti mi ha detto che con me stava molto bene. Che addirittura non pensava nemmeno di poter stare così bene con una persona che aveva appena conosciuto. Ma doveva fare chiarezza nella sua storia di prima, altrimenti non sarebbe riuscita a godersi questa cosa con me fino in fondo. Poi mi ha detto che lui le aveva proposto di andare via per fare un weekend di prova. E lei aveva accettato.

«Gli hai detto che esci con un altro?»

«No. Non voglio che pensi che se non sto con lui è perché c'è un altro.»

«Oggi è giovedì, però... ci vediamo questa sera?»

«È meglio di no, non ci sarei con la testa. Non chiamarmi in questi giorni, per favore. Non riesco a viverti completamente finché non ho sistemato questa cosa. Lo so: faccio sempre dei casini, scusami...»

Mi ha detto quelle parole e se n'è andata. Ero stranito dalla velocità con cui era cambiata e aveva modificato il modo di parlare con me. Si era trasformata in meno di ventiquattr'ore, non era più quella che avevo conosciuto.

Quelle parole mi hanno fatto stare male. Mi hanno fatto soffrire.

Il giorno dopo riuscivo a concentrarmi su quello che facevo solo per qualche secondo, poi il pensiero di lei prendeva il sopravvento e schiacciava tutto. Mi sono sempre sfogato con la scrittura, e infatti quel giorno ho scritto frasi e pensieri rivolti a lei, a me, e al mio dolore:

> La cerco in ogni cosa. Da un'ora è partita con lui per fare un weekend al mare e non posso chiamarla. Sto impazzendo. Come ho potuto infilarmi in una situazione così? Perché non mi sono fermato prima? Prima quando? È stato tutto così veloce, breve, intenso.
>
> "Non chiamarmi..." ha detto. Non ti chiamo. Ma devi sapere che ogni telefonata che non faccio, ogni messaggio che non mando sono un gesto d'amore. Che il mio silenzio ti parli di quello che provo per te. In queste ore ti coprirò di invisibili carezze. Questa sera farete l'amore? Sicuramente! Ma tu penserai un po' a me? Arriverete al punto che lui, vedendoti pensierosa, ti chiederà: "Che c'è?".
>
> E tu dirai: "Niente".
>
> Litigherete a cena? Lui sarà gentile e attento a tutto ma è la gentilezza del bisognoso, del disperato. Non farti lusingare dal sorriso di un affamato. Sono cattivo? Sì, lo sono!
>
> Avrai voglia di chiamarmi?
>
> Resisterò questi tre giorni? Anzi, due giorni e mezzo.
>
> Devo distrarmi. Che faccio: bevo?
>
> No! Respiro.
>
> Respiro, respiro, respiro, ma il petto non si riempie mai. Ci deve essere un buco, una perdita, uno strappo.

Se in questi giorni non mi chiama nemmeno una volta, quando torna faccio l'offeso. Faccio l'incazzato. No, anzi, sarò carinissimo. Del mio dolore non saprà nulla.

Quando torni ti chiederò solamente se ti sei divertita. Ma torni? Torna! Ti prego!

Ho smesso di scrivere e sono uscito. Ho preparato un pacco. Le ho fatto un regalo: un libro di poesie, un CD di Sheila Chandra, gli incensi comprati con lei e un piccolo mappamondo. Sul mappamondo ho appiccicato un post-it con scritto: "Scegli un posto e ci andiamo". Ho chiuso la scatola e l'ho portata al bar dove lavora, prima che torni e che mi dica qualsiasi cosa. Dopo le sue parole, questo pensiero potrebbe avere un altro significato.

Sono tornato a casa e mi sono messo a scrivere nuovamente.

Sono innamorato. Sono senza forze. Nello stomaco ho un pugno d'acciaio che mi stringe. C'è chi mi direbbe che la desidero così perché non posso averla. Non lo so. Hanno ragione. Hanno torto. Ora non ho tempo per pensarci. Penso solo a lei. Voglio vederla, voglio baciarla, voglio sentire la sua voce. Toccarla. Sdraiarmi su di lei, starle addosso. La voglio qui con me.

Cosa mi dirai quando torni? Che sei stata bene con me, ma che resti con lui. Sono pronto a sentire queste parole? No, cazzo, non sono pronto.

Perché non sei qui con me? Perché non stiamo decidendo dove andare a cena questa sera, prima che tu venga a dormire da me? Dormi da me, Francesca?

Alla fine sono sopravvissuto al weekend picchiando la testa un po' dappertutto. Domenica sera il telefono ha squillato. Era lei.

"Che faccio, rispondo subito?" ... sì!

«Ehi, come stai? Sei tornata?»

«Ho voglia di vederti. Questi giorni sono stati un disastro... Ti va se passo da te fra mezz'ora?»

«Ti aspetto.»

Stavo già bene. "È stato un disastro": che meraviglia. Non

è carino, lo so, ma che ci potevo fare? Ero rimasto in silenzio due giorni e mezzo. Il mio compitino l'avevo eseguito perfettamente ed ero stato male. Ora potevo gioire un po'?

Quando è arrivata ci siamo abbracciati e baciati.

Io le raccontavo quanto mi fosse mancata, lei mi interrompeva per dirmi quanto si fosse sentita esclusa da ogni situazione che aveva vissuto, e quanto mi avesse pensato e avesse desiderato essere con me.

«Perché non mi hai chiamato?»

«Perché volevo chiudere con lui senza che tu ci fossi in qualche modo. Te l'ho già detto che non è che mollo lui perché ci sei tu. Tu non sei la causa di questo, sei un effetto di come io già mi sentivo. Lui comunque è convinto che ci sia un altro, e io gli ho detto di no, perché non voglio che pensi che sia stata un'altra persona ad allontanarmi. È una cosa tra me e lui. Deve prendersi le sue responsabilità. Forse tu hai solo accelerato i tempi.»

«Quindi vi siete lasciati?»

«Non aveva senso stare insieme. Mi spiace da morire, è stata una persona importante per me e lo sarà sempre, ma è finita. Non parliamone più. Ora sono qui.»

«Avete fatto l'amore?»

«Ti prego, non parliamone più... veramente.»

«Dormi qui, Francesca?»

«Se vuoi, sì!»

Come mi era mancata. E come mi emozionava averla lì tra le mie braccia, dopo tanta attesa.

Ma... avranno fatto l'amore? Non parliamone più!

4
Stavamo ancora bene insieme

Sono entrato un attimo in sala parto a trovare Francesca. Stranamente non sta urlando come ho sempre visto nei film. Certo non è una scampagnata. Ha la fronte imperlata di sudore. Sono rimasto lì un po' e poi mi ha chiesto di andare in un bar a prendere un panino per quando avrà finito. Ho pensato che fosse l'ennesima voglia strana, invece ha proprio fame.

Ho chiesto per quanto ne avrà ancora e i dottori mi hanno detto di non preoccuparmi e di andare pure. Le ho preso un panino nel suo posto preferito: un bar dove mettono una salsina che lei adora. Io la trovo disgustosa.

Dal giorno che era tornata dal suo weekend con l'ex e avevamo passato la notte insieme, io e Francesca avevamo vissuto tre, quattro mesi meravigliosi. Poi la curva aveva iniziato a scendere e il fuoco pian piano si era spento. Una mattina ho incontrato Giuseppe, il papà di Fede, e mi ha detto che il giorno dopo il figlio sarebbe tornato, che prima di partire aveva provato a chiamarmi ma che non era riuscito a trovarmi. Spesso tengo il cellulare spento, e non rispondo quasi mai se un numero è anonimo. Da dove chiamava lui usciva sempre "anonimo".

«Oggi porto la moto da tuo padre in officina a farla controllare. Federico vuole usarla in questi giorni che sta qui. Non è ancora arrivato e ha già dato i compiti a tutti.»

Il rapporto tra Federico e suo padre era stupendo. Si amavano a tal punto da discutere spesso. Quanto mi divertivo a seguire le loro discussioni. A volte mi tiravano in mezzo con frasi del tipo: "Diglielo tu, che magari ti ascolta".

Questa frase potevano dirmela anche tutti e due nel corso della stessa discussione.

Il problema era semplice: erano uguali. Testardi.

Quando però Fede aveva deciso di mollare tutto e partire per il mondo, suo padre era stato uno dei pochi che lo aveva appoggiato e sostenuto, perché capiva cosa voleva dire e cosa significava per lui e sapeva che quell'esperienza lo avrebbe comunque arricchito. Forse Giuseppe è quello a cui Federico è mancato più di tutti. Infatti, quando mi ha detto che sarebbe tornato non riusciva a nascondere la gioia. Che bella notizia. Erano ormai passati cinque anni da quando era partito ed erano quasi due che non lo vedevo. L'ultima volta che era tornato, circa un anno prima, si era fermato solo una settimana, perché era di passaggio per andare a Parigi. Io in quei giorni stavo a New York e così non ci siamo visti. La nostra amicizia però era una certezza.

Il giorno dopo Federico è arrivato, ha passato la giornata con i genitori e la sera era seduto sul divano di casa mia. Bello. Bello come il sole. Abbronzato e con il solito sorriso.

Ci siamo cucinati una pasta al pomodoro, abbiamo aperto una bottiglia di vino rosso e, ancora una volta insieme, ci siamo fatti cullare da quel nuovo incontro.

Non capivo perché, ma durante la serata con Federico mi è capitato di avvertire una strana sensazione che non avevo mai provato prima. Era come se mi vergognassi. La sua presenza, la sua serenità e gioia diventavano come uno specchio in cui vedevo riflessa la mediocrità della mia vita. Non so spiegarlo, ma non eravamo più così simili. Io mi sentivo quello di sempre, ma lui era cambiato.

Forse la cosa che mi infastidiva era la consapevolezza di non essere mai sceso da quel tram. Finché parli con gente che è rimasta come te sul tram finisci per dimenticartelo. Diventa normale. Così, in fondo, è come vivono tutti, sempre rinunciando a qualcosa.

Mi rendevo conto che negli ultimi cinque anni avevo fatto la stessa vita. E che potevo sommare quegli anni agli altri, quando ancora lui stava con me. Non era cambiato nulla nella mia quotidianità al di fuori di Francesca. Le gioie nella mia vita potevano venire solamente o da un aumento di stipendio o da una storia d'amore. Punto.

Lui però sembrava non notare tutto questo. Era semplicemente la sua presenza a darmi questa sensazione.

Mi ha chiesto come stavano mio padre e mia sorella.

«Bene. Vivono sempre insieme. Lo sai che, da quando è morta mia madre, mia sorella gli fa praticamente da moglie.»

Gli ho parlato di Francesca. Di come ci eravamo conosciuti e di come stavamo bene insieme anche se non ci piaceva dire di essere fidanzati. Non avevo voglia di raccontargli che anche con Francesca le cose da qualche tempo andavano così così. Anzi, ne parlavo cercando di essere pieno di entusiasmo. Come quelle donne che ti dicono senza che tu glielo chieda: "Sono felicemente sposata". Mettono la parola *felicemente* come un lucchetto alla porta del loro vero sentire.

Mentre parlavo di Francesca sembrava quasi che lo volessi imitare, perché ci mettevo un sacco di energia. Era l'unica cosa che avevo da dire. Ho cercato di riportare l'attenzione sulla sua vita. Parlare della mia mi imbarazzava.

«... e tu, sempre all'avventura? Una donna in ogni porto?»

«Adesso sto con Sophie. L'ho conosciuta a Boa Vista, mi è piaciuta subito. Cercava qualcuno che l'aiutasse a trasformare una vecchia casa in una *posada*. Ho iniziato a lavorare per lei e di lì a poco ci siamo innamorati. Le ho chiesto di diventare socio, però. Dopo un po' ha accettato. Non al cinquanta per cento, perché non me lo posso permettere: solo una piccola quota più il mio lavoro. Così ora eccomi qua a fare la mia parte. Recuperare rubinetti, maniglie, attrezzature elettriche, cessi. È per questo che sono tornato.»

«Sono contento per te, si vede che stai bene, che sei felice, forse perché puoi fare quello che vuoi, non hai orari, scadenze.»

«A parte il fatto che non è proprio così, comunque la felicità non è che sia fare sempre quello che si vuole, semmai è volere sempre quello che si fa... Sinceramente non so se sono felice o no, sicuramente mi sono liberato di un sacco di stronzate che un tempo inseguivo e che pensavo fossero importanti.

«Per questo desidero stare con Sophie, per condividere questo mio nuovo sentimento con lei. Dividere la mia felicità con la donna che amo.»

«Che cazzo stai dicendo? Parli come un prete.»

«Boh... L'ho letto ieri in aereo sull'oroscopo del giornale.

«Tu hai scritto il libro?»

«Non ancora.»

«E cosa stai aspettando?»

«Il momento giusto.»

«Il momento giusto? Guarda che con il Parkinson è un casino, conviene che ti sbrighi.»

Scrivere un libro era sempre stato il mio sogno nel cassetto. E lui lo sapeva. Quante sere a parlare dei nostri desideri, del nostro futuro, delle nostre aspettative.

Si vedeva che Federico era innamorato. Il Federico di prima me lo ricordo benissimo con le donne. Un idolo. Una faccia da culo mai vista. Mi ricordo per esempio quel periodo stranissimo in cui aveva convissuto con Marina. L'aveva sempre tradita. Riempita di corna. Con stile però. Noi, ai tempi, pensavamo che il tradimento fosse una cosa che si poteva fare solo se ne eri capace. Cioè se eri in grado di non farti beccare e se reggevi la pressione di eventuali sensi di colpa, altrimenti non si doveva fare. Non era onesto. Bocciati assolutamente quelli che tradiscono e poi vanno a costituirsi, confessando di aver capito l'errore e di voler essere onesti e sinceri. Balle! Non sanno reggere i sensi di colpa. Fede era uno che, secondo la nostra teoria, poteva tradire: per lui non era reato. Per esempio, una sera, dopo essere stato con una, era tornato a casa ubriaco alle tre della mattina e aveva avuto l'ennesimo litigio con Marina. Io sapevo dov'era stato perché era venuto a farsi la doccia da me, visto che aveva fatto l'amore in macchina. Lui, uomo di classe, era uscito da quella brutta situazione alla grande, applicando la prima, e forse unica, irremovibile e fondamentale regola: *negare, negare, negare sempre.* Anche di fronte all'evidenza!

Marina, molto nervosa e con una faccia tiratissima, aveva iniziato: «Dove cazzo sei stato fino alle tre di notte?».

«Le tre? Guarda che ti sbagli, è l'una.»

«Non fare lo stronzo, sono le tre.»

«Ti dico che ti sbagli, è l'una.»

«Federico, *porcadiquellaputtana,* non sono mica scema, guarda l'orologio: sono le tre.»

Fede, il maestro, aveva guardato l'orologio. Erano le tre...

Attimi di silenzio, poi: «Senti Marina mi sono rotto, veramente, adesso basta! Cioè è pazzesco, se dopo due anni che stiamo insieme, di cui gli ultimi mesi di convivenza, che non è poco, dico se dopo due anni che stiamo insieme credi più all'orologio che a me allora non so proprio che dirti!».

Beh... "se credi più all'orologio che a me" l'ho trovata per anni una frase geniale.

Un'altra cosa che mi ricordo di Marina è che quando si erano baciati la prima volta Federico mi aveva detto: «Ha le tette talmente piccole che mentre la baciavo e ho iniziato a toccargliele mi ha spostato la mano».

«Perché si vergognava e non voleva fartele toccare?»

«No, al contrario, sono così piccole che non capivo bene dove fossero, allora lei mi spostava la mano sul punto giusto. Anche se sono piccole mi piacciono da morire.»

Quel Federico là abitava ancora in questo Federico qua? Chissà se sarebbe stato ancora capace di fare certe cose, come quando era uscito con una ragazza e si era accorto che era una delle persone più noiose della terra. Dopo cena avevano fatto una passeggiata e, a un tratto, alla fermata dell'autobus si era fermato il 12 e lui un secondo prima che si chiudessero le porte era salito e, senza dire nulla, se n'era andato lasciando la poveretta sola in mezzo alla strada.

Chissà che cos'aveva questa Sophie che le altre non avevano?

«Cos'ha Sophie che un'altra donna non ha?»

«Innanzitutto è una donna, e io non lo darei così per scontato. Poi su tante cose la pensiamo in maniera simile, pur essendo totalmente diversi. Ma soprattutto è una donna che ha avuto il coraggio di vivere le proprie idee. Il coraggio di non piacere, il coraggio di non fare scelte per accontentare gli altri. Quando l'ho incontrata era una persona felice. Sophie non è felice perché sta con me. È felice a prescindere da me. Sophie ama la vita. Non ci si può fare niente, le persone che amano si finisce sempre per amarle. È una legge della natura.

«Ha avuto una vita piena di emozioni, e quando sei *pieno* desideri condividere tutto ciò che hai con qualcuno. Comunque io la amo soprattutto perché è impossibile non farlo.»

Una cosa che mi piaceva di Fede quando parlava di Sophie era che non diceva mai "la mia ragazza", "la mia fidanzata" o cose del genere. Quando parlava di lei la chiamava sempre per nome.

«Usciamo o no? Più che una chiacchierata sembra un monologo. Sembra che indaghi. Cazzo, non mi porti mai fuori. Sono stufa di farti la serva. Tu torni, trovi tutto pronto, mai una volta che mi dici se ti piace quello che ti preparo...»

Era la solita scena che facevamo sempre prima di uscire.

Siamo usciti.

Il giorno dopo mi sono liberato presto dal lavoro per passare un po' di tempo con lui.

Nel primo pomeriggio Federico è passato in officina da mio padre a prendere la vecchia Guzzi di Giuseppe e poi è venuto a prendermi per portarmi con lui a fare i suoi acquisti. La prima cosa che siamo andati a comprare sono stati quattordici water. Non comprava solo cose per lui ma anche per altri dell'isola. Era bravo a fare affari, lo era sempre stato.

Dopo aver ordinato i sanitari siamo risaliti in moto. «A

proposito di cessi, quand'è che mi presenti la tua ragazza?» mi ha chiesto.

«Coglione! Andiamo a prenderci un caffè al bar dove lavora così glielo dici di persona.»

Ero contento di andare in giro in moto con lui. Era un'ottima scusa per abbracciarlo e stringerlo un po'.

Quando siamo arrivati al bar e ha visto Francesca mi ha detto: «Ritiro tutto».

Francesca si è seduta cinque minuti al tavolo con noi, poi il bar si è riempito ed è tornata a lavorare.

Non so perché ma ero contento che quel giorno Francesca avesse una gonna corta. Forse è una stupidità da maschio.

«Ammazza che gambe che c'ha... sembra che le partano dalle orecchie.»

«Oh... guarda che lo dico a Sophie.»

«A proposito di Sophie, ho deciso di regalarle una collana ma non voglio comprargliene una qualsiasi, vorrei disegnargliela io. Ce l'ho già un po' in testa, ma a disegnare faccio schifo. Aiutami tu... Francesca, ci porti un foglietto e una penna? Se hai una matita, meglio.»

Ci siamo messi a disegnare il ciondolo che aveva pensato per Sophie.

Dopo vari tentativi siamo arrivati a quello che intendeva.

«Francesca, puoi venire un attimo, ci serve un parere da donna» le ha gridato Fede.

A Francesca piaceva, quindi con quel disegno fatto su un foglietto siamo andati in una gioielleria.

Prima di uscire le ho chiesto se le andava di venire a cena con me e Fede.

«Quando finisco qui passo un attimo da casa e poi vi raggiungo. Porto io il vino. Ciao.»

Consegnato il foglietto, il gioielliere ci ha chiesto se potevamo rifare il disegno un po' più grande perché non capiva bene e ci ha dato un foglio della sua stampante. Mi sono rimesso a disegnare ma questa volta ci ho messo un secondo. Ormai era chiaro anche a me cosa voleva Federico.

«Ecco, vorremmo questo ciondolo in oro bianco. Quanto tempo ci vuole?»

«Due settimane al massimo. Dovete lasciare una caparra di cinquanta euro.»

Federico in quel momento non li aveva e allora li ho anticipati.

Ci ha dato una ricevuta che ho tenuto io perché avrebbe chiamato me sul cellulare quando la collana sarebbe stata pronta, visto che Federico il telefono non ce l'aveva.

Abbiamo fatto ancora un paio di giri e poi siamo andati da me.

«Ho voglia di fare tutte le cose che non posso fare a Boa Vista. Andare al cinema, girare per negozi, comprare qualcosa di inutile e stupido. Voglio andare su e giù per una scala mobile.»

In quei giorni passati con lui mi sono accorto che in tante cose era cambiato, ma ero felice di scoprire che stavamo ancora bene insieme.

5
Sotto casa a chiacchierare

Eccoci a cena. Io, Federico e Francesca.

Si sono piaciuti subito. Io ero l'addetto ai fornelli. Federico ha preparato delle caipiroske. Praticamente ne ha fatta una gigantesca nell'insalatiera piena di ghiaccio, che noi in passato avevamo sempre chiamato "il secchiello della felicità". Mentre io cucinavo un semplicissimo riso basmati e un pollo al forno con le patate, Federico e Francesca chiacchieravano di là. Io non sentivo bene, ricordo solo che ridevano molto. A Francesca avevo parlato spesso di Federico e lei aveva sempre avuto il desiderio di conoscerlo. Con l'arrivo di Federico, io e lei avevamo messo da parte la nostra crisi che era in atto ormai da un po'.

«Una volta Michele mi ha raccontato che una sera tu gli hai fatto un discorso e che dopo un po' hai cambiato totalmente vita e te ne sei andato, hai iniziato a viaggiare. Michele parla un sacco di te. Com'è stato cambiare così radicalmente la propria vita, trovare la forza di farlo? Non credo sia stata una cosa facile, no? Non sai quante volte anch'io ci ho pensato.»

«All'inizio non è stato per niente facile. Partire così, mollare tutto e tutti senza sapere che fine avrei fatto è stato pesante, però dopo ho scoperto un sacco di cose che mi hanno aiutato a superare la situazione e alla fine ero talmente cambiato che non ho più avuto problemi. Comunque, adesso che ce l'ho fatta, posso dire che è una cosa che possono fare tutti. È solo che non sapendolo hai molta più paura di quella che dovresti avere, cioè in realtà fa più paura l'idea che farlo veramente.»

«E come mai hai preso quella decisione?»

«Non lo so. So solo che mi ero stufato della mia vita e che la trovavo inutile, priva di emozioni reali e molto ripetitiva. O forse semplicemente avevo finito gli argomenti per distrarmi. Sono stato affascinato improvvisamente dall'idea di vivere l'incertezza.

«Devo dirti che è stata la cosa più intelligente che abbia mai fatto nella vita. Sono partito per trovare l'altra metà di me.»

«E l'hai trovata?»

«In parte sì. Più che un nuovo me, ho trovato un modo nuovo di vivere.»

«Quindi sei una persona felice adesso?»

«Aridaje... ma che, siete del club "cercasi felicità"? La stessa domanda nel giro di ventiquattr'ore: anche Michele me lo ha chiesto. Diciamo che, se morissi ora, la mia sarebbe stata una vita felice. Soprattutto se mi date un'altra caipiroska.»

«Ma tu, Federico, non credi che il destino sia già scritto?»

«Non lo so. Forse il destino va anche sfidato con una scelta folle, con un sentimento d'amore, con un atto di coraggio o semplicemente con un gesto poetico. Io l'ho sfidato perché volevo diventare più bello. Beh, non ci sono riuscito, ma è stato sufficiente per darmi la forza di partire. Sophie dice che la bellezza non è altro che la promessa che ognuno di noi ha di diventare se stesso.»

La chiacchierata è stata interrotta dal mio intervento culinario: avevo bisogno che qualcuno assaggiasse un pezzettino di pollo. Ai tempi non riuscivo mai a capire quando era cotto, e sì che non è difficile. L'hanno assaggiato tutti e due. Francesca ha detto che non era pronto, che era ancora un po' crudo, Federico ha aggiunto che un buon veterinario avrebbe potuto riportarlo in vita. Sono tornato ai fornelli... «Ah, ma sul riso sono un mostro di bravura, vedrete.»

«Del panino al tonno hai notizie?» mi ha gridato Fede.

Quella del panino al tonno era una nostra vecchia storia. Un anno avevamo fatto un viaggio in macchina per andare al mare, e in autogrill avevamo comprato tre panini, uno a testa e uno da dividere, perché per noi nel mondo le misure erano sbagliate. Una pizza, per esempio, era poco per cena, ma due erano troppe, e questo valeva anche per la birra media o per una qualsiasi altra bevanda. Quindi io e Federico prendevamo sempre le cose per tre persone e dividevamo in due.

Stranamente, quella volta, dopo i due panini nessuno aveva voglia di mangiare la metà del terzo e ce l'eravamo dimenticato una settimana in macchina, finché un giorno avevamo trovato il panino al posto di guida con la cintura di sicurezza allacciata: voleva guidare lui. Non lo avevamo buttato per tutta la vacanza, ma poi un giorno era sparito. Io non l'avevo buttato e Federico negava di averlo fatto. Avevamo passato un sacco di serate immaginandoci il panino al tonno che si era rifatto una vita altrove. La storia che ci convinceva di più lo vedeva sposato a una focaccia con cui aveva avuto due figli nello Stato dell'Oregon.

«No, non ho notizie, l'unica cosa che so è che avevi ragione tu, perché l'anno scorso mi ha mandato una cartolina dall'Oregon e tra l'altro mi sono dimenticato di dirti che c'era scritto di salutarti.»

Era vero, ma la cartolina me l'aveva spedita Fede. Ce l'avevo appesa dietro la scrivania in ufficio.

Francesca ci guardava senza capire, e quando sono tornato ai fornelli ha ricominciato a fargli domande. Diciamo che lo marcava stretto.

«Scusa, se il destino uno se lo costruisce, allora per te Dio non esiste?»

«Per me Dio è il destino che ci attende. Credo nel mistero della vita e sicuramente non credo in un Dio che passa la sua giornata a giudicarmi. Io non cerco di immaginarmi com'è Dio, ma cerco di vederlo in ogni cosa. Dio per me non è sicuramente un alibi per ignorare la responsabilità del mio destino e della mia vita. In passato per me era solamente una parola rassicurante. L'idea che ci fosse mi faceva stare più tranquillo.»

«Io, per esempio, non sono in grado di capire qual è la scelta giusta per vivere il mio destino. Io non so esattamente cosa è giusto per me, sono più brava a vedere cosa è giusto per gli altri. È come quando sei in autostrada e nella direzione opposta c'è una coda infinita a causa di un incidente. Mi è capitato l'altro giorno. Andavo tranquilla e osservavo. Quando sono arrivata alla fine della coda vedevo le macchine che si avvicinavano e avrei voluto avvisarle. Vedevo queste persone andare verso un destino che io conoscevo. Io sapevo dove si stavano infilando, ma loro, inconsapevoli, guidavano con serenità. Però io non riesco a capire cosa succede nella mia corsia. Come si fa a capire veramente qual è il proprio destino? E poi, per esempio, io sono diversa da te, non sono ambiziosa, non ho una cosa che voglio veramente fare, non ho un talento in particolare, non sono nata che sapevo disegnare, o suonare o altro. Poi sono una ragazza: viaggiare per me è diverso.»

La storia dell'autostrada l'avevo già sentita altre volte. Io e Francesca in quel periodo eravamo simili in tante cose e sicuramente ci accomunava quella caratteristica che appartiene alle persone mediocri: avere una serie di frasi o concetti che, siccome ci piacevano, tiravamo fuori spesso per sembrare acuti. Quella frase, per esempio, ai tempi ci sembrava veramente frutto di grande intelligenza. Riascoltarla da un'altra stanza invece mi faceva così tristezza.

«Cioè, tu non hai un sogno, una cosa che vuoi o volevi fare?» le ha chiesto Federico.

«Sì, uno ce l'ho. È quello di farmi un giorno una famiglia.»

«Fare una famiglia non è un sogno. Le famiglie si dovrebbero fare per condividere con qualcuno che si ama il proprio sogno. Altrimenti le persone diventano funzionali a qualcosa, diventano dei mezzi e non possono essere ciò che sono. Come ha fatto mia madre: non mi ha mai visto come una persona con i suoi desideri, i suoi tempi, i suoi gusti. Spesso la famiglia diventa il rifugio di chi non è riuscito a fare altro.»

Francesca si è trovata spiazzata da quella risposta: quando si mette in mezzo la famiglia, una storia d'amore e dei figli, di solito nessuno ribatte. E poi ripetere una frase che dicono in molti ti fa sentire tranquillo come se la tua voce fosse in un coro. Si è protetti dalla voce degli altri.

«Da qualche parte dentro di te ce l'hai anche tu una cosa che vuoi fare, che vuoi esprimere. Non lo sai solo perché non ci hai mai pensato veramente. Può anche darsi che tu non abbia un talento, ma sicuramente avrai delle capacità, magari semplicemente in passato non hai trovato persone che ti abbiano aiutato a crederci. Oppure sei anche tu "la maratoneta".»

«Cioè?»

«Fai conto di essere una maratoneta. Stai correndo con i tuoi amici e le tue amiche. A un certo punto capisci di avere una buona gamba, un bel passo, di poter andare più veloce, e allora decidi di seguire questa tua forza. Di convertirti al tuo talento. Dopo un po' che corri, ti accorgi di aver staccato il gruppo. Ti giri e ti scopri sola. Loro sono indietro, tutti insieme che ridono, e tu sei sola con te stessa. Siccome non riesci a reggere questa solitudine, rallenti finché il gruppo ti raggiunge e, negando il tuo talento, fingi di essere come loro. Rimani nel gruppo. Ma tu non sei così, non sei come loro. Infatti anche lì in mezzo ti senti comunque sola.»

Federico è stato il primo a vedere la Francesca nascosta dietro quella che vedevano tutti. La persona che è diventata adesso. Lui è andato subito nel suo centro più profondo.

Francesca si è sentita nuda davanti a lui e in quel momento le uniche parole che è riuscita a dire sono state: «Beh, grazie. Ma mi sa che ti sbagli. Io non sono una gran maratoneta...».

La cena è stata meravigliosa, abbiamo parlato di tutto. Anche il pollo era cotto a puntino. Abbiamo riso molto anche quando Francesca ci ha confidato una cosa sul suo ginecologo, poi diventato ex ginecologo. Qualche anno prima, dopo una visita, le aveva chiesto di uscire insieme. Ma Francesca ci ha detto che in quell'ultima visita lei aveva sentito qualcosa di diverso mentre lui la toccava. Abbiamo parlato di sesto senso femminile, e di come comunque la sessualità sia diversa nell'uomo e nella donna. Tutto l'apparato sessuale dell'uomo sta fuori mentre quello della donna è dentro: per questo io sostenevo che per una donna è difficile fare l'amore con la stessa facilità con cui lo fanno gli uomini. È molto più facile andare a casa di una persona che invitarla nella propria. A me non piace fare entrare chiunque a casa mia. A questa mia teoria ci credevo molto e loro mi hanno preso in giro. Ai tempi faceva parte di quelle famose riflessioni che sfoggiavo con vanto. Invece a un'amica di Francesca era successa la stessa cosa con lo psicologo, allora abbiamo cercato di capire quale delle due situazioni fosse più fastidiosa: uno che si intrufola nei meandri della tua mente o uno che entra nella tua patata?

Francesca probabilmente non è bella come la descrivo o la vedo io, comunque è oggettivamente molto carina e quando quella sera le abbiamo chiesto: «Se ci ha provato il ginecologo, allora, visto che lavori in un bar, chissà quanti uomini ci provano...» lei ci ha risposto: «A parte Michele e gli uomini sposati, non molti».

«Perché, tu attiri gli uomini sposati?» le ho chiesto.

«No, non sono io che attiro gli uomini sposati, ma in qualsiasi posto di lavoro di fronte a una donna gli uomini sposati sono i più scatenati.»

«A proposito, lo sai che io e Francesca tra due giorni andiamo a un matrimonio? Indovina chi si sposa.»

«Boh...»

«Mio cugino Luca e Carlotta.»

«Si sposano? Ma non erano in crisi un anno fa?» Me l'ha detto con un sorriso da paraculo.

«Si è risolta. Se vuoi gli dico di invitarti. Non lo sapevano che tornavi.»

«No, non importa. Li chiamo per fargli gli auguri, però.»

«Ti ricordi quando siamo scappati da casa tua per andare alla festa di Carlotta?»

«Mi ricordo più che altro le sberle di mio padre.»

«Fortuna che il padre era tuo, sennò le prendevo anch'io.»

Giuseppe si era accorto della fuga ed era venuto a prenderci urlando, facendoci fare una figura di merda di fronte a tutti. Ci hanno presi per il culo una vita. Il giorno dopo suo padre nel pomeriggio era andato a dormire, chiedendo a Federico di svegliarlo alle sei perché aveva un appuntamento di lavoro importante. Ma dopo la figura di merda della festa Fede non gli parlava più e allora era entrato nella stanza e gli aveva lasciato un biglietto con scritto: "Svegliati! Sono le sei".

Giuseppe si era svegliato alle otto. Altri schiaffi.

Durante la cena abbiamo raccontato a Francesca anche un po' di scherzi che avevamo fatto. Come quella volta che avevamo svuotato un fustino di detersivo nella fontana della piazza: dopo pochi minuti era tutta piena di schiuma fino al casello dell'autostrada. O quando avevamo legato con il lucchetto la bicicletta del metronotte al palo mentre lui era andato a mettere i bigliettini alle saracinesche dei negozi.

Se invece volevamo tirare uno scherzo a qualcuno con cattiveria, perché ci aveva fatto qualcosa di grave, si faceva la "macchina delle occasioni": si prendono un po' di oggetti che non si usano più come ciabatte, occhiali da sole, dischi, bicchieri, piatti eccetera, e si incollano con l'Attak sul cofano, sulle portiere e sul tetto. Ma uno deve veramente essere stato stronzo per meritarsi questo. Noi lo avevamo fatto solamente una volta.

Lo scherzo più bello però, e quello più riuscito, era quello della "macchina in doppia fila".

Un giorno, sotto casa mia, c'era una macchina in seconda fila che impediva a un'altra di uscire.

In piedi un signore robusto dall'aria infastidita strombettava con il clacson, probabilmente aspettava da un pezzo. Era tanto tempo che sognavamo di farlo, ma non era uno scherzo facile, perché bisogna trovare l'occasione giusta. Ci sono una serie di cose che devono combaciare. Quella era la situazione perfetta, per questo è diventato il nostro scherzo migliore, quello meglio riuscito.

Fede si era avvicinato all'automobilista incazzato e aveva finto di essere il proprietario della macchina in doppia fila.

«... e basta suonare! Hai rotto il cazzo, mi hai sfondato le orecchie!»

«Scusa, la macchina è tua?»

«Sì, perché?»

«E mi vieni a dire che ho rotto il cazzo? Sono dieci minuti che suono, tu arrivi e mi dici che ho pure rotto il cazzo... Vedi di spostarla subito, prima che spacco la faccia a te e ti sfondo la macchina a calci!»

«Cosa? Senti cicciottello, o mi chiedi scusa o io la macchina non la sposto.»

«Ti ripeto, spostala in un microsecondo o te la sfascio, coglione!»

Perfetto, tutto proseguiva secondo copione.

«Ah, mi dai pure del coglione... sai cosa ti dico: vaffanculo, la macchina resta lì. Io me ne vado, se vuoi spostarla, te la sposti da solo. Spacchi il vetro e la spingi, chiami i carabinieri, fai quel cazzo che ti pare, io vado a bermi un caffè. Stronzo.»

Federico se n'era andato. L'uomo aveva cercato di inseguirlo ma, appena girato l'angolo dove io ero nascosto, in un secondo eravamo già nella discesa dei garage. Fine del primo atto.

Dalla finestra dell'appartamento avevamo visto l'uomo che prendeva a calci la macchina e poi sfondava il vetro. Era talmente incazzato che gli era cresciuto un piercing sul naso. Mentre trafficava con il freno a mano, il capolavoro si è concluso. Era arrivata la padrona della macchina. Urla. Carabinieri. Fine del secondo atto. Fine dello scherzo. Sipario.

Anche se provassimo a rifarlo mille volte, secondo me così bene non riuscirebbe più.

Quella sera Federico ci ha parlato molto di Sophie e di quello che stavano facendo. Il progetto della *posada*, e una serie di altre cose che sarebbero venute di conseguenza. Poi ci ha raccontato un po' dei suoi viaggi e di quello che aveva visto nel mondo.

Ci ha raccontato di quando in Perú era stato per venti giorni con uno sciamano. Una notte avevano acceso il fuoco e lo sciamano gli aveva detto di chiudere gli occhi e di ascoltare le sue parole. Lo sciamano gli aveva regalato un'esperienza indimenticabile, pare che gli avesse fatto provare delle emozioni fortissime. Ci ha raccontato di aver volato, di essere stato un'aquila, di aver nuotato come un pesce sott'acqua.

«Non ero più nel mio corpo, ma ero staccato da me stesso e andavo a visitare posti lontanissimi mai visti prima e diventavo ogni volta una creatura diversa. Non era solo immaginazione, era qualcosa di più. Ho avuto la sensazione di avere dentro di me una divinità che mi abitava. Non so cosa fosse, non l'ho mai capito, ma è stata un'esperienza piena di emozione, una cosa fuori di testa.»

Io e Francesca eravamo incantati da quel racconto. Infatti credo che a Federico sia dispiaciuto doverci confessare che non era vero, e che si era inventato tutto per prenderci per il culo. È sempre stato un suo talento raccontare palle. Ci cascavo ancora.

«Una libreria» Francesca ha esclamato interrompendo un silenzio.

«Cosa?»

«Mi piacerebbe aprire una libreria. Adoro leggere e ho sempre sognato di lavorare in una libreria. So anche come la vorrei. Ce l'ho disegnata nella testa. Una libreria con una piccola caffetteria dentro. Tè, biscotti alla cannella, caffè, cioccolata. Immagino la gente che si siede a prendere qualcosa mentre legge le prime pagine dei libri che ha comprato. Questo è il mio sogno, non solo farmi una famiglia.»

«Perché non me lo hai mai detto?» le ho chiesto guardandola.

«Così... non lo dico mai perché un po' mi fa male pensarci, perché è una cosa stupida e poi è un sogno irrealizzabile.»

«Quando ci hai provato che cosa è andato storto?» le ha chiesto Federico.

«Veramente non ci ho mai provato. Dove li trovo i soldi per aprire una libreria?»

«Tu fai vedere al tuo sogno che veramente ci tieni a incontrarlo, senza pretendere che lui faccia tutta la strada da solo per arrivare fino a te, poi le cose accadono. I sogni hanno bisogno di sapere che siamo coraggiosi.»

«Eh... non è così facile.»

Più tardi Francesca ha accompagnato a casa Federico. So che sono rimasti ancora un po' sotto casa a chiacchierare, ma non so che cosa si sono detti.

6

Salutameli tu

Non sapevo se mettermi la cravatta o no. Era passato un sacco di tempo dall'ultima volta che ero andato a un matrimonio. Alla fine l'ho messa.

Sono andato a prendere Francesca e insieme siamo arrivati in chiesa in ritardo. La funzione era quasi finita. Giusto il tempo di buttare dentro un occhio.

Devo dire la verità, non avevo molta voglia di andarci, ma era giusto farlo. C'erano anche mio padre e mia sorella.

Dopo il lancio del riso la folla si è dispersa infilandosi nelle macchine e la carovana si è diretta verso il ristorante. Una villa enorme con parco.

Io non mi sono voluto sedere troppo vicino agli sposi e con Francesca ci siamo presi due posti in un tavolo rotondo vuoto. Non sapevamo chi si sarebbe seduto lì, ma a quel punto era uguale. Amici intimi non ne avevo. Era tutta gente che conoscevo di vista perché la città è piccola, ma non avevo mai parlato praticamente con nessuno.

Per Francesca le uniche facce che conosceva erano quelle che passavano al bar.

Mentre con moderata cadenza i posti a sedere stavano per essere occupati tutti, nel salone sono entrati gli sposi.

Dopo quattro anni di fidanzamento mio cugino Luca e Carlotta si erano sposati. Lui aveva ventinove anni e Carlotta trenta. Luca è sempre stato un bravo ragazzo, buono di cuore. Pur essendo ricco di famiglia non è mai stato uno di quegli arroganti o spacconi come alcuni dei suoi amici, quelli che per fare i ribelli e dannati alle feste a un certo punto si legano la cravatta intorno alla testa, come Rambo. Io, lui e Federico ci facevamo un sacco di scherzi quando eravamo piccoli. Mi ricordo che una volta ha litigato con un benzinaio perché Fede aveva scritto sotto la sella della sua Vespa, dove c'era il buco per fare miscela, "il benzinaio è un coglione".

Anche Carlotta la conoscevo da sempre. Lei pure proveniva da una famiglia benestante. Papà notaio. Nel periodo dell'adolescenza era famosa per la sua assunzione di droghe, soprattutto sintetiche, e per la disponibilità sessuale. Si narra anche che avesse fatto l'amore con tre uomini insieme. Era piccolina, un vero giocattolino sexy. Quando te la trovavi di fronte nuda a letto, praticamente sentivi la musichina della pubblicità "*... giochi preziosiiiiii*". Carlotta è stata la terza donna di Luca e credo che lei lo abbia rigirato come un calzino. È una da braccialetto alla caviglia. Un must. Una certezza. Negli ultimi anni si era calmata, da quando stava con mio cugino. Lui le ha ridato una credibilità. L'ha sdoganata. Ora sta per diventare la rispettabilissima signora Manetti. Lei, la classica ragazza che prima esagera e poi si mette in riga. Esagerando anche in quello.

Una coppia perfetta. Sempre insieme. Li avevo visti qualche domenica prima. Erano in mountain bike, vestiti uguali con le tutine da ciclisti, il casco e gli occhiali spaziali. Non sono molto sportivi. Come quelli che partono da casa la domenica vestiti come se dovessero fare la scalata del monte Bianco e poi li trovi duecento metri più avanti, alla prima gelateria con il cono in mano, limone e fragola, bacio e fior di latte.

Gli sposi si sono seduti con a fianco i loro genitori.

La madre di Luca è la sorella di mio padre, quella che "si è sposata con l'industriale", come dicevano gli zii e i nonni. Quando ci parlo vorrei abbracciarla per delle ore. Si occupa solo di beneficenza e qualche anno fa si è anche candidata in politica per la circoscrizione. Va spesso in palestra.

Il papà di Luca ha un'azienda che produce guarnizioni di gomma. È un uomo fornito di un lunghissimo pelo sullo stomaco. È uno che quando lo guardi in faccia ti dispiace per lui. Nonostante nel suo campo sia molto capace, ti dà l'impressione che se ci esci a mangiare la pizza devi tagliargliela tu, come coi bambini. Luca è cresciuto all'ombra di suo padre, e questo gli ha impedito di costruirsi una sana indipendenza. Sotto una pianta grande non può crescere un'altra pianta grande. Mio cugino ha continuato il percorso di suo padre perché aveva troppo da perdere. Quando la mia famiglia ha passato dei momenti difficili, "l'industriale" ci ha fatto un prestito, e quando l'ha fatto si è sentito anche in diritto di fare a mio padre la ramanzina, unita a una serie di lezioni su come gestire l'officina. Io e la mia famiglia saremo sempre grati al marito di mia zia per quello che ha fatto, ciò non toglie (e lo dico con tutto il cuore) che lui, il signor Manetti Achille della Manetti SPA è stato un grandissimo stronzo. E dover dir grazie a uno stronzo è veramente fastidioso.

La terza sedia dopo Luca è occupata da mia cugina Chiara. Caratterialmente molto simile ad Achille, Chiara non è mai soddisfatta. Ha tutto quello che desidera. Tranne la bellezza. E non essere belli ai ricchi scoccia di più. Quando giocavamo da piccoli ricordo che il suo sogno era quello di diventare giardiniere. Amava un sacco i fiori e ancora adesso li conosce tutti per nome. Peccato che, crescendo, la sua passione sia sfumata. Anche perché i genitori non volevano una figlia giardiniere, ma una laureata in giurisprudenza. Risultato: qualche fiore di meno e un'avvocatessa insoddisfatta di più.

Dopo l'antipasto volevo già andare via. Ero quasi pronto per il caffè, anche perché per il matrimonio credo abbiano speso una cifra pari al PIL del Nicaragua. Non si sono voluti far mancare niente.

Francesca era più socievole di me: mentre io avevo detto solo qualche parola, lei era già abbastanza in confidenza con le persone sedute al suo fianco.

Io più che altro mi guardavo intorno.

Gli invitati erano come da copione: bene o male sono uguali a ogni matrimonio. Francesca indossava un vestito nero che finiva appena sopra il ginocchio e delle scarpe normali dello stesso colore. Molte donne avevano delle acconciature che si capiva erano state fatte per l'occasione. C'erano almeno un paio di ore di parrucchiere a testa. Boccoli, chignon, ciuffi strani, extension. Qualcuna aveva azzardato anche il cappello. Praticamente dei dischi volanti gialli, bianchi, una anche rosso.

C'erano i soliti uomini che come me sbagliano sempre il colore delle scarpe, o della cintura.

Tra gli invitati, ne ho contati almeno cinque di quelli che si erano fatti un giro con Carlotta.

Forse un po' del mio fastidio era dovuto anche al fatto che quando ci avevano invitati al matrimonio io e Francesca eravamo nella fase in cui ci adoravamo e passavamo tutto il tempo libero insieme. Il giorno del matrimonio, invece, eravamo in piena crisi. E mai andare a un matrimonio se si è in crisi.

A un certo punto una ragazza di fronte a me ci ha chiesto se eravamo fidanzati.

«Diciamo che fidanzati è una parolona, siamo dei *trombamici.*»

A quel tempo pensavo di essere stato spiritoso anche se mi sono accorto subito che Francesca non aveva gradito molto. Non ha detto niente.

«Beh, peccato, siete così belli insieme» ha ribattuto la ragazza.

«Poverina, invece secondo me lei sarebbe contenta di fidanzarsi con te» ha detto il suo compagno.

Francesca ha alzato la testa e ha fatto un mezzo sorriso. Si è creata una sorta di tensione a tavola, non tanto per quello che provava ma per quello che gli altri della tavolata pensavano che lei stesse provando.

Si è parlato d'altro.

Gli sposi sono usciti a fare qualche fotografia nel parco e quando sono rientrati Carlotta ha potuto così lanciare il bouquet.

Occhio e croce ci saranno state più di cento donne in quel salone e a chi è capitato? A Francesca.

Non si era nemmeno accorta, gli è proprio caduto praticamente addosso. L'ha raccolto e tutti a dire: "Ti sposerai entro l'anno, ti sposerai entro l'anno...".

Siccome molte persone mi guardavano, me ne sono uscito con un'altra splendida battuta: «Che bello, ti sposerai entro l'anno! Ricordati di invitarmi al matrimonio».

Forse il problema era la faccia che facevo quando dicevo quelle cose, perché nemmeno lì hanno riso.

Un bambino ha iniziato a piangere. Sparsi qua e là tra i tavoli c'erano una manciata di bambini cicciottelli vestiti come i grandi, che correvano tutti sudati e rossi in faccia. Tutti pressappoco grandi uguali tranne l'ultimo della fila che era il più piccolo e che continuava a inseguirli, finché con un'inversione di marcia lo hanno fatto cadere a terra sbattendogli addosso. Era lui che piangeva. A quel punto tutte le mamme hanno richiamato i figli e hanno iniziato a sgridarli. Tutti. Come quando si litiga con i fratelli e la mamma entrando nella stanza distribuisce schiaffi in maniera equa senza chiedere di chi sia la colpa.

Più tardi è passata al nostro tavolo la sposa. Era un po' brilla. Ha salutato tutti poi si è avvicinata a me, mi ha dato un bacio sulla guancia e quando è stata vicino all'orecchio mi ha detto: «Il bouquet l'ho tirato apposta a lei, così impari a non volerti sposare, stronzo».

Carlotta ha sbagliato il volume della voce perché Francesca ha sentito e dopo qualche secondo è uscita a fumare una sigaretta.

«Perché tu non ti vuoi sposare?» mi ha chiesto sempre la stessa ragazza di fronte a me.

Era evidente che gli stavo sul cazzo, a quella rompiscatole, ma lasciami in pace, chi ti ha detto niente. «Mah... non penso che mi sposerò, non credo che il matrimonio sia la cosa giusta per me, per come la vedo io.»

Dopo la mia stupida risposta si sono scatenati: «... Dicono tutti così, quelli che parlano come te sono i primi che si sposano, dicono di non volerlo fare perché non hanno la fidanzata, ma appena la trovano si sposano subito».

Prende la parola un altro e aggiunge: «Perché si vede che non hai ancora trovato quella giusta, ma appena la trovi vedrai che cambi idea...».

Allora una ragazza fa a un'altra: «Deve avere sofferto per amore, per questo dice così, sarà rimasto scottato, avrà paura di innamorarsi nuovamente...».

Non sapevo che dire e il mio silenzio era interpretato come se le loro parole avessero fatto centro, come se mi avessero tanato. Strano che nessuno avesse detto che non ero fidanzato perché ero troppo innamorato di me stesso.

Quando Carlotta se ne è andata, la ragazza di fronte a me mi ha rivolto nuovamente la parola: «Mi sa che la tua *trombamica* si è offesa».

«Chi, Francesca? Ti sbagli, non è il tipo.»

«Fidati.»

Mi sono fidato e sono uscito.

«Ma che, ti sei incazzata?»

Non mi ha risposto.

«Dài, lo sai che scherzo, non è da te questo comportamento.»

Ha dato una bella tirata alla sigaretta e poi: «Cosa mi hai portato a fare qui? Secondo te io mi offendo perché dici che non sono la tua fidanzata o che non mi vuoi sposare? Ma per chi mi hai preso, per una rincoglionita frustrata?

«E poi chi si vuole fidanzare con te e soprattutto, giusto perché tu lo sappia, non ti sposerei nemmeno se fossi l'ultimo uomo della terra. Il punto qui è un altro. Non è tanto quello che hai detto, ma la costanza che hai avuto da quando siamo entrati qui nel voler mettere delle barriere e dei paletti, sottolineando dei concetti che erano già chiari a tutti e due facendomi passare come un'idiota, al punto che un coglione vestito come un pinguino del circo mi ha persino dato della poverina.

«Non è quello che dici pensando di essere simpatico che mi dà fastidio, ma è il fatto che non ti accorgi che davanti a certa gente devi stare più attento, perché non tutti capiscono e a me non va di stare seduta a tavola a mangiare con addosso gli occhi di chi mi chiama "poverina". Non ti chiedo di farmi i complimenti o di tenermi per mano, ma nemmeno di fare lo splendido trattandomi da stupida. Pensavo fossi più intelligente».

Beh, aveva ragione. Il punto era che ormai eravamo stufi di stare insieme e io non perdevo occasione per ricordarcelo.

«E se devo andare avanti e dirti tutto, non ho capito perché Carlotta mi ha tirato il bouquet addosso, visto che ti ha detto che l'ha fatto apposta.»

«Non so cosa voleva dire.»

«Te la sei scopata.»

«Io? No!»

«Non raccontarmi palle.»

Mi ha guardato dritto negli occhi come solamente le donne sanno fare in quelle situazioni. Avrei potuto fingere uno svenimento. Ma non mi sembrava il caso. Non ho potuto mentire.

«Sì!»

«Quando?»

«Circa un anno fa.»

«Eri tu la loro crisi, allora.»

«Erano già in crisi. Lei si voleva sposare e io no, quindi abbiamo trovato la soluzione che accontentasse tutti e due.»

«Sai cosa mi sta sul cazzo? Che se io adesso non torno dentro a sedermi con te quelli pensano che mi sono offesa perché non vuoi sposarmi. Beh, è una cosa sopportabile, salutameli tu.»

Francesca se ne è andata. Io ho aspettato un po' lì fuori ripensando a tutto e dopo, senza tornare a tavola, me ne sono andato a casa anch'io.

7
Non avrebbe avuto senso

Una mattina, per il giornale, ho intervistato Elsa Franzetti, della Franzetti Editrice. È stata una bella chiacchierata, uno di quegli incontri che rendono piacevole il lavoro. Abbiamo parlato molto di libri. A un certo punto, affascinato da quella donna così interessante e straordinariamente bella, le ho detto una balla clamorosa. Le ho parlato di un me che non avevo mai avuto il coraggio di essere e ho sparato: «Anch'io ho scritto un libro in questi anni, ma non l'ho mai consegnato a nessuno perché lo considero un lavoro modesto. Ma prima o poi troverò il coraggio di farlo».

«Mi farebbe molto piacere leggerlo, mi incuriosisce sapere cosa ha scritto e, perché no?, se è un buon lavoro, pubblicarlo.»

La sua risposta mi ha spiazzato perché non me l'aspettavo, probabilmente era frutto di quell'intesa che era nata dopo la nostra chiacchierata. Mentre in sottofondo si sentiva il suono delle dita che scivolavano sui vetri ho risposto: «A essere sincero devo ancora sistemare delle parti che non mi convincono, ma appena è pronto le manderò il manoscritto».

«Non lo corregga troppo: gli scrittori non sono mai contenti del loro lavoro e correggendo continuamente spesso lo peggiorano. Se deve sistemarlo faccia pure, tuttavia se vuole posso dare un'occhiata e, se si fida, qualche suggerimento, giusto un parere.»

«Glielo farò avere al più presto.»

Quella mattina, dopo l'incontro, sono uscito dal suo studio con un po' di entusiasmo nel cuore, come se il libro lo avessi scritto davvero. Lei mi aveva addirittura chiamato "scrittore". Nel pomeriggio, appena finito di lavorare, sono passato a prendere Federico perché dovevo accompagnarlo a Livorno per spedire il container con tutte le cose della *posada*. Il camion con la merce era già arrivato. La moto del padre era perfetta per i tragitti a breve raggio, città e provincia, ma non per andare fino a Livorno. Avrei potuto prestargli la mia auto, ma mi sembrava una buona occasione per rifare un bel viaggio insieme, come ai vecchi tempi, visto che dopo qualche giorno sarebbe ripartito anche lui. Siccome dovevamo essere al porto la mattina presto, abbiamo deciso di partire il giorno prima e fermarci a dormire lì.

«Mi fai guidare, che ho voglia?» mi ha chiesto prima di salire.

Mi sono seduto a fianco.

«Andiamo a Livorno o in Danimarca da Kris e Anne?»

«Andiamo ad Amsterdam a mangiare una fettina di quella torta che fa ridere.»

Federico ha riso e siamo partiti.

«Caro Fede, per l'occasione di questo avventuroso viaggio a Livorno ieri sera ho fatto un CD con alcune delle nostre vecchie canzoni preferite. L'ho già inserito, quindi a te l'onore di schiacciare "play".»

Play.

Nella macchina si sentono subito gli appoggi di piano di una canzone che riconosce all'istante: *The Great Gig in the Sky*, Pink Floyd.

Nel CD ci sono altri undici pezzi, però non gli dico quali sono per non rovinargli la sorpresa.

Ogni attacco di canzone è una fucilata al cuore perché ognuna porta con sé una marea di situazioni e di ricordi che ci uniscono. Dopo i Pink Floyd la compilation continua con:

Cry Baby, Janis Joplin
Peace Frog, The Doors
Castles Made of Sand, Jimi Hendrix
Every Breath You Take, The Police
Sultans of Swing, Dire Straits
Please Please Please Let Me..., The Smiths
Something, Beatles
Tired of Being Alone, Al Green
The Joker, The Steve Miller Band
La leva calcistica della classe '68, Francesco De Gregori
La noia, Vasco Rossi

Praticamente il viaggio dell'andata lo abbiamo fatto cantando. Mentre la macchina a tutto volume inghiottiva l'asfalto, nello specchietto retrovisore rivedevamo le cose che avevamo vissuto in passato.

Siamo arrivati a Livorno. Avevo prenotato l'albergo dall'ufficio via internet e non era male. Uno di quegli alberghi pieni di rappresentanti che la sera mangiano soli con le bottigliette piccole di vino. Un'immagine che fa subito due di novembre e io penso sempre che poi per la noia molti di loro in quelle stanze tristi dove tutto è fatto con la stessa stoffa, copriletto-tende-sedie, si masturbano e vengono negli asciugamani.

Abbiamo preso una doppia. Mentre Federico si faceva la doccia io ho acceso la TV. A parte i soliti canali televisivi ce n'erano anche alcuni che parlavano in altre lingue. C'era un canale francese, uno tedesco, la CNN americana, e la BBC inglese. Niente canali spagnoli. Mi sono fermato sulla BBC per controllare il mio livello di inglese, per vedere se capivo qualcosa. Di solito non capisco molto, giusto qualche parola qui e là che poi io metto insieme per dare un senso. Devo dire che mi dà molta soddisfazione quando mi riesce anche solo di capire l'argomento. Sinceramente le immagini mi aiutano.

Quella volta si vedevano dei bambini, delle classi, dei professori e alla fine dei flaconcini probabilmente di vitamine o medicinali.

Non ero molto soddisfatto del mio esamino di inglese.

Fortunatamente dal bagno è uscito Fede che ha detto, riferendosi al programma in TV: «Pazzesco. Che schifo!».

Ovviamente quello stronzo di Federico parlava e capiva bene l'inglese. Vivendo con Sophie aveva imparato anche il francese e a Capo Verde parlava portoghese e creolo. Lo spagnolo lo aveva imparato in Costa Rica.

«Oh, che cazzo hanno detto che non ho capito niente?»

«Una cosa da vomitare. Hanno detto che in America a molti bambini iperattivi a scuola danno l'amfetamina, per sedarli, e che stanno iniziando a distribuirla anche in certe scuole europee. Soprattutto in Inghilterra. Quel signore che parlava prima ha scoperto che il cinquanta per cento dei bambini che hanno fatto uso di quel medicinale da grande è diventato tossicodipendente. A noi due a scuola ci avrebbero riempito di amfetamine... vien voglia di tornare a studiare.»

«Cazzo, se lo scopre Carlotta si riscrive alle elementari. Ma questo una volta, adesso è la signora Manetti. Hai finito con il bagno, posso farmi la doccia?»

Mi sono lavato, ci siamo vestiti e siamo usciti a cena.

Lui si è preso un bel piatto di linguine all'astice e un branzino al sale, io spaghetti alle vongole e grigliata mista di pesce.

«Mi sa che prima o poi vado anch'io a farmi un bel viaggio, così imparo una lingua. Magari vengo a trovarti a Capo Verde.»

«Se vieni a trovarmi sono contento, ma sicuramente non impari molto perché poi finisce che parli italiano con me. Devi andare in un posto dove non conosci nessuno. Per la lingua, evitare gli italiani.»

«Giusto. Appena metto via un po' di soldi parto.»

«Non te ne servono molti. Per viaggiare non ci vogliono i soldi. I soldi servono per fare le vacanze. Quando viaggi ti adatti e fai un po' di tutto e succedono delle cose strane, è difficile da spiegare. È come se ci fosse una legge universale che ti protegge. Incontri un sacco di gente che ti aiuta. A volte ti offrono da mangiare, a volte lo offri tu. È naturale aiutarsi. Per i lavori, fai quelli che fanno tutti, dipende da dove ti trovi: ho fatto il lavapiatti, il cameriere, ho fatto e venduto collanine, ho raccolto frutta, ho affittato maschere e pinne sulla spiaggia per chi voleva fare snorkelling. Una volta ho anche venduto uova di dinosauri.»

«Uova di dinosauri?»

«Se l'era inventato una ragazza che avevo conosciuto in spiaggia a Bali. Prendevamo dei palloncini di gomma, li gonfiavamo, li bagnavamo nella colla e poi li giravamo nella sabbia. Impanati. Nessuno credeva che fossero veramente uova di dinosauri, ma le compravano lo stesso, forse perché era bella l'idea. A un dollaro l'uno non ne abbiamo vendute tantissime ma per una settimana abbiamo vissuto di quello. E in più stavamo tutto il giorno in spiaggia... Monica!»

«Chi è Monica?»

«La ragazza con cui stavo a Bali che aveva avuto l'idea... era italiana.»

«E con la lingua?»

«Bravissima! Una volta invece ho conosciuto in Costa Rica una ragazza canadese, anzi, una donna canadese, visto che aveva quarantadue anni. Dopo la settimana passata insieme mi ha chiesto di seguirla in Canada. Era ricca, pagava tutto lei, anche il viaggio, e ci sono andato.»

«Ti sei fatto mantenere?»

«Sì, è stato bellissimo. Aveva un appartamento splendido a Toronto. Era fissata con i centri benessere e mi portava con lei quando ci andava. Ho fatto un sacco di saune, bagni turchi, massaggi.

«Una volta mi ha anche fatto fare l'idrocolonterapia...»

«Idroche?»

«Idrocolon. Detta un po' in modo grossolano, ti infilano un tubo nel sedere e poi aprono un rubinetto d'acqua. L'acqua arriva nell'intestino, che è fatto di tante pieghe nodose, e pulisce tutte le impurità che rimangono incagliate.»

«Ma che, sei scemo, perché l'hai fatto?»

«Beh... non avevo capito bene cosa fosse.»

«Spero sia stata una bella ragazza a fartelo.»

«Guarda, non fa molta differenza chi te lo fa, a me l'ha fatto un signore sulla sessantina, ma anche se me lo avesse fatto Candy Candy in persona non sarebbe stato gradevole ugualmente.»

«Non ho capito bene, ti infilano un tubo nel sedere e fanno entrare l'acqua... e poi?»

«E poi la fanno uscire. Il tubo contiene due tubicini, uno di entrata dell'acqua e uno di uscita, che passa attraverso un altro tubo di vetro da dove si vede quello che esce. La sensazione è un po' come quelle pompe che vendono nelle televisioni locali, dove fanno vedere che lavano i cerchioni di una macchina infangata. Da quel tubicino mi ricordo che è passato di tutto. Mi è sembrato anche di vedere un pacchetto di Fonzies e quel famoso Swatch Scuba che avevo perso a quella festa, ti ricordi?»

«È una delle tue solite stronzate, come quella dello sciamano dell'altra sera.»

«Beh, quella del pacchetto di Fonzies e dell'orologio sì, per fortuna, ma l'idrocolon l'ho fatto veramente. Ho cacato acqua per delle ore, sembravo uno di quei frigoriferi col dispenser.»

In quel momento sono arrivati i nostri piatti.

«Buon appetito.»

Abbiamo cambiato discorso e mi ha parlato della sua idea di fermarsi un po' a Capo Verde e soprattutto di Sophie. Quando parlava di lei cambiava l'espressione del suo viso.

«E con Francesca come va?»

«Credo che ci siamo lasciati, è sempre la stessa storia, mi conosci, dopo un po' che sto con una mi stufo, mi annoio.

«Pensa che quando ho visto Francesca non sai che cosa ho fatto per uscirci. L'ho corteggiata, le ho messo i bigliettini sulla macchina, e quando poi sono stato con lei non desideravo altro, ero al settimo cielo. Ma è sempre il solito fuoco di paglia.

«Un giorno le amo, il giorno dopo non le amo più. Sento come un *tic*, e tutto pian piano si spegne. Eppure ero convinto, ci avevo creduto. Ho pensato che lei fosse quella giusta, non sai quanto l'ho desiderata.

«Tu non hai paura che un bel momento con Sophie finisca e che un giorno vi potreste lasciare?»

«No, veramente no. Siamo molto liberi, e due persone libere da cosa si possono lasciare?»

«E cosa pensi di quello che ti ho detto?»

«Non saprei...»

«Vabbè, dimmi quello che pensi, avrai un'idea al riguardo.»

«Secondo me non riesci a capire perché analizzi i sintomi e non la malattia. Il tuo problema non è nella relazione con le donne. Quello è una conseguenza. Il tuo problema sta a monte, sta nella relazione con te stesso e con la tua vita.

«Innanzitutto, come fanno molte persone, anche tu chiami amore il desiderio di possedere. Possedere e appartenere a qualcuno. Perché, senza offesa, tu e Francesca non siete in grado di amare. Non siete due amanti, semmai siete due conoscenti intimi. Vi innamorate perché innamorarsi può farlo chiunque. Ma amare è un'altra cosa. Nell'amare una persona ci può anche essere una fase di innamoramento, ma non è detto che quando si è innamorati si ami veramente l'altro.

«Io ti conosco: tu non sei in grado di rimanere solo per lungo tempo. Dopo un po' hai bisogno di stare con qualcuno e quindi di subire le sue richieste, e viceversa. Finisci semplicemente per tollerare e sopportare l'altro, perché è sempre meglio che stare soli. Come la storia dei porcospini di Schopenhauer.»

«Non la conosco.»

«Te la racconterò un'altra volta. La verità vera è che non avete molto da darvi se non le vostre reciproche insoddisfazioni. In questo periodo della vostra vita, a questa età, siete semplicemente i figli delle vostre sconfitte, delle vostre paure. Finite col condividere le vostre infelicità. Siete infelici insieme, e questo vi fa sentire meno soli e meno spaventati. Ti sei offeso?»

«Vai avanti!»

«Tu non desideri veramente che Francesca sia felice, e se proprio lo desideri, vuoi che sia felice con te. Non hai mai pensato che amare veramente una persona significhi anche gioire della sua felicità altrove. Vuoi essere tu la sua felicità, perché è bello essere importante per qualcuno.

«Ti danni a voler dare a lei la felicità che non sai dare a te stesso. Oppure speri che lei possa renderti felice, la carichi di questa responsabilità e lei finirà col deluderti. Sentirai di aver perso tempo.»

«Sì, vabbè... se uno ragionasse come te non starebbe mai con nessuno. Non esisterebbero le coppie.»

«Anch'io vivo con Sophie; non sono d'accordo quando la coppia diventa un modo per fuggire dalla propria vita o dalla responsabilità verso se stessi. Non deve essere un antidolorifico, perché tanto non guarisce la ferita, la anestetizza per un po' così non ci pensi e nel frattempo stai meglio. Solo che dopo non fa più effetto e allora ti innamori di un'altra e lei di un altro. Cambi antidolorifico, oppure molti aumentano le dosi e si sposano, o fanno un figlio. Guarda che anch'io sono un po' così.»

«No, tu non sei più così e si vede.»

«Fidati, siamo tutti un po' così.»

«Non per giustificarmi, ma ti ricordi quella cosa che avevamo studiato a scuola su Platone: la storia della mezza mela che deve trovare l'altra metà?»

«Certo che me la ricordo. Ce l'avevano fatta studiare a memoria.»

«Un giorno Zeus volendo castigare l'uomo senza distruggerlo lo tagliò in due. Poi, per curare l'antica ferita, inviò Amore fra gli dèi, l'amico degli uomini, il medico, colui che riconduce all'antica condizione. Cercando di fare uno ciò che è due, Amore tenta di medicare l'umana natura.

«Vedi, Federico, essendo una metà troveremo la felicità incontrando l'altra e diventando una cosa sola. Platone non sarà mica un coglione. Non sei d'accordo su questo?»

«Certo che sono d'accordo. Ma l'altra metà da trovare non è una donna.»

«Come non è una donna? Vuoi dire che troverò la mia felicità con un uomo?»

«Sì, alto e muscoloso! Sei contento? L'altra metà da trovare non è una donna: sei sempre tu. È l'altra metà di te, la parte sconosciuta alla quale devi dare vita, per poterti finalmente incontrare. Per sempre. Questa è la vera unione in grado di liberarci da quel sentimento di solitudine che avvertiamo anche quando stiamo con qualcuno. Allora, poi non c'è niente di più bello che condividere con una persona la propria vita. Però bisogna prima averne una. Una vita viva. È la totalità che esalta. Quando guardi un quadro, può anche piacerti un particolare, ma è l'insieme che ti emoziona.

«Michele, io ti conosco, sei mio fratello, devi credermi quando ti dico che tu sei molto più di questo. Sei molto di più e lo sai. Come tutti, anche tu non sei un ruolo, sei un miracolo, cazzo! Dimmi che non hai mai avuto la sensazione di essere migliore, di poter fare di più nella vita. Non hai mai avvertito la sensazione di vivere con il freno a mano tirato?

«È una certezza che c'è nel cuore di ognuno di noi. Tuo padre, per esempio. Non hai mai pensato che in fondo sia molto più di com'è? Di come vive? Pensaci bene.

«E Francesca?

«Michelangelo Buonarroti sosteneva che quando guardava un blocco di marmo vedeva già dentro la forma dell'opera d'arte e che il suo lavoro non era altro che togliere il superfluo, quello di troppo che imprigionava la statua. Anche noi siamo così. Ogni cosa è già qui anche se non si vede. L'opera d'arte è già dentro di noi. C'è già tutta: noi non dobbiamo far altro che procurarci gli strumenti per liberarla. Per liberarci. Il problema qui non è stare o no con Francesca. Questo è un falso problema che ti serve a distrarti dall'altro, da quello vero. Chiunque non libera quella metà di sé, chiunque non la trova, vive come un prigioniero, e le storie d'amore non sono altro che l'ora d'aria del carcerato. Per un carcerato l'ora d'aria è una delle cose più belle che gli possano capitare nella vita.

«Quando ho capito questa cosa, però, ho deciso che non volevo più l'ora d'aria e non volevo più andare in giro a offrire la mia agli altri. Io desideravo una vita piena d'aria. Respirare sempre. Una vita da essere umano libero. In quella cella sapevo muovermi. Ero totalmente padrone del mio tempo e del mio spazio. E poi vivevo circondato da persone che stavano anche loro in galera come me.

«Un conto è se vuoi stare bene veramente, un conto è se vuoi solo stare meglio. Se decidi di stare semplicemente meglio, allora ti basta innamorarti ogni tanto, comprarti qualcosa, avere un aumento di stipendio. Arredare la cella. Puoi anche continuare a vivere così, ma ricordati che tu sei stato fatto per godere del sole. Se invece di aprire la finestra per farlo entrare, accendi ogni tanto un abat-jour, col tempo potresti anche dimenticarti che esiste e alla fine in quella stanza l'abat-jour diventerà il sole.

«Tu fai come vuoi, ma di una cosa sono certo, per questo te lo ripeto: sei molto più di così. Fidati. Quanto darei perché ti potessi vedere anche solo per un istante come ti vedo io, come ti vedono i miei occhi. Non avresti più nessun dubbio.»

«E che devo fare?»

«Mi hai fatto la stessa domanda cinque anni fa. Io non sono un maestro di vita, ti sto solo dicendo ciò che penso in tutta onestà e magari sono un sacco di stronzate. Per esempio, senti che vuoi scrivere quel cavolo di libro, lo dici da quando andavamo alle medie. Perché non l'hai ancora scritto? Inizia a buttare giù le parole che hai dentro e poi magari, mentre lo fai, capisci che in realtà non è un libro ma una canzone ciò che vuoi scrivere... o disegnare mobili, o tazzine del caffè, o aprire un'edicola... che ne sai? Però fai il primo passo.»

Ho evitato di riferirgli la proposta di Elsa Franzetti: sarei sembrato ancora più coglione.

Cavolo come aveva colpito nel segno! Aveva proprio fatto centro. Sicuramente non stavo vivendo la vita che volevo.

E per quanto riguarda le mie storie, avevo sempre sbagliato perché cercavo la mia totalità unendomi a un'altra persona. Non ci si può unire se manca un pezzo. Ci si può solamente appoggiare. Su questo aveva ragione.

Vivevo le storie d'amore con un sacco di preoccupazione. Diventavo geloso. Fortunatamente ancora oggi molte donne pensano che un uomo sia geloso perché le ama, considerano la gelosia come un gesto d'amore. In realtà, anche se dicevo di essere geloso perché ci tenevo, lo ero solamente perché difendevo la mia sopravvivenza. La mia stampella.

Così le mie storie d'amore avevano le radici nella paura. Paura di perderla, perché da solo non riuscivo a provare quelle emozioni, paura di ripiombare nella solitudine. Paura di tornare a zoppicare. Non davo vita a un sentimento vero, facevo solo scelte che mi facessero sentire meglio.

Nessuno mi aveva mai parlato in maniera così diretta e aveva mai centrato il problema così bene.

La sera ho ripensato alle sue parole. Pur riconoscendo che molte cose erano assolutamente vere, invece di usare il suo punto di vista per analizzare la mia situazione ho iniziato a credere che lui parlasse così perché era diverso da me, aveva fatto scelte differenti e gli era andata bene. Ho fatto anche dei pensieri sul fatto che fosse tornato e che, siccome era stato via e aveva viaggiato, fosse convinto di aver trovato la soluzione a tutto, il senso della vita. Nonostante non fosse mai stato lui a tirare fuori certi discorsi, ma fossi sempre stato io a farlo. Che stupido sono stato. Ho fatto l'errore che si fa spesso quando si incontra una persona che ha scoperto delle cose. Invece di ascoltarla, invece di condividere con lei la sua scoperta, la si scredita. La si fa a pezzi. Anche se è una persona che si ama. Allora ero troppo fragile da quel punto di vista e poi quelle parole mi mettevano alle strette. Ero nuovamente di fronte a un appuntamento importante.

Il discorso di Federico era stato chiaro: non si trattava di stare o no con Francesca o di scrivere o non scrivere il libro. Il ragionamento era molto più ampio. Richiedeva un puro atto di coraggio. Ma io ero senza pelle, e anche un soffio di vento sembrava uno schiaffo. Troppo debole. La debolezza non è altro che disarmonia interiore. Infatti ero totalmente disarmonico verso la vita.

In fondo lo sapevo perché non avevo scritto quel libro: perché non avevo mai avuto il coraggio di farlo. Non era per pigrizia, e forse nemmeno per il timore del giudizio degli altri. Il motivo vero era che finché non lo scrivevo potevo anche essere un grande scrittore. Il mio sogno era a un passo, era comunque la mia uscita di sicurezza, la mia alternativa utopica. Se lo avessi scritto e avessi scoperto di essere un pessimo scrittore, il sogno sarebbe finito.

Siamo usciti dal ristorante, e tornando in albergo abbiamo allungato un po' la strada per digerire meglio, smaltire un po' il vino e il limoncello.

In camera, nei due letti, eravamo come sempre quando andavo a dormire da lui: io alla sua destra e Fede alla mia sinistra. Ho acceso un attimo la TV e abbiamo scoperto che il canale dodici era criptato e che per vederlo bisognava inserire il numero della stanza. Era un canale porno. Quando però dall'undici passavi al dodici si riusciva comunque a vederlo per un paio di secondi. In quel momento in scena c'era un pompino fatto da una donna bionda con la pettinatura a caschetto.

«Praticamente se uno vuole farsi una pugnetta a gratis con l'altra mano deve continuare a fare su e giù con i canali» ha detto.

«Oppure si masturba a occhi chiusi sul canale dodici e poi, quando sta per venire, sullo sprint finale cambia.»

Nessuna delle due ipotesi ci allettava. Abbiamo spento. Anche la luce.

Al buio ho chiesto di spiegarmi la storia dei porcospini.

«Ma sono i porcospini di Schopenhauer nel senso che è una storia scritta da lui, o sono proprio i suoi, cioè lui aveva dei porcospini?»

«È una storia scritta da lui. Un gruppo di porcospini, in

una giornata fredda, si stringono vicini per proteggersi con il loro calore. All'inizio stanno bene, ma dopo un po' cominciano ad avvertire le spine degli altri, allora sono costretti ad allontanarsi per non sentire il dolore. Poi il bisogno di calore li spinge nuovamente a riavvicinarsi, e ancora ad allontanarsi, così che i porcospini sono continuamente sballottati avanti e indietro, spinti da due mali.

«I difetti, le abitudini, i comportamenti o le esigenze degli altri sono le spine, ognuno ha le sue. Alcuni porcospini però sono in grado di produrre molto calore interno. Questi riescono a trovare la giusta distanza dagli altri o addirittura a rinunciare a stare con loro.»

La mattina dopo Fede ha chiamato il tipo del porto per informarsi su quale fosse l'ingresso. «Pronto, sono Federico, stiamo arrivando, esattamente dove dobbiamo venire, a che numero? Scusi, non sento bene, la richiamo perché sento tutto metallico, dev'essere il telefono...»

Dall'altra parte il signore ha risposto: «No. Non è il telefono, sono io, è la mia voce. Ho subito una tracheotomia. Comunque vi aspetto all'ingresso undici così non vi sbagliate. Va bene, ha capito? IN-GRES-SO-UN-DI-CI».

«Va bene, a dopo.»

Arrivati al porto abbiamo incontrato il signor Tommaso. A parte la tracheotomia, la cosa che balzava subito agli occhi era che probabilmente di fronte a noi c'era l'uomo più brutto del mondo. Talmente brutto da non capire nemmeno quanti anni potesse avere.

Però simpatico, a parte quando ironizzava sulla sua malattia.

«Sono del cancro, ascendente cancro e mi è venuto un cancro.»

Noi, mezzi sorrisi.

Nel primo pomeriggio avevamo finito tutto. Il container era pronto per partire.

Durante il viaggio di ritorno ho cercato di riprendere il discorso che mi aveva fatto la sera a cena. Volevo sapere da lui cosa dovevo fare, qual era secondo la sua teoria il primo passo. Mentre ho fatto la domanda a Federico, mi sono accorto di essere noioso anche a me stesso. Infatti ha cambiato discorso. L'unica cosa che mi ha detto era che secondo lui non c'era bisogno di partire e girare il mondo. Che potevo anche continuare così, ma che dovevo smettere di vivere con il pilota automatico.

Arrivati a casa, quella sera sono andato da Francesca e abbiamo parlato della nostra situazione. Tutti e due eravamo consapevoli che qualcosa si stava spegnendo. Siamo stati molto sinceri dicendoci che tutta la passione e tutto l'amore che avevamo provato stavano svanendo. In fondo eravamo uguali nelle relazioni. Le ho detto le stesse cose che avevo già detto a Federico. Così, alla fine, abbiamo deciso di lasciare stare e di non trascinare tutto fino magari a odiarci.

Io e Francesca ci eravamo detti anche "ti amo" e tutto il resto, e la cosa pazzesca è che volevamo talmente crederci che alla fine ci credevamo davvero. I nostri "ti amo", anche se non erano reali, erano sinceri. Ci credevamo veramente. Ci siamo chiesti perché a entrambi capitava sempre di finire così.

La prima cosa che due persone si offrono stando insieme dovrebbe essere un sentimento d'amore verso se stessi. Se non ti ami tu, perché dovrei amarti io? E poi amando se stessi si dà molta importanza alla persona con cui si decide di vivere un'intimità. Vuol dire avere una grande considerazione di quella persona. Chi non si ama può darsi a chiunque. L'amore per sé è il ponte necessario per arrivare all'altro. Noi non eravamo in grado di offrire nemmeno questo.

Quante volte mi ero legato e poi lasciato. A un sacco di ragazze avevo chiesto di dimostrarmi il loro amore con continue e stupide prove. Volevo gesti e garanzie. Non avendo una madre, sentivo il bisogno di puro amore incondizionato. Quando dimostravano di amarmi e di essere totalmente conquistate anche se ero stato uno stronzo, il mio interesse per loro svaniva e le lasciavo, ma anche dopo averle lasciate volevo comunque rimanere il loro preferito, quello a cui facevano le confidenze, quello con cui mantenevano una complicità. A volte capitava anche che fossi indeciso se lasciarle o no, e allora durante una discussione o un litigio sentivo nella mia testa due voci. Una diceva: "Dài, non vedi che la stai facendo soffrire, dille qualcosa di carino, recupera la situazione. Dalle un bacio e chiedile scusa, e vedrai il suo sorriso bagnato dalle lacrime che meraviglia... Lo so che non vuoi più stare con lei, ma non puoi farla piangere, ne riparlerai un'altra volta di questa cosa dolorosa". L'altra voce invece diceva: "Vai... questo è il momento giusto per rompere, sei arrivato fino a qui, dai lo strappo finale, è più doloroso ma almeno si soffre una volta sola piuttosto che trascinare continuamente questa situazione. Sferra il colpo decisivo e lasciala libera, non essere così egoista da trattenerla nelle braccia di un uomo che non la ama più. E poi, dài, guardala bene, sii sincero, ti fa pena, e una persona che fa pena non può più essere desiderabile... In fondo è colpa sua, tu non ti ridurresti così!".

Nel corso degli anni, poi, ero diventato bravissimo nella dialettica. Avevo elaborato e affinato una serie di teorie per cui il risultato finale era sempre quello che mi serviva. Una sorta di equazione perfetta che portava immancabilmente allo stesso risultato. Ma erano solo difese, l'ho sempre saputo anch'io che per una donna non era importante tutto quel ragionamento logico, quella dimostrazione quasi estetica del pensiero, ma che le sarebbe bastato semplicemente essere accarezzata o capita. È difficile da credere, visto che spesso sono stato il carnefice, ma ogni volta soffrivo veramente.

Se stavo con una ragazza per qualche mese, mi affezionavo addirittura al nome che compariva sul display del telefonino, e per paura che un giorno avrei potuto non vederlo più avevo escogitato una tattica. Ogni dieci giorni circa cambiavo il nome con cui avevo memorizzato il numero.

Per esempio Francesca ha fatto questo percorso sul mio telefono. La prima volta l'ho memorizzata come *Francescabar.* Poi è diventata *Francesca*. La Francesca ufficiale della rubrica; ce n'erano altre due, ma Francesca tutto intero e senza sbavature era lei. Poi è diventata *Fra*, poi *Francy*, poi *Francora*. Tutti non me li ricordo più, ma quando ci siamo lasciati lei era *Fracellulare*.

Quando io e Francesca quella volta abbiamo rotto avevamo la strana sensazione (diventata poi una certezza) che non fossimo sbagliati l'uno per l'altra, ma che fosse il tempo a esserlo. Ci sentivamo le persone giuste nel momento sbagliato. Non era il momento adatto per il nostro incontro. Allora non sapevamo se era troppo tardi o troppo presto, ma in quella fase delle nostre vite non c'era possibilità di incastro.

Prima di andarmene da casa sua c'è stato un attimo di silenzio e io ho sentito che, nonostante tutto, a me dispiaceva da morire.

Ho avuto una debolezza e mi sono avvicinato per darle un bacio.

Un sacco di volte in passato aveva funzionato. Si discuteva, ci si arrabbiava, poi alla fine ci si baciava, ci si lasciava trascinare dalla passione e tutto si sistemava. Almeno per il momento. Francesca è stata brava, più brava di me, perché quando mi sono avvicinato per darle un bacio si è appoggiata tra le labbra una sigaretta. Non voleva fumare, si era solo messa una scusa in bocca per non baciarmi.

Me ne sono andato con una sensazione di vuoto, di perdita, una sensazione di assoluta solitudine.

Ho spento il telefonino. Non avevo voglia di vedere e di sentire nessuno. Ho pensato molto a mia madre quella sera, non so perché. La sentivo vicina.

La notte mi sono addormentato solo. Era il 31 marzo.

Nei giorni successivi ho avuto spesso la tentazione di chiamare Francesca, ma sono stato bravo e non l'ho fatto. Non avrebbe avuto senso.

8
Lui non l'ha mai fatto

Ognuno di noi ha il suo 11 settembre. Il giorno in cui succede qualcosa che rende quella data indimenticabile per sempre. L'11 settembre appartiene alla storia di tutti, poi ci sono le date che appartengono solamente a poche persone. Il mio 11 settembre personale è il 10 aprile. Lo sarà per tutta la vita. Ci sono anche le date indimenticabili per le cose belle: la nascita di un figlio, la laurea, un incontro, un lavoro, il matrimonio.

Il 10 aprile mi sono svegliato e come sempre sono andato a lavorare. Dovevo scrivere un articolo sulle diete più seguite e sulle conseguenze dannose di alcune. Insomma, come non esagerare durante le feste di Pasqua. Interessante, vero?

Sono entrato in ufficio e appena mi sono seduto alla scrivania mi è caduta per terra la tazza con dentro tutte le penne e si è rotta. La tazza con l'immagine dei Beatles che avevo comprato con Federico a Londra. L'ho buttata nel cestino. A parte questo inconveniente, la vita d'ufficio scorreva con la solita routine, ma quella mattina senza saperlo vivevo la stessa serenità di un bambino che a Hiroshima, il 6 agosto del 1945, giocava con la palla qualche minuto prima che gli americani sganciassero la bomba atomica.

Mentre scrivevo l'articolo sulle diete è suonato il telefonino. Era il papà di Fede. Ultimamente mi chiamava spesso per parlare con lui. Ho pensato che volesse sapere dov'era.

«Pronto, Giuseppe, come stai? Se cerchi Federico non è con me.»

Giuseppe piangeva e non riusciva a parlare, diceva solo: «Federico Federico Federico...».

«Giuseppe, che c'è, perché piangi? Federico cosa? Cosa è successo?»

Piangeva, piangeva e non riusciva a finire le parole. A me è andato il cuore a mille. Non l'avevo mai sentito piangere in vita mia.

«Federico ha fatto un incidente con la moto...»

«Oddio... Si è fatto male?»

«L'hanno portato in ospedale...»

«È grave?»

«Già sull'ambulanza era troppo tardi.»

«Come troppo tardi? Cosa vuol dire? Cosa vuol dire "troppo tardi"?»

«Oddio Michele, non è possibile che sia successo, Federico... Federico non ce l'ha fatta.»

«Cosa vuol dire "non ce l'ha fatta"? In che senso? Non capisco...»

Invece avevo capito benissimo.

«Vieni qui, siamo in ospedale.»

Nemmeno il tempo di dire "arrivo" che aveva già riattaccato.

Cosa era successo negli ultimi quindici secondi?

Sono corso in ospedale. Quando sono arrivato, il mio migliore amico era già nella sala mortuaria.

Non ho potuto vederlo subito, bisognava aspettare. Dopo un'ora di attesa sono entrato. Era lì a pochi metri, sembrava dormisse.

Dentro di me un migliaio di pensieri confusi: "Ditemi che è uno scherzo e giuro che non mi incazzo, ma non fate così, vi prego, dovete smetterla immediatamente di prendermi in giro. Dài, Fede, alzati e ridi, non fare la merda che alla fine poi scopro che non è uno scherzo ed è tutto vero".

Di fianco a lui c'era sua madre, aveva gli occhi gonfi e rossi. Aveva smesso per un attimo di piangere, ma quando mi ha visto ha ricominciato.

Non era uno scherzo: in un attimo la vita aveva mostrato tutta la sua violenza. Troppa per noi. Stringevo la mamma di Federico tra le braccia senza dire nulla. Del resto, cosa potevo dire? Cosa si può dire a una madre che perde un figlio?

Mi sono girato, dietro di me c'era Giuseppe. Era devastante vederlo piangere. Ho abbracciato anche lui.

«Perché, Michele, è successa una cosa così, perché a noi, cosa abbiamo fatto di male per meritarcelo? Cosa? Cosa? Cosa? Non poteva capitare a me? Sarebbe stato meglio. Non è giusto. Aveva solo trentatré anni...»

Mi sono sentito svenire. Sono uscito a prendere aria, avevo bisogno di allontanarmi. Non avevo ancora versato una lacrima. Non riuscivo a piangere. Mi odiavo per questo. Mi odiavo perché volevo sfogare almeno un po' quel dolore, ma non ne ero capace. Ero come anestetizzato. Stavo male ma in realtà sembrava che mi avessero iniettato un litro di anestetico. Ero ovattato. La morte di Federico mi aveva colpito i sensi, non riuscivo a piangere e nemmeno a farmi contagiare dagli altri che piangevano.

Più tardi è arrivata Francesca. Quando mi ha visto, si è precipitata da me e mi ha abbracciato. Portava degli occhiali neri da sole e dove finivano gli occhiali iniziava la pelle del viso rossa e bagnata dalle lacrime. Piangeva e singhiozzava come una bambina. Con in mano un fazzolettino ormai ridotto a una pallina di carta fradicia. Siamo rimasti lì fino alle cinque, poi l'hanno portato via. Francesca mi ha detto di averlo visto appena prima dell'incidente. Anche se io e lei non ci frequentavamo più, Fede passava ogni giorno al bar a salutarla. Si fermava a chiacchierare con lei. A me piaceva che la loro amicizia vivesse comunque in maniera indipendente.

La sera sono passato da Giuseppe e Mariella e sono rimasto un po' con loro. La casa era piena di parenti. La mattina successiva siamo riusciti a recuperare un numero di telefono per avvisare Sophie. L'ha chiamata Giuseppe. Avrei potuto farlo io, ma Giuseppe in quei giorni voleva fare tutto lui, era molto dinamico. Mariella invece non riusciva quasi a muoversi. È strano vedere come il dolore viene vissuto in maniera diversa da ognuno di noi. C'è chi ha bisogno di fare mille cose e chi si trova paralizzato. L'altro motivo per cui ha chiamato Giuseppe era che lui parlava bene il francese. Mentre faceva il numero mi sono ricordato che Federico mi aveva detto che i voli per l'Italia non c'erano tutti i giorni, quindi ho pensato che magari lei nemmeno sarebbe riuscita ad arrivare per il funerale. Infatti così è stato. Sophie al funerale di Federico non c'era. L'ho anche un po' invidiata, perché lei non lo aveva visto dopo l'incidente, non aveva visto le lacrime e il dolore di tutti, per lei era come se lui se ne fosse andato via, come se si fossero semplicemente lasciati. Se era difficile per noi renderci conto di cosa era successo, chissà per lei come sarebbe stato difficile crederci. Credere a quella cosa così assurda. Sophie era come una nuova Madama Butterfly. Poteva continuare a vivere con l'idea che lui fosse partito e che un giorno sarebbe ritornato. Anch'io ho fatto così a volte. Ho semplicemente fatto finta che Federico fosse partito per Capo Verde. Io pensavo che vivesse là, e Sophie che vivesse qua. Ognuno ha la sua piccola uscita di sicurezza. Nei due giorni prima del funerale sono andato da Federico. Volevo vederlo il più possibile finché si poteva farlo.

Rimanevo seduto al suo fianco per ore. A volte sembrava quasi respirasse. Mi aspettavo sempre che da un momento all'altro, come Giulietta, si svegliasse da un lungo sonno. Lo speravo veramente. Mi venivano in mente delle cose che avevo sentito quando ero piccolo, di persone che si erano svegliate giusto in tempo prima che le chiudessero per sempre nella bara. Pensavo che magari sarebbe potuto succedere veramente.

"Se Dio può tutto, allora perché non lo fa?" mi dicevo.

Molta gente che arrivava a salutarlo per l'ultima volta non la conoscevo, non l'avevo mai vista. C'era chi era interessato a sapere se fosse stata colpa sua o dell'automobilista. O chi voleva capire esattamente la dinamica dell'incidente e in maniera minuziosa la causa del decesso.

Federico ha fatto un incidente in moto. Si è rotta l'aorta. È morto in pochi minuti.

Che differenza poteva fare? Lui non c'era più e non sarebbe mai più tornato. Niente ce lo avrebbe restituito.

Erano venute anche due persone a chiedere ai genitori se Federico avrebbe donato degli organi. Alla fine ha donato gli occhi. In quei giorni, mentre era lì fermo, immobile, aveva un sorriso beato ed era bello.

Quando rimanevo solo con lui, parlavo. Gli ho parlato di tutto, anche della tazza dei Beatles che avevo rotto. Ho perfino pensato che fosse stato lui.

Il giorno dell'incidente, dopo essere stato da Federico, verso le sette ero tornato in ufficio, visto che avevo lasciato tutto all'improvviso. L'articolo me lo aveva finito Cristina, una ragazza che lavorava con me. È bravissima e meriterebbe di più ma, come tutte le donne che lavorano, per essere considerate anche solo brave come un collega maschio devono esserlo di più. A pari merito vince l'uomo. Purtroppo.

Avevo concluso tutte le mie cose e prima di andarmene avevo tirato fuori dal cestino la tazza rotta per portarla a casa. Tutto a quel punto aveva un significato diverso. Anche la cartolina del panino al tonno dall'Oregon. Nonostante il timbro e il francobollo fossero dell'Argentina. È pazzesco il valore che acquista un oggetto appartenuto a una persona che non c'è più: diventa preziosissimo.

È impossibile elencare tutte le cose che mi sono passate per la mente in quei giorni. Quella sera stessa, non so perché, ero andato sul luogo dell'incidente. Per terra pezzi di fanalini rossi. Ne avevo preso uno. Ce l'ho ancora a casa.

Il posto dell'incidente era tra casa mia e casa sua. Chi lo avrebbe mai detto che da quel momento sarebbe diventata un'altra strada. Che si sarebbe vestita di un dolore atroce: la strada che divideva le nostre case, la stessa che avevamo percorso migliaia di volte con la voglia di vederci, con tante cose da dirci e da fare.

Le macchine continuavano a sfrecciare come sempre, senza sapere cos'era successo quel giorno proprio in quel punto. Mi ero seduto sul bordo del marciapiede. Ho avuto il tempo di pensare a me, di pensare a quando era morta mia madre. Pensavo alla morte che ancora una volta mi sfiorava, che entrava nella mia vita e mi lasciava con un nuovo dolore da gestire. Io non sono mai stato in grado di accettare e vivere l'irrevocabilità.

Perché? Perché? Perché? La morte di Federico è stata diversa da tutte le altre che mi hanno emotivamente scosso nella vita. Diversa da quella di mia madre, diversa da quella di mia nonna.

Con Federico si trattava non di morte, ma di interruzione della vita. La perdita di mia madre mi aveva scioccato, ma avevo otto anni e a quell'età è diverso. Solamente verso i dodici, tredici anni avevo capito che non aveva scelto lei di andarsene, ma che la morte se l'era portata via. E con quella nuova consapevolezza avevo elaborato il mio dolore in maniera diversa.

Mia nonna invece era morta a ottantotto anni, quando io ne avevo ventiquattro. Soffriva da circa un anno. Sentiva dei forti dolori e quando era morta tutti noi avevamo pensato che in fondo era meglio così. Visto che l'immortalità non apparteneva nemmeno a lei, e vista l'età, quella fine ci era sembrata quasi giusta. La morte, pur portando dolore, in realtà in quel caso era addirittura amica.

"Meglio così, almeno ha smesso di soffrire" dicevano i parenti al funerale.

Con Federico, per la prima volta era successo a un amico che aveva la mia stessa età. Mia mamma era morta che aveva quarant'anni, era giovane, ma per me quelli di quarant'anni erano già vecchi. Lo erano già quelli di trenta. Erano gli adulti: un altro mondo.

La morte non era mai arrivata così vicino. Sapevo che si

può morire a qualsiasi età, ma fino a quel giorno non mi era così chiaro. Sembrava che potesse succedere solo agli altri, lontano da me, lontano da noi. Alla morte ci pensavo come un fumatore pensa che le sigarette fanno male. Quel male è un argomento che si affronterà più avanti, è rimandato a un'altra fase della vita. Invece ora era lì, che girava nei dintorni, si era fatto sentire nei paraggi. Quello che era successo a Federico è stato uno choc violento, non solo per la perdita, ma anche per molti altri motivi. Eppure tutto quel dolore non lo sentivo. Lo vedevo, lo percepivo, ma era come se non riuscissi a rendermene conto del tutto.

Le casse del mio stereo hanno un dispositivo di sicurezza: se si alza troppo il volume, per evitare che esplodano a un certo punto si sganciano, non suonano più. A me dev'essere accaduta la stessa cosa. Una cassa nel cervello e una nel cuore. A un certo punto si sono sganciate, e io non ho capito veramente cosa fosse successo.

Tre giorni all'obitorio e poi il funerale. Si dice che a Natale siano tutti più buoni. Non ho mai capito se sia vero o no. Sicuramente lo si è ai funerali. Ai funerali siamo tutti più buoni. Quel giorno c'erano un sacco di sorrisi gentili, delicate attenzioni e poche parole, tutte dette a bassa voce.

Era una bellissima giornata di sole. Sembrava estate e il clima creava maggior contrasto con il dolore che stavamo vivendo. Avremmo dovuto essere tutti a prendere un gelato o a un pranzo in riva al mare, a mangiare pesce e bere vino bianco ghiacciato con Federico, invece eravamo al suo funerale.

Federico è stato cremato. Il mio migliore amico a un certo punto stava tutto in un barattolo grande come quelli di vernice che avevamo comprato per dipingere gli infissi della *posada*. Tutto era talmente surreale che mi è venuto anche da ridere. Quante situazioni assurde si erano create in quei giorni: se fosse stato vivo, lui avrebbe riso più di tutti. È pazzesco e difficile da dire quanto ci sia da ridere a un funerale. Quanta ironia si possa trovare in una situazione tanto drammatica.

Al funerale di mio nonno avevano sbagliato a costruire il loculo e, quando l'avevano infilata, la cassa si era incastrata a metà. Non andava più né avanti né indietro. Avevano chiamato il muratore del cimitero, ma per qualche minuto c'era questa immagine surreale della cassa a circa quattro metri da terra che sporgeva a metà.

A ogni funerale c'è sempre da ridere. Non so se succeda perché la situazione è talmente grottesca o se viene da ridere per sopravvivenza. Forse c'è bisogno, dopo giorni di tensione e aria pesante, di ridere un istante per alleggerirsi, per usare i polmoni. Sembra impossibile da credere, lo so, ma succede.

Pensando a Federico, al suo carattere, al suo modo di essere, mi sembrava quasi stupido non farlo. Conoscendolo, sapevo che a lui avrebbe fatto piacere vedermi ridere al suo funerale.

A mano a mano che passava il tempo cambiavano i miei pensieri su questa situazione, ne facevo di nuovi. Pensavo a tante cose diverse. Per esempio che sarei invecchiato e sarebbe cambiato il mio aspetto, mentre lui sarebbe rimasto sempre come nella foto che avevo appeso in casa.

Quante volte ho pensato che mi sarebbe piaciuto, ora che sono più grande, chiacchierare con lui e filosofeggiare un po' sulla vita. Berci una birra. Vedere chi avrebbe avuto prima i capelli bianchi. Sarebbe stato bello andare ancora insieme da qualche parte, magari con le nostre famiglie. Perché sono molte di più le cose che vengono a mancare quando una persona se ne va, molte di più di quelle fatte, di quelle successe. C'erano troppe esperienze che doveva ancora fare, che dovevamo fare.

Perché? Perché? Perché?

A questa domanda non c'è risposta, e se non lo si capisce in tempo si rischia di impazzire.

Quello che era accaduto era irreparabile, non poteva cambiare. Si poteva cambiare solamente la domanda. Bisognava smettere di chiedersi perché e iniziare a chiedersi come poter trasformare tutto quel dolore in qualcosa di costruttivo. Come dargli sfogo e trasformarlo.

Hai quasi paura che, se torni a sorridere, le persone non capiscano quanto profondo sia il tuo dolore.

Forse è vero che quando una persona se ne va continua a vivere dentro di noi: bisogna ospitarla nella propria intimità costringendosi quasi a donarle la vita più felice che si può. Quando penso a Federico, quel dolore adesso è sempre accompagnato da un sorriso, il sorriso che lui aveva sempre.

Sono passati quasi tre anni da quando se n'è andato e tutto quel dolore si è trasformato in una forza potente. Sarà per sempre il mio migliore amico: la nostra amicizia non è cambiata, si è solamente trasformata.

"Federico non abbandonarmi. Non mi abbandonare mai" mi ripetevo nei primi giorni dopo che se n'era andato.

E lui non l'ha mai fatto.

9
La collana di Sophie

Francesca non sopporta che le si tocchi l'ombelico. Non so perché, e non lo sa nemmeno lei. Chissà se per farla partorire glielo toccano. La prima volta che avevamo fatto l'amore l'avevo sfiorato: aveva fatto un balzo come se l'avessi punta con uno spillo.

«Scusa, mi dà fastidio quando mi toccano l'ombelico.»

«Non lo sapevo.»

«Non so perché, pensa che di tutto il corpo è l'unico posto. Non soffro nemmeno il solletico, ma l'ombelico è una zona strana.»

«Avresti dovuto essere Adamo o Eva.»

«Perché?»

«Perché loro non avevano l'ombelico.»

«Come no?»

«No, loro non sono nati, non avevano l'ombelico e non hanno avuto nemmeno l'infanzia.»

«Non ci avevo mai pensato. È vero, che strano però, non tanto per l'ombelico, ma per l'infanzia. Adamo ed Eva non sono mai stati bambini... che peccato!»

«Sì... peccato originale!»

Dopo gli avvenimenti di quel periodo, dopo che Federico se n'era andato, in quei giorni ero disperato. Non pensavo che nella vita potesse fare così freddo. In quei giorni l'ho imparato. Avevo bisogno di calore, di qualcosa che potesse scaldare la mia anima.

Vagabondavo cercando come un affamato il battito del mio cuore. Come un fantasma mendicavo pezzi reali di vita. Volevo uscire da quella situazione, volevo trovare una finestra dove vedere uno squarcio azzurro di cielo. Parlavo con Federico, parlavo con Dio: a tutti e due chiedevo di rispondermi, di spiegarmi. Volevo sentirmi protetto, abbracciato, volevo che qualcuno mi stringesse forte, talmente forte da farmi perdere dentro di lui.

Ho cercato la mia famiglia. Andavo tutti i giorni a mangiare da mio padre e mia sorella nella speranza di sentire un po' di calore, di protezione, un senso di appartenenza a qualcuno. Ho imparato che la famiglia non è un padre, o una madre, o dei fratelli, ma il sentimento che li unisce. Io con loro non c'entravo più niente già da tempo, e lo sapevo, ma ci avevo sperato ugualmente un po'.

Mio padre aveva un'officina, e mia sorella si occupava della contabilità: cassa, bolle, fatture.

Più andavo da loro, più mi rendevo conto che nemmeno lì c'era un posto per me. Del resto erano già parecchi anni che vivevo solo.

Una sera sono andato da loro e mentre mia sorella preparava la cena e mio padre guardava la TV sul divano sono entrato nella cameretta dove dormivo da piccolo.

Ormai era usata come sgabuzzino e stireria, però il resto era come prima. C'erano ancora la foto appesa della mia comunione, quelle al mare con la famiglia e quelle da adolescente con Federico e altri amici. Sopra il letto il poster di Bruce Lee, quello dove ha i graffi sul petto.

Sul letto i panni piegati e stirati. Li ho spostati e mi sono sdraiato.

Appena ho visto la stanza da quella angolazione sono stato risucchiato in un mondo lontanissimo che mi apparteneva. Il muro di quella cameretta era tappezzato da una carta da parati a fiori. Il letto era attaccato al muro. Circa all'altezza dove io avevo il cuscino i due fogli della tappezzeria si incontravano e io in un punto l'avevo un po' sollevata. La sera ci giocavo con il dito. Mi aiutava a pensare. Quel pezzo di tappezzeria conteneva infinite confessioni e preziosi segreti. Complice, al di là di ogni immaginazione.

Ho fatto scorrere il mio dito nuovamente.

Ci sono dei punti microscopici in giro per casa ai quali sono legato emotivamente. In bagno, per esempio, a fianco del water c'era il termosifone e alla terza fessura partendo da destra era rimasta una goccia di vernice che si era seccata. Si poteva anche notare un piccolissimo pelo del pennello sotterrato dalla vernice. Ho cercato più di una volta di togliere quella goccia con l'unghia ma non ci sono mai riuscito ed è ancora lì. Non ne ho mai parlato con i miei famigliari, ma mi piacerebbe sapere se anche loro l'hanno notata. Io ci sono affezionato e ancora oggi quando vado in bagno a casa loro la guardo.

Sono quelle imperfezioni, quei difetti, quegli errori che ho intimamente adottato e che mi rendono famigliare il posto.

Come l'adesivo trovato nei formaggini appeso nella cucina di mia nonna. È rimasto lì per anni e quando andavo a trovarla, anche quando ero diventato più grande e vivevo ormai solo, il mio sguardo cadeva sempre lì. La cucina senza quell'adesivo sarebbe stata per me un'altra cosa.

Sdraiato sul mio lettino di una volta ho chiuso gli occhi e mi sono venute in mente un sacco di cose della mia vita di quando abitavo lì. I motivi per cui da quel letto ho desiderato scappare e andare a vivere altrove.

Finché ero piccolo, con la mia famiglia, intesa come mio padre e mia sorella, ho avuto un rapporto che si può definire normale. È stato crescendo che qualcosa si è rotto. Anzi, qualcosa si era rotto quando mia madre se n'era andata in cielo.

Uno dei ricordi più belli che conservo del periodo in cui c'era ancora mia madre è mio papà che ride. Quanti anni sono passati. Quando ho visto mio padre ridere l'ultima volta?

Quando tornava dal lavoro lo aspettavo per poter giocare con lui, ma spesso era troppo stanco per farlo. Capitava raramente che si fermasse a giocare. Io non desideravo altro. Non pretendevo nemmeno che fosse in forma. Lo avrei accettato anche stravolto. Lo avrei fatto dormire lì, sul pavimento, vicino alle macchinine. Mi sarei sdraiato anch'io al suo fianco e avrei fatto finta di dormire con lui. Il mio eroe.

Una volta, una delle rare volte in cui si era fermato a giocare con me, io dissi una cosa riguardo le macchine e lui scoppiò a ridere. Che felicità per me. In quel momento avevo regalato a mio padre una risata, lo avevo fatto stare bene.

Da piccolo ero talmente innamorato di mio padre che quando giocavo con i miei amici alle macchinine, invece di spingerle come loro e fare *broom broom*, io le riparavo: imitavo mio padre in officina. E volevo solo macchinine cui si poteva aprire il cofano. Altrimenti niente.

Oltre a quella risata conservo altri momenti in cui mi sono sentito vicino a mio padre. Una passeggiata in montagna, io e lui soli. Arrivati in cima, mentre io osservavo incantato il paesaggio infinito che mi si presentava davanti, lui si è abbassato dietro di me e mi ha abbracciato. Ricordo ancora la sua guancia appoggiata alla mia, mentre con la mano mi indicava le cose da guardare. Profumava di dopobarba. Come mi sono sentito protetto in quel momento. Come mi sono sentito uomo anch'io.

Con mia sorella, da piccolo, avere un buon rapporto non è stato difficile: essendo il fratello minore, sono stato per anni il suo pupazzo.

Le bambole non erano così gratificanti per lei come un fratello scemo che faceva quello che lei diceva, come uno schiavo.

Mi diceva per esempio: «Adesso giochiamo alla maestra e all'alunno».

Cazzo, tornavo dopo una mattina a scuola, facevo i compiti e mi toccava pure giocare a... cosa? Maestra e alunno.

Tra l'altro mia sorella non è che si identificasse o si ispirasse alle maestre che amano gli alunni e li aiutano. No! Lei amava interpretare la maestra severa che sgrida.

Prendeva il foglio scarabocchiato e diceva che io avevo

scritto delle cose sbagliate e poi mi sgridava e mi dava le punizioni e i castighi.

Che divertimento c'era a farsi sgridare su una cosa che nemmeno avevo fatto?

Forse però era meglio di quando giocavamo a fare la mamma e il suo bambino.

Mi guardava e mi diceva: «Giochiamo a...».

Faceva una pausa e in quelle frazioni di secondo io mi terrorizzavo.

"Che dovrò fare adesso?" pensavo.

«... Giochiamo a... pentoline.»

Dunque, pentoline consisteva nello sfoggio da parte sua di una batteria di pentoline per bambole con cui poi cucinava un pranzo.

Io come un deficiente dovevo fare finta di mangiare delle cose inesistenti, masticare e poi dire che era buono. Che palle.

Tra l'altro, a volte, giocando a pentoline senza voglia, mi ribellavo e tiravo fuori una lucidità e praticità da adulto in quel mondo infantile, e dicevo a mia sorella che nel piatto non c'era niente, e che non potevo mangiare.

Allora lei, più di una volta, è scesa in cortile, ha preso dell'erba, delle foglie e dei sassi ed è risalita. Indovinate dove sono finite tutte quelle prelibatezze culinarie?

Nel mio piatto. L'erba era insalata, le foglie secche bistecche e i sassolini patate.

Ero la sua bambola vivente.

«Giochiamo... alla passeggiata in campagna. Tu fai il cane.» Ma che cazzo di gioco è la passeggiata in campagna? Eravamo sempre insieme e tutto sommato anche se ero il suo pupazzetto idiota ci volevamo bene, eravamo legati e complici.

Durante l'adolescenza, invece, quando ho iniziato ad avere i primi scontri con mio padre, lei ha sempre preso le sue difese e si è schierata dalla sua parte, a prescindere da chi avesse ragione.

Le sue frasi più ricorrenti rivolte a me erano "se ci fosse qui la mamma", "poverino il papà"...

Diciamo che metteva sempre il carico sui sensi di colpa. E poi lei era la figlia brava, che non dava mai pensieri o preoccupazioni o dispiaceri.

Perché lei non ha mai fatto niente per la sua felicità.

Lei ha passato la vita nel tentativo di alleggerire l'infelicità di nostro padre.

Mio padre è un uomo infelice. Lo è sempre stato. Mi sono anche chiesto se nella vita mi abbia condizionato di più la sua infelicità o la morte di mia madre.

Non è infelice perché ha perso la moglie. Quella perdita semmai gli ha dato un motivo in più per esserlo.

Credo che se chiedessero a mia sorella Maddalena qual è il suo desiderio più grande la risposta sarebbe sicuramente di vedere nostro padre felice. Vederlo invecchiare con un sentimento di serenità, padrone della propria vita. Adora nostro padre. Lo ama come i fiori amano il sole. Vale anche per me, ma a un certo punto io me ne sono andato, e ho cercato di liberarmi da questo legame che diventava sempre più malato.

Me ne sono andato da loro due. Non volevo più averli davanti ai miei occhi, quegli occhi che vedevano mia sorella come una poverina, e mio padre uno sfigato. Mi faceva pena. Non riusciva nemmeno ad aiutarmi a fare i compiti. Faceva scorrere avanti e indietro quel dito con il bordo dell'unghia nero di grasso dell'officina sulle pagine bianche del quaderno senza trovare la soluzione.

Si dimenticava sempre di mettere il tubo dell'acqua della lavatrice nella vasca e un sacco di volte abbiamo trovato l'appartamento allagato.

Quando tornava dal lavoro si chiudeva in bagno per lavarsi e ci stava delle ore; se dovevo fare la pipì e mi toccava bussare e dirgli di sbrigarsi, lui si lamentava. Usciva tutte le sere da quel bagno pettinato bene, fresco di doccia e sempre con lo stesso pigiama e quelle orrende ciabatte che non era in grado di rendere silenziose. Ero a tavola e sentivo il rumore dei suoi passi mentre veniva a cena e io, appena entrava in cucina, a volte gli avrei tirato il piatto in faccia. A lui e a mia sorella che mi versava il cibo sempre per secondo. Solo dopo aver servito lui.

Più crescevo più odiavo tornare a casa la sera. Per questo rimanevo sulla panchina con i miei amici fino all'ultimo e cercavo di tenerli lì il più possibile. Entravo nel condominio e mi faceva schifo sentire sempre quell'odore di minestrone e broccoletti già nell'atrio. Non sapevo a chi dare la colpa per quella vita che non mi piaceva e alla fine la davo tutta a mio padre perché era quello che sbagliava di più e quindi era più facile.

Per questo andavo sempre da Federico appena potevo: perché la sua casa era più bella, suo padre era più padre, perché aveva una mamma, e aveva anche il Commodore 64. Passare le serate in pigiama a casa sua a giocare col computer per me era il paradiso.

E poi il rapporto con mio padre era difficile anche perché con lui non mi potevo mai lamentare. Come si fa a crescere e diventare grandi se non si ha la possibilità di lamentarsi? A un certo punto durante una discussione con lui se ne usciva sempre con la solita frase: "Non vi ho mai fatto mancare niente e mi rompo la schiena tutti i giorni".

E io che cazzo potevo ribattere?

Con quelle parole mi faceva continuamente notare che la sua infelicità, la sua fatica e tutti i suoi sacrifici erano colpa nostra, mia e di mia sorella. Come se facesse quella vita triste e faticosa solamente per noi.

Così ci siamo sempre sentiti in debito. Infatti Maddalena è ancora lì, accanto a mio padre, nel tentativo di sdebitarsi. Io invece me ne sono andato perché non volevo subire quei ricatti morali che si nascondevano dietro le parole gratitudine, riconoscenza, sacrificio.

Già quel rapporto mi aveva consegnato l'idea che il mio amore fosse impotente, sterile e praticamente inutile, perché qualsiasi cosa facessi o avessi fatto per lui non serviva a sollevarlo dalla sua infelicità.

Non era difficile litigare con lui perché in realtà non eravamo mai stati veramente intimi, nemmeno quando ero piccolo.

Perché mio padre non era certo il tipo che aveva molta confidenza con le tenerezze.

Me ne volevo andare e me ne sono andato anche per quella sua mentalità che gli ha sempre impedito di regalarsi attimi di serenità, ma soprattutto che lo aveva fatto arrivare alla sua età distrutto dalla vita e dal lavoro, senza credere più in niente. Contro tutto, a favore di poco.

Mio padre infatti è sempre stato anche il signor "pessimismo e fastidio". Diciamo che si potrebbe definire con una parola: "preoccupati!". Una sorta di estremo pessimismo precatastrofe.

"Papà, vado a fare un giro in bici..."

"Stai attento che non ti tirino sotto con la macchina!"

"Papà, vado in montagna questo weekend..."

"Guarda che la montagna è pericolosa, ne sono morti due anche settimana scorsa!"

"Mi presti il trapano che devo montare un lampadario?"

"Attento a non prendere la scossa o a cadere dalla scala! È un attimo, basta una distrazione."

Qualsiasi cosa dicessi, lui trovava subito l'esito negativo e una dozzina di motivi per preoccuparsi.

Addirittura a volte ho perfino pensato che sperasse in un piccolo incidente; così, per confermare la sua teoria e continuare a vivere nel suo mondo *cattorinunciatario*.

Infatti se una cosa andava male lui diceva: "Cosa avevo detto io? Poi dicono che sono pessimista. Non sono pessimista, sono realista, altro che...".

Quante paure stupide mi ha buttato addosso. Senza esserne nemmeno cosciente mi ha iniettato per anni dosi massicce di siero paralizzante.

Una di quelle sere, mangiando la solita minestra, a tavola se n'è uscito con una delle sue frasi su Federico: «Se se ne stava a casa, non sarebbe successo. Uno che corre di qua e di là come un matto alla fine un po' se le cerca...».

Quelle parole mi hanno fatto male. Mi hanno ferito in maniera profonda per quello che rappresentavano. Mi sono alzato e me ne sono andato senza replicare. Non sono riuscito a dire nulla perché capivo che sarebbe stato inutile. Avrei voluto vomitargli addosso tutta la mia rabbia. Ero incazzato.

Ho preso la macchina e sono andato un po' in giro. Pensavo a dove fosse andato a finire quell'uomo che da piccolo amavo tanto. Io non volevo fare la fine che aveva fatto lui, ma sentivo che stavo percorrendo la stessa strada, quella dove non vuoi ammettere certe cose e fai finta di niente, non ci pensi. C'è una storiella di una cicogna che deve fare la sua consegna a domicilio. Invece di un neonato, nel lenzuolo c'è un anziano. A un certo punto il vecchietto guarda la cicogna e dice: "Dài, cavolo, ammettiamolo: hai sbagliato strada".

Io stavo facendo la stessa cosa, facevo finta di niente pur di non ammettere i miei errori.

Mi sarebbe piaciuto piangere, ma non piangevo da un sacco di anni. Non ne ero più stato capace. La rabbia per la perdita di mia madre si era bevuta tutte le lacrime.

Sono salito in casa, sono andato in bagno e mi sono guardato allo specchio.

"Chi sei? Chi sono? E io quando morirò? Cosa sono io? La mia faccia? Il mio corpo? La mia voce? Le mie mani? Cos'è una persona, di cosa è fatta? Delle cose che ha imparato? Della musica che ha ascoltato? Delle lacrime che ha pianto? Delle carezze che ha dato o che ha ricevuto? Dei baci? Quante cose è una persona? Quanti pensieri? Può essere che tutto questo se ne vada? E dove va? Cosa diventa? Cosa rimane?"

Mi guardavo allo specchio e pian piano ho sentito una strana sensazione di rabbia che cresceva dentro di me. Quella rabbia che avevo sempre represso e controllato. Per la prima volta quella sera ho perso il controllo. Ho iniziato a urlare: «STOMALEEEEEEEEEEEEEEEEE! BASTA!».

Come posseduto da qualcosa di sconosciuto, ho iniziato

a rovesciare e rompere tutto. Prima in bagno: sapone, dentifricio, boccettini vari, poi per tutta la casa. Ho ribaltato la scrivania e il porta CD, ho fatto cadere i libri dalla libreria, ho lanciato i cuscini del divano e le cose che c'erano sul tavolo della cucina. Gridavo e spaccavo tutto. Poi sono caduto a terra. Ho urlato, ma nemmeno in quella occasione sono riuscito a piangere.

Respiravo velocemente. Ansimavo.

Mi ricordo che ero incazzato. Incazzato con la vita. La odiavo. Ero incazzato perché sapevo di essere un codardo. Ero incazzato perché in fondo ero più morto di lui.

"Federico, dove cazzo seiiiii?"

"Mamma dove sei andata?"

Odiavo anche lei che mi aveva lasciato lì già da troppo tempo. Odiavo Dio, e odiavo mio padre.

Stavo male perché ci vuole niente per morire. Stavo male perché avevo paura di stare male.

Poi, pian piano mi sono calmato e sono rimasto sdraiato per terra a osservare il soffitto. In tanti anni che abitavo lì non lo avevo mai guardato. Conoscevo solo quello della camera da letto. Pensavo a Federico e l'ho immaginato lì con me che mi prendeva per il culo come facevamo sempre. Chissà che risate si è fatto nel vedermi rompere tutto.

"Sei qui? Se sei qui fai qualcosa, un suono, muovi un oggetto, dài..."

Mi guardavo intorno per vedere se c'era un segno della sua presenza. Che tenerezza provo quando mi rivedo in quei momenti. L'ho fatto un sacco di volte: chiedere un segno; muovi questo, fai un rumore, spegni la luce. Spesso quando ero solo gli chiedevo una prova della sua presenza, promettendogli che non lo avrei detto a nessuno, ma in fondo avevo anche paura che lo facesse veramente. Alla fine mi dicevo che non si manifestava per non spaventarmi, perché non ero pronto per un'emozione così forte.

Si fanno un sacco di viaggi mentali sulle persone che non ci sono più. Ogni volta che succede qualcosa di bello, per esempio, si pensa che siano state loro. Io l'ho sempre fatto con mia madre. Eviti per un soffio di fare un incidente? Beh, è merito suo se sei salvo. Trovi la casa dei tuoi sogni? Trovi lavoro? Sei stato fortunato? Sempre merito dell'aldilà.

Mi sono alzato e ho rimesso a posto le cose in giro per casa. Sistemando la scrivania, ho trovato la ricevuta dell'oreficeria: "La collana di Sophie...".

Mi è tornato alla mente il giorno in cui l'avevamo ordinata. Ho rimesso la ricevuta nel cassetto e sono andato a dormire. Ero spossato, ma ci ho messo un po' ad addormentarmi.

10
Tutto in quei giorni diceva la stessa cosa

La mattina dopo non sono andato a lavorare. Tutti sapevano della mia amicizia con Federico e nessuno mi ha detto niente. Non nego di averne un po' approfittato.

"*Andateveneaffanculotutti!*" ho pensato.

Ho fatto un giro e ho incontrato Pietro. Era da un po' che non lo vedevo. Lo conosco da tanti anni. Dal tempo delle medie, come Fede, ma lui non era in classe con noi. Noi eravamo nella A, lui nella E.

Abbiamo parlato di Federico, ricordando un sacco di momenti insieme. Alla fine sembravamo rassicurati dal fatto che Federico non si era mai tirato indietro nel godersi la vita, anche nei piaceri materiali. Aveva vissuto sempre in maniera così intensa e rivoluzionaria che sembrava quasi che inconsciamente sapesse che sarebbe morto giovane.

Quel giorno ho scoperto che Pietro non lavorava più in Comune, ma gestiva un centro d'addestramento di cani. Anche lui aveva mollato tutto per inseguire i suoi sogni.

«Mi ero rotto di andare in ufficio tutti i giorni solo per lo stipendio. Vivevo sotto la dittatura dello stipendio.»

«Da un giorno all'altro hai mollato tutto e te ne sei andato?»

«Eh no, come facevo? Non avevo soldi da parte per lasciare l'impiego, avrei potuto anche licenziarmi e lavorare provvisoriamente in qualche locale la sera, ma a quel punto meglio restare in Comune. Comunque, dopo tanti anni avevo anche delle agevolazioni, e sapevo muovermi con furbizia. Nei weekend a Parma ho iniziato a fare un corso per addestrare cani. Quando sono stato in grado di lavorare, sono rimasto al centro per qualche mese, poi sono tornato. Ora gestisco una specie di distaccamento che il mio capo ha aperto qui. Un giorno magari aprirò qualcosa di mio, ma per adesso, se devo essere sincero, sto benissimo così. Lavorare con i cani era il mio sogno. Certo, prendo meno di quando ero in Comune, ma ci ho guadagnato in salute e felicità.»

«Beh, sei stato fortunato, il tuo capo ha voluto aprire un centro proprio qui.»

È una frase che avrebbe detto mio padre. Incontro una persona che è riuscita a fare una cosa che desiderava, e io subito puntualizzo che è stata fortuna.

«Sì, è vero, sono stato fortunato, ma sono stato io a insistere. Poi, avendo lavorato in Comune, conoscevo un sacco di gente che poteva aiutarmi, e se lo desideri veramente le cose possono accadere.»

«Con Marta come va?»

«Non stiamo più insieme.»

«Mi spiace, cavolo, eravate perfetti.»

«Non lo eravamo più: lei era la ragazza perfetta per il Pietro del Comune, quello che non sono più.»

«Cioè?»

«Quando stavo con Marta il nostro equilibrio era perfetto. Io avevo bisogno di lei e lei di me, poi l'equilibrio si è rotto quando io ho cambiato lavoro.»

«Non era d'accordo?»

«Quando lavoravo in Comune, se devo essere sincero, vivevo una vita triste. Non c'era niente che mi coinvolgesse. Nulla che mi permettesse di mettere in gioco i miei sentimenti, che mi aiutasse a esprimermi.

«Nel lavoro non solo non potevo esprimermi, ma ero addirittura costretto a reprimermi. Se al posto mio ci fosse stato un altro, niente sarebbe cambiato. Ero un numero. Quando tornavo a casa la sera, quando tornavo alla mia vita, desideravo essere scelto. Non volevo più essere un numero. Volevo essere io, Pietro, una persona importante per qualcuno. Volevo qualcuno che desiderasse me. Qualcuno che avrebbe sofferto se non ci fossi stato, non come al lavoro, dove potevo essere sostituito come un bullone. Marta era la mia isola felice. Era solamente con lei che mettevo in gioco dei sentimenti. E lei stava con me perché aveva bisogno di sentirsi utile. Di sentirsi importante. Lei voleva essere la felicità. La mia felicità. Esisteva solamente in funzione delle mie esigenze. Infatti, quando ci siamo lasciati mi ha elencato e rinfacciato tutte le cose che aveva fatto per me, oltre a dirmi che sono un egoista capace solo di pensare a me stesso.

«Senza saperlo, senza nemmeno accorgersene, Marta non mi appoggiava mai nelle cose che mi piacevano. Non approvava mai i miei sogni. Quando le parlavo del mio desiderio di mollare il lavoro in Comune per tentare con i cani, mi riempiva sempre di paure. Nel momento in cui ho iniziato a essere coinvolto emotivamente anche al di fuori di noi due, quando ho cominciato a non poppare più felicità solamente dalla sua mammella, qualcosa si è rotto e poco dopo ci siamo lasciati. Non ci incastravamo più come prima perché c'era qualcosa in più. Qualcosa di troppo.

«Marta non mi parla più e mi accusa di averla tradita. Non con un'altra donna, tradita in qualcosa di più intimo. Forse rompendo quella sorta di tacito accordo che ci teneva insieme. Non avendo più un ruolo indispensabile, non riusciva a relazionarsi con me. Lei doveva stare con qualcuno che aveva bisogno delle sue attenzioni, era il suo modo di tenermi legato a lei. Quando uno è gentile e pieno di attenzioni, ti senti una merda a volerti liberare della sua presenza, ma io ero autonomo ormai. Mi spiace.

«Ci ho messo un po', ma alla fine l'ho capito. Meglio tardi che mai... Vienimi a trovare uno di questi giorni, ci beviamo una birra. Il centro dove lavoro è appena fuori dalla città, in macchina sono venti minuti.»

Mentre mi parlava io pensavo alla serata passata con Federico a Livorno. Erano gli stessi concetti di quella cena. Mi sono chiesto se era un caso che quando inizi un certo tipo di pensieri e di discorsi incontri un sacco di gente che dice e fa cose simili. O forse prima le incontravo e non ci facevo caso perché non avevo quel tipo di attenzione? Erano quelle che si chiamano "risonanze"?

Non saprei, ma tutto in quei giorni diceva la stessa cosa.

11
Alla ricerca di me

Come lenti dinosauri, i giorni passavano lasciando le loro pesanti orme. Anche senza Federico il mondo continuava a esistere. Io non riuscivo più a interessarmi a niente. Continuavo a essere anestetizzato, vivevo in una bolla di vetro. Veramente questo succedeva da tempo, la differenza era che adesso non potevo più fare finta di niente. L'unica cosa cui non ero più indifferente era la mia indifferenza. Forse stavo decidendo che dovevo per lo meno provare anch'io a capire chi ero. Questa era l'unica decisione importante. Cominciavo a sentire il guscio intorno a me, e dovevo iniziare a capire da che parte potevo romperlo per uscire. Non volevo morire prima di aver compiuto la mia nascita. Lo dovevo fare anche per Federico. Il problema era che ero circondato dalle solite persone, quelle che come me se ne fregavano di questi discorsi. Li avevo sempre trovati ridicoli. Ne parlavo volentieri al massimo una sera, ma il giorno dopo era tutto finito. Ciò che mi era successo, quello choc, mi aveva aperto gli occhi, o meglio mi aveva dato la forza di tentare. Così non potevo più andare avanti, perché a furia di vivere nel mio costumino non ero naturale nemmeno nei gesti. Si capiva, guardandomi, che erano il frutto di ciò che stava meglio al mio personaggio e quel mio modo di essere mi impediva di vivere veramente.

In quel periodo non sapevo ancora che in qualsiasi momento della vita si possono prendere in mano le redini e cambiare il proprio destino.

"Come si fa a capire veramente qual è il proprio destino? Cosa ce lo rivela?" avevo chiesto a Federico la prima sera che avevamo parlato di queste cose.

Dovevo distruggere l'idea che avevo di me. Dovevo cambiare compagnia, trovare delle persone che potessero capire cosa sentivo dentro. Che avessero in qualche modo vissuto un sentimento simile al mio. Nella testa mi frullavano milioni di pensieri confusi e sconnessi. Dovevo riuscire ad abbandonare quel percorso in cui capisci che, non potendo essere superiore agli altri, fai le stesse cose che fanno tutti, così alla fine diventi uguale a loro per paura di essere inferiore.

Bisognava trovare il coraggio di partire. Ma chi poteva darmelo?

Al liceo avevo letto una frase e ora capivo veramente cosa intendevano i latini quando dicevano: "*Porta itineris dicitur longissima esse*", "la porta è la parte più lunga di un viaggio"; detto in parole povere, il primo passo è il più difficile da compiere.

Avevo paura di morire e prima che accadesse volevo vivere un po', volevo fare delle cose. Questo era il sentimento che inconsciamente alimentava ogni mia azione, scelta, decisione.

Quella volta finalmente ho avuto il coraggio. Fede mi aveva dato la forza. Questo era il segno della sua presenza, non gli oggetti che gli chiedevo di spostare o la luce che avrei voluto accendesse. Ha fatto molto di più, ha spostato me. Ha acceso la mia vita, mi ha donato un nuovo modo di pensare.

"Federico, non abbandonarmi!"

Un giorno sono andato a casa, ho preso la ricevuta che tenevo nel cassetto della scrivania e sono andato a ritirare la collana di Sophie. Poi ho fatto un biglietto aereo andata e ritorno – con ritorno aperto e data da definirsi – per andare a consegnarla.

Dopo sono andato al lavoro e ho chiesto un mese di vacanza. Il direttore mi ha detto che non era il momento, che gli dispiaceva molto, che capiva il mio dolore, la mia situazione, ma che purtroppo non era possibile.

Non è una cattiva persona, il direttore, anche lui è migliore di come la vita lo rende. Anche lui è schiacciato da una serie di cose. Aveva ragione: sicuramente non era il momento giusto per partire, ma il problema è che non c'è mai un momento giusto.

La cosa che non ho mai sopportato in lui è il suo essere viscido in certe circostanze. Quando serve è ruffiano come il profumo di una crema abbronzante. È di quelli che ti fanno sentire subito amico e che ti riempiono di complimenti e affetto, ma tutto è talmente posticcio che basta sbagliare una volta e automaticamente da super amico diventi un nemico coglione. Lo stesso entusiasmo che ha mostrato nell'elogiarti lo utilizza per massacrarti e screditarti. In passato l'ho anche odiato, ma se fossi stato meno represso non avrei usato un'arma così mediocre. Spesso l'odio è solamente l'ombra di qualcos'altro. L'odio appartiene ad attimi di impotenza.

Quel giorno alla mia richiesta ha detto di no.

Ricordo che ho fatto un bel respiro e dopo un secondo ho deciso di prendermi ugualmente la vacanza.

Mentre me ne andavo il direttore mi ha comunicato che se fossi partito avrei potuto prendermi anche tutto l'anno. Ormai l'avevo deluso, e per lui in un secondo era già cambiato tutto, era già in guerra. In quel momento, però, non mi spaventava niente.

Sono uscito da quell'ufficio che avevo quasi trentatré anni, non riuscivo a comunicare con mio padre e mia sorella, avevo perso mia madre e il mio migliore amico, non ero in grado di avere una relazione sentimentale e nemmeno di capire cosa fare della mia vita, in banca avevo trecento euro ed ero appena stato licenziato... beh, non male.

Eppure mi sentivo stranamente bene. Almeno in quel momento.

Sono andato a portare la macchina all'officina di mio padre, per lasciarla lì, dicendogli che, se avesse trovato un cliente interessato, poteva venderla. Ho svuotato la macchina da tutte le cianfrusaglie e, aprendo il baule, ho trovato un'emozione lasciata lì a riposare da tempo: il maglione blu di Fede, lo stesso che adesso ho legato in vita. Era come la tazza e la cartolina. L'ho annusato nella speranza che avesse ancora il suo odore. C'era. Quanto mi sarebbe piaciuto trovare il modo di conservare quell'odore per sempre. Annusare una persona vale più di mille foto. Invece, come il dolore, pian piano sarebbe evaporato. Quante volte metto questo maglione. Mi protegge molto di più di qualsiasi altro. Anche se è un po' corto di maniche.

Non ho mai capito se, lavandole, le cose si allargano o si restringono. Quando vado in un negozio e una cosa mi è piccola, la commessa mi dice che poi lavandola un paio di volte si lascia andare e si allarga un po'; se provo una cosa grande mi dice il contrario, che se la lavo si restringe. Che brave alcune commesse.

Ho salutato mio padre e mia sorella dicendo che sarei andato via per un po', che mi prendevo una vacanza, per farla breve. Mi sono infilato il maglione di Federico e sono tornato a casa. Stavo iniziando una vera avventura, abbandonando tutto ciò che mi era familiare e conosciuto per entrare nell'ignoto. Finalmente sentivo di avere il coraggio e il desiderio di "buttarmi per cadere verso l'alto", come aveva detto lui una volta.

Avevo il cuore eccitato, mi sentivo già più vivo. Il giorno dopo sono partito, alla ricerca di me.

12
Indispensabile per lui

Prima di salire su un aereo guardo sempre il bigliettino con la lettera e il numero del mio posto. Non so perché, ma non riesco a memorizzarlo e devo rileggerlo continuamente finché non sono seduto. Non ho nel cervello la parte della memoria dedicata a quei bigliettini. Sull'aereo verso l'ignoto, comunque, ero seduto su un sedile che a sinistra dava sul corridoio; alla mia destra c'era un posto occupato da una donna di circa settant'anni, molto grassa. Prima di decollare la hostess le ha portato una prolunga per la cintura. Non ne avevo mai vista una. Inutile dire che il bracciolo di destra era impraticabile, non potevo appoggiarci il braccio perché c'era quello della signora, praticamente una mortadella con cinque würstel attaccati all'estremità.

Sull'aereo ero agitato. Sempre per via della paura di morire. La morte mi aveva sfiorato troppo da vicino ed era come se l'avessi vista un po'. Per la prima volta, infatti, avevo paura di volare, allora ho cercato di sdrammatizzare pensando a qualcosa che potesse farmi ridere. Pensavo a dei nani nudi che si rincorrevano su e giù per il corridoio.

Alla fine per tranquillizzarmi mi sono detto che al limite, se l'aereo fosse caduto in mare, io mi sarei buttato sulla *vecchiacanotto* al mio fianco. Il volo è stato tranquillo. A parte i nani che correvano.

Oltre il corridoio alla mia sinistra c'erano due ragazze. Una delle due ogni tanto piangeva. Anche se non la conoscevo, mi sarebbe piaciuto aiutarla, fare qualcosa per lei, alleggerirla da quel sentimento, forse perché anch'io ero pieno di sofferenza, di ansia, di paure. Insomma, eravamo colleghi nel dolore. Dalla disperazione delle sue lacrime ho immaginato che anche lei avesse perso qualcuno, magari un genitore. Ho capito più tardi perché stava male, quando la sua amica a un certo punto le ha detto: «Basta, non pensarci più, adesso devi pensare solo a divertirti e non a quello stronzo. Vedrai che nel villaggio ne incontrerai mille meglio di lui. E poi, sinceramente, ti sei liberata di un coglione. Fossi in te non sarei così dispiaciuta, ultimamente eri sempre triste. Credimi, è stata una fortuna che sia andata così...».

Quella ragazza stava soffrendo perché era finita una storia d'amore. "Ma vaffanculo" ho pensato.

In quel periodo ero razzista verso le persone che stavano male. Ero convinto che la mia sofferenza fosse vera, reale, mentre quelle d'amore, per esempio, non avessero il diritto di bagnare nemmeno un piede nel grande mare nero del dolore.

Ho imparato più tardi, con il tempo, ad avere rispetto per ogni forma di dolore. Anche per quello di un bambino che perde il suo giocattolo. Ma in quel momento, sull'aereo, pensavo che la ragazza non si doveva permettere di piangere tutte le lacrime del mondo per una stronzata del genere. Cos'è quel dolore di fronte alla perdita di una persona?

Avrei voluto dirle che era una stupida e che doveva ringraziare Dio se stava piangendo solo per quello.

In quel periodo mi sentivo come una delle poche persone che avesse veramente il diritto di soffrire. Io potevo piangere e non ci riuscivo, mentre quella rimbecillita versava litri di preziose lacrime per un idiota. Io non ne avevo, e lei invece le sprecava.

Siamo atterrati con qualche sobbalzo, a causa del forte vento. Quando si sono aperte le porte dell'aereo, ho sentito subito il caldo, l'umidità e l'odore della natura. Un misto mare-piante-terra. A piedi siamo arrivati all'uscita dell'aeroporto dove bisognava consegnare i documenti. Le persone vicino a me erano quasi tutte italiane. Molti hanno acceso il cellulare e hanno iniziato una serie di discorsi tra loro sul "prende... non prende... funziona...".

Mi hanno infastidito. È vero che quando non stai bene ti dà noia tutto. Gli infelici valutano costantemente gli altri, criticano continuamente il loro comportamento e spesso su di loro sfogano il proprio personale malessere o fallimento.

La prima cosa che mi aveva dato noia era la ragazza piangente, la seconda era appunto la smania di usare il cellulare e la terza era successa solamente qualche minuto prima: quando dopo l'atterraggio era scattato l'applauso. Non so perché, ma quell'applauso mi aveva urtato. Stavo proprio male, è evidente.

All'uscita dell'aeroporto ho preso un taxi e mi sono fatto portare alla *posada* di Sophie. Molti degli altri passeggeri del volo erano saliti su mini pullman, destinazione villaggio vacanze. Guardavo le donne e pensavo che la metà di loro sarebbe tornata a casa con le treccine.

Appena sono sceso dalla macchina, la prima cosa che ho notato è stato il container aperto. L'avevo riconosciuto, avevo riconosciuto le cose dentro. La porta della *posada* era aperta, sono entrato e subito ho visto degli operai che stavano sistemando un bancone. Non capivo se sarebbe stato il bar o la reception. Ho chiesto di Sophie, e mi hanno detto che era sul tetto. Sono salito e tra uomini a torso nudo magri e sudati c'era lei. Di fronte agli occhi mi si era presentata una colonna di luce: una donna raggiante, una figura femminile esile, graziosa e delicata e al tempo stesso con uno sguardo sicuro. Mi ha sorriso e io mi sono presentato senza dire di essere amico di Federico: «Mi chiamo Michele, sono italiano, vorrei parlarti».

Ha detto due cose agli operai e siamo scesi dal tetto. Fuori, sotto una veranda in legno con la copertura di paglia, c'era un tavolo. Ci siamo seduti.

Ho capito subito cosa intendesse dire Fede quando parlava di lei. Non era tanto la bellezza, anche se effettivamente era molto bella. Era la presenza. Aveva negli occhi qualcosa di misterioso che ti catturava.

Si è versata da bere una limonata fresca e io ho preso una birra. Sinceramente, credo avesse già capito che ero un amico di Federico, ma non mi ha detto nulla, ha aspettato che fossi io a parlare.

«Sono un amico di Federico e volevo consegnarti una cosa da parte sua. Te l'aveva presa, ma non ha fatto in tempo a dartela. Tieni.»

Quando Sophie ha visto la collana non ha detto niente, è solamente cambiata l'espressione dei suoi occhi. Sembrava pulsassero, come se il cuore si fosse spostato lì. Mi ha ringraziato, ma non se l'è messa subito. La rigirava tra le mani, la stringeva, la accarezzava. Ci giocava come se tenesse per mano qualcuno. Poi, alla fine, l'ha indossata.

Abbiamo chiacchierato. Non di Federico, più che altro faceva domande su di me, voleva conoscermi. Mi ha detto che Federico le aveva parlato spesso di me, più come di un fratello che di un amico, e che non appena mi aveva visto sul tetto aveva capito subito che ero io.

Siamo stati seduti lì molto tempo. Probabilmente stare vicini, sapendo che avevamo Federico in comune nelle nostre vite, ci faceva sentire più uniti a lui anche senza parlarne. Eravamo entrambi due pezzi della sua vita.

Mi sono fermato a cena.

Le ho spiegato che in quel periodo stavo mettendo tutto in discussione e che una sorta di crisi personale mi aveva portato a stravolgere la mia vita, le mie abitudini. Le ho raccontato che avevo deciso di partire all'improvviso senza pensarci troppo, che probabilmente – anzi, sicuramente – ero stato licenziato, che non avevo soldi e che non sapevo niente del mio futuro. Ero cosciente che stavo cercando con tutte le forze di trovare un'alternativa alla vecchia vita per riuscire a stare meglio. Volevo semplicemente stare meglio. E in quel periodo provavo dolore per tutto ciò che avevo vissuto e stavo vivendo, ma anche quella sorta di sentimento di libertà che accompagna sempre le novità. Quando ho pronunciato quelle parole, mi sono accorto di trovarmi per la prima volta nella vita senza certezze, senza sapere cosa avrei fatto. La sveglia sul mio comodino l'avevo puntata anni prima e non l'avevo mai più toccata. L'unica differenza era che sabato e domenica non suonava. Non ero agitato però, anzi, mi sentivo come se fossi diventato un viaggiatore, un uomo di mondo, un affascinante avventuriero.

Respiravo a pieni polmoni. Ridevo della mia condizione. Mi sentivo ridicolo e mi prendevo in giro da solo. Sophie mi ha fatto vedere la *posada* e tutti i disegni dei progetti che aveva fatto con Federico, spiegandomi i lavori che bisognava fare. Ce n'erano ancora tanti. Poi mi ha guardato e mi ha detto che se volevo poteva ospitarmi. Che aveva una stanza a disposizione, in realtà erano tutte libere perché erano ancora da finire. In cambio avrei potuto lavorare per lei.

«Pazzesco, ho perso il lavoro ieri e oggi ne ho già trovato un altro. Nemmeno un giorno di vacanza. Accetto.»

Sembrava che rispondessimo in maniera naturale a un mandato misterioso.

La stanza era in una condizione, come dire, provvisoria. Il bagno non era all'interno, ma in fondo al corridoio, e non c'era l'acqua calda e nemmeno la luce dopo le sei. Quando gli operai andavano via spegnevano il generatore. Ero l'unico ad abitare lì. La camera, però, aveva una cosa meravigliosa. Una finestra sul mare. Essendo l'unico ospite lì ero diventato anche il guardiano di notte. Devo dire che vivere al lume di candela, con un materasso buttato per terra e un comodino fatto con una cassetta della frutta, rendeva il mio viaggio pieno di colori e atmosfere romantiche. Sophie invece viveva in una casetta a cento metri dalla *posada*.

I primi tempi ho cercato più che altro di ambientarmi. Dopo qualche giorno sono riuscito anche ad andare in bagno: mi stavo rilassando. Quando arrivo in un posto nuovo, infatti, i primi giorni non riesco a produrre nemmeno una pepita, potrei fare a meno del bagno se non fosse per la doccia. Lavorando facevo nuove conoscenze ed entravo sempre di più in confidenza con Sophie. Ho scoperto molte cose di lei. La sua storia era bella da sentire. A Parigi era pediatra, aveva lavorato per un paio d'anni ma non era molto convinta che fosse ciò che voleva fare. Una volta era venuta in vacanza a Capo Verde e si era innamorata del posto. Era tornata a casa e aveva mollato tutto.

Una delle tante cose che mi colpiva e mi affascinava di lei era la cortesia. Era cortese nei gesti e nel rivolgersi alle persone. Non solo con me, ma con tutti indistintamente. Parlavamo anche di Federico in maniera naturale. Comunque la sua presenza si sentiva e si avvertiva in ogni cosa. Tutte le volte che per un motivo o per l'altro saltava fuori il discorso di Federico, tutti ne parlavano con affetto. Si capiva che la gente del posto lo aveva amato e continuava a farlo. Era lì con noi e lo sapevamo.

Mi alzavo la mattina presto, quando arrivava la luce dell'alba, e andavo a dormire poco dopo il buio. Mi piaceva da morire seguire il ritmo naturale della terra e del cielo. Non avevo nulla, nemmeno i mobili, ma mi sentivo pieno. Arredato dentro.

Dopo un paio di settimane è arrivata anche la luce elettrica, ma devo dire che l'ho usata poco perché ormai ero abituato così e mi piaceva. Per cena andavo spesso da Sophie. Ero contento della complicità che si era creata con gli altri ragazzi con i quali lavoravo. Era come se con loro il rapporto andasse oltre i confini di una conoscenza superficiale: come ti chiami, da dove vieni, che lavoro fai, sei sposato, hai figli. Non lo so, non riesco a spiegarlo bene, ma mi commuovevo quando uno di loro i primi giorni mi portava per esempio un bicchiere d'acqua. Lo faceva non perché era un mio amico da qualche giorno, ma perché lo era sempre stato. Era un gesto semplice, ma mi piaceva.

Sadi era un ragazzo con cui lavoravo. Ci siamo piaciuti subito. Sorrideva sempre. Con lui, per esempio, ho provato un sacco di volte un sentimento fraterno. La sua gentilezza, le sue attenzioni, la sua sensibilità mi hanno veramente commosso più volte. Era sposato e aveva due figli piccoli. Una sera, finito di lavorare, mi ha chiesto se il giorno dopo volevo andare a mangiare a casa sua. Ho accettato.

Quando l'indomani è arrivato al lavoro è stata la prima cosa che mi ha ricordato. Si vedeva che era felice perché andavo a cena da lui. Non mi era mai capitato di sentirmi così. La sera non sapevo cosa portare. Ho preso delle birre. Quando sono arrivato a casa sua, mi ha presentato la moglie e i bambini. Sembrava emozionato. In casa, lavato e vestito normalmente, non da lavoro, sembrava un'altra persona. Tutto era povero. I muri ancora da imbiancare, i mobili, i bicchieri tutti diversi tra loro, il divano, i soprammobili. Eppure non mi sono mai sentito così bene a casa di qualcuno come quella sera. Tutto era pieno di umanità, di gentilezza disinteressata. Si dice che la vera ricchezza sia nella capacità di essere generosi. Sadi era una persona ricca.

Passavo molto tempo con lui anche dopo il lavoro. Certe domeniche andavo con Sadi, la moglie e i bambini da sua madre. C'erano anche i suoi fratelli e sorelle con i rispettivi figli e alla fine ci si trovava in metà di mille. Si mangiava, si beveva, si suonava la chitarra, si stava tutti insieme. La mia presenza tra loro era una cosa normale. Semplicemente uno in più. Dopo la presentazione ero già considerato uno di loro, uno della famiglia. La domenica mattina con Sadi andavo spesso anche a pescare. Andavamo con il suo amico, Stra. Mi piaceva molto mangiare il pesce che avevo pescato.

Stra era bravissimo a fare tutto, a scegliere i posti, a preparare e mettere la lenza, a pescare i pesci, a pulirli e a cucinarli. Io invece ero un po' impedito, però ero molto bravo a mangiarli. In quel periodo avevo sempre un buon appetito. Mangiavo volentieri. Se ne doveva essere accorto anche Sadi perché spesso durante la settimana passava alla *posada* da me per portarmi delle cose che aveva cucinato sua moglie. Lo faceva anche per venire a bere una birra e fare due chiacchiere. Parlavamo un linguaggio misto: un po' italiano, un po' portoghese, un po' creolo, ma alla fine ci capivamo sempre e ridevamo molto. Lui soprattutto rideva spesso e aveva una faccia talmente simpatica che non si poteva non volergli bene.

Un giorno ha visto il mio cellulare sul tavolo. Era spento da quando ero partito. L'ho acceso solamente un paio di volte per vedere se qualcuno mi aveva mandato dei messaggi, se mi avevano cercato. Una debolezza, lo so, ma poi ho spento subito e mi sono ripromesso che non lo avrei più acceso fino al mio ritorno.

Quando Sadi l'ha visto mi ha detto che Fede doveva portargliene uno dall'Italia.

Mi faceva strano sapere che Sadi desiderasse un cellulare. Pensavo fosse una cosa che a lui non potesse interessare.

Si è alzato ed è andato in bagno. Era già la terza birra.

Ho fissato il cellulare, l'ho preso e poi l'ho acceso.

Sul display è comparsa la scritta "CPV Movel", la compagnia di telefonia mobile di Capo Verde.

Ho fatto scorrere i nomi della rubrica. Ce n'erano quasi cento ma nessuno che avrei avuto voglia di sentire.

Nemmeno i più intimi.

Figurarsi quelli memorizzati con un dettaglio dopo il nome: *Fedepiazza, Monicasmart, Luisapalestra, Laracdm,* (culo di marmo), *Elenabionda, Cristinapoloblu, Elisaparru* (parrucchiera).

Chissà io in certi telefoni come sono stato memorizzato: *Michibrutto* o magari *Michibello.* Quello va a gusti.

Mi ricordo che in alcune rubriche di quelle fidanzate o sposate sono stato memorizzato con una serie di nomi femminili. Sono stato *Luisa, Roberta, Francesca.* Una volta sono stato anche *estetista.*

Ho spento il telefono, ho tolto la scheda e quando Sadi è tornato gliel'ho regalato. Ci ho messo un po' a convincerlo che poteva portarlo a casa, perché non lo voleva.

Se n'è andato che aveva gli occhi lucidi. Quando si è allontanato l'ho dovuto richiamare per dargli un'altra cosa importante. A quel punto indispensabile per lui: «Sadi... il caricabatteria».

13
Ancora una volta

Passavo molto tempo anche con Sophie, era bello stare in sua compagnia. Il nostro rapporto era fatto di tante piccole attenzioni. Quando Sophie faceva la spesa, spesso prendeva anche delle cose per me. A volte ricambiavo. Quando andavo a pescare, le portavo sempre un po' del pesce che prendevo, oppure se durante le mie passeggiate sulla spiaggia trovavo qualcosa di bello, come conchiglie, pietre, legnetti con forme strane, o pezzi di vetro lavorati dal mare, glieli lasciavo sul davanzale o sulla soglia di casa. Devo dire che eravamo comunque attenti e bravi a vivere i nostri spazi, il fatto di essere entrambi legati a Federico non ci dava comunque il diritto di essere invadenti nella vita dell'altro.

Con lei andavo volentieri in giro in macchina, mi piaceva soprattutto perché Sophie trovava sempre delle canzoni che erano in sintonia con il mio stato d'animo. Mi sono chiesto spesso se fossi io a condizionare le sue scelte musicali o se fosse quella musica a condizionare me. Non ricordo chi iniziava prima. Spesso andavamo dall'altra parte dell'isola, in una spiaggia enorme. C'era anche una vecchia nave arenata da molti anni completamente in rovina. Quella carcassa di ferro tagliava come una lama arrugginita la spiaggia completamente deserta. Non essendoci paesini vicini era quasi impossibile incontrare qualcuno.

«Vengo spesso qui quando ho tempo, mi fa stare bene.»

Eravamo circa a una quarantina di minuti in macchina da casa nostra e, anche se il paesaggio di fronte a me era incantevole, ho pensato subito che se la macchina non fosse partita non ci avrebbe trovato nessuno.

Abbiamo fatto una passeggiata sulla spiaggia verso la nave e ogni tanto io raccoglievo delle conchiglie. Solamente quelle che avevano già il buchino per poterci far passare il filo. Era una cosa che mi aveva insegnato Stra.

Non le raccoglievo per farci collanine ma le univo a legnetti, coralli e piccoli sassi da appendere fuori dalla finestra o sulla porta della veranda. Quelli di Stra erano bellissimi, io non ne avevo ancora fatti ma avevo fiducia.

«In questo posto io e Federico ci siamo dati il primo bacio» mi ha detto Sophie quando siamo arrivati di fronte alla nave.

Non so perché, ma l'avevo pensato qualche secondo prima, non che si fossero dati proprio il primo bacio, ma che si fossero baciati in quel posto sì.

Avrei voluto abbracciarla in quel momento, ma ho preferito abbassarmi a raccogliere un'altra conchiglia.

Le tasche dei miei pantaloncini erano piene.

Siamo rimasti un po' in silenzio e poi siamo tornati alla macchina.

Quando Sophie ha girato le chiavi nel quadro, la macchina non ha dato cenni di vita.

Mi sono venute in mente in una frazione di secondo tutte le cose che avevo imparato leggendo *Il manuale delle giovani marmotte*. "Dunque, non preoccupiamoci, il nord è dove c'è il muschio sul tronco della pianta." Lì non c'era nemmeno un cespuglio di insalata.

Per fortuna la macchina è ripartita. Nel viaggio di ritorno Sophie si è fermata davanti a una casetta piccolina in pietra. Di fronte c'era un cane sdraiato che dormiva. Sentendo il rumore della macchina il cane ha iniziato ad abbaiare tanto che io ho aspettato a scendere.

«Che ci facciamo qui?»

«Compriamo il formaggio di capra.»

Nel frattempo è uscito un ragazzo che ce ne ha vendute sei pagnottelle piccole.

Quando mi ha salutato, ha urlato: «Ciao Baggio!».

Ero contento. Sophie mi ha guardato, non capiva e io le ho detto che era un mio amico. In realtà, aveva assistito qualche giorno prima a una mia impresa sportiva. Era una vera e propria coincidenza ritrovarlo lì, così lontano dal paese.

Mi piaceva fare quello inserito. Per questo, le poche fotografie che ho fatto, le ho scattate di nascosto. Non volevo sembrare un turista.

Il giorno dopo Sophie mi ha invitato a pranzo dove oltre al formaggio di capra mi ha cucinato quello che ormai era il mio piatto preferito, la *cachupa guisada*, un misto di carne, cereali, uova, tutto saltato in padella. Per me un po' pesante, ma, almeno una volta alla settimana, non riuscivo a farne a meno. Quando la mangiavo, poi per due o tre giorni cercavo di stare leggero. Riso bollito e *garoupa*, il famoso pesce che si cucina a Capo Verde.

La prima volta che ero entrato in casa di Sophie avevo notato due fotografie di lei e Federico. In una erano in spiaggia, nell'altra invece si intravedeva dietro di loro la Torre Eiffel. Diciamo una foto versione estiva e una invernale. Mentre fissavo la foto invernale, Sophie mi aveva detto: «Io quella non la volevo fare, per questo l'ho attaccata lì. Perché Federico ha insistito e se esiste quell'immagine di noi è solo per merito suo. Io, da parigina, trovavo stupido fare foto da turisti. Adesso è la mia preferita. Ne ho un po', vuoi vederle?».

Sophie aveva aperto un cassetto e mi aveva dato una busta piena di foto. Molte da soli, molte scattate insieme, tenendo il braccio disteso in avanti sperando di essere inquadrati tutti e due. Alcune erano scattate talmente da vicino che avevano dei nasi enormi e la luce del flash sparata in faccia.

Poi una serie di foto di Federico e di Sophie che dormivano da soli.

«E queste?»

«Era una specie di gioco. Un giorno mi sono svegliata e

gli ho fatto una foto mentre dormiva. La volta dopo me l'ha fatta lui. Siccome la discussione era su chi si svegliava prima e chi dormiva di più, per un periodo il primo di noi due che apriva gli occhi faceva la foto all'altro. Così ora ci sono un sacco di foto delle nostre mattine a letto.»

Mi aveva fatto effetto vedere tutte quelle foto di Federico a casa di una che praticamente per me era quasi una sconosciuta. Mi faceva strano perché Federico lo sentivo come qualcuno che apparteneva a me o comunque ad altri che conoscevo. "Che ci fa questa donna con delle foto sue?" sembrava che volessi dire. È strano da spiegare. Avevo avuto quasi un secondo di gelosia.

Quel giorno a pranzo invece il rapporto con Sophie era ormai diverso, potevo dire di conoscerla bene, e mi piaceva da morire. Era una donna stupenda. In quella casa tutto mi era familiare. Era già passato più di un mese dal mio arrivo sull'isola, ma quel pranzo è stato decisamente diverso, visto che mentre stavo mangiando Sophie mi ha guardato e ha annunciato: «Devo dirti una cosa».

«Che ho fatto? Vuoi licenziarmi?»

«Sono incinta.»

La mia forchetta è caduta sul tavolo e il mio mento nel piatto. «Come incinta? Di chi? Cioè, scusa, non volevo dire... intendevo... sì, insomma, da quando?»

«Non lo sa nessuno, nemmeno Federico lo sapeva. Glielo avrei detto al suo ritorno. Sono rimasta incinta appena prima che lui partisse, sono alla fine del terzo mese.»

«Oh cazzo!» è la prima cosa che ho detto. Così all'improvviso non riuscivo nemmeno a capire se era una bella notizia o no. «Ma perché non l'hai detto a nessuno? Ai genitori di Federico bisogna dirlo, non credi? Io li conosco bene, sicuramente saranno felicissimi.»

«Volevo essere sicura, sai all'inizio bisogna andarci con i piedi di piombo. Non vorrei dare loro altre cattive notizie. Comunque dopo il terzo mese si può stare più tranquilli, anche se credo che non glielo dirò finché non avrò portato a termine la gravidanza. Nemmeno i miei lo sanno. A te l'ho detto perché di te mi fido. Sei l'unico a saperlo.»

Sono uscito da quel pranzo come se avessi fatto l'amore tutta notte. Quelle volte che fai l'amore per ore, e la mattina al lavoro sei a pezzi, stravolto ma anche pieno di energia, sei felice. Ecco, stavo così. A pezzi, ma felice.

Le ho chiesto dove volesse partorire, se potevo fare qualcosa per lei, ma Sophie era pediatra e sapeva meglio di chiunque che cosa fare. Nei giorni successivi a quella notizia, non pensavo praticamente ad altro.

La vita era un continuo su e giù e non smetteva di stravolgere tutto. Appena sentivo di avere delle certezze, aveva nuovamente preso un angolo della tovaglia e aveva ribaltato tutto ancora una volta.

Questa cosa però cominciava stranamente a piacermi.

14

La *mulher del abraço*

Passava il tempo, ma la pancia di Sophie si vedeva poco perché lei la mascherava bene con l'abbigliamento. Il terzo mese finì. Finì anche il quarto. Mi capitava spesso di pensare a quando lo avrebbero saputo i futuri nonni. Cercavo di immaginare le loro facce e le loro reazioni. Nel frattempo io continuavo a imparare cose su di me. Anch'io, come Sophie, stavo cercando di dare alla vita una creatura nuova. Ormai ero diventato, grazie anche a Sadi, muratore, elettricista e idraulico. Facevo tutto, o almeno ci provavo.

Grazie a lui ho imparato molte cose. Sono sempre stato affascinato dalle persone che fanno bene un lavoro. A prescindere da quale sia, vedere mani capaci mi incanta. Lui sapeva lavorare e mi ha insegnato a farlo. A Boa Vista ho iniziato a dedicarmi anche all'attività fisica. Ero atterrato sull'isola bianco e molliccio. Alla sera, dopo il lavoro, andavo a correre e a fine corsa mi buttavo in mare. Una sensazione stupenda: accaldato, l'acqua sembrava ancora più fredda e mi sentivo da dio. Fare il bagno al tramonto era il mio centro benessere. La storia emotiva della mia vita mi aveva costretto già da piccolo a corazzarmi per sopravvivere e così anche fisicamente mi ero irrigidito, non ero mai stato flessibile o sciolto. Non mi ero mai toccato la punta dei piedi tenendo le gambe tese. Acquisire più scioltezza mi ha aiutato.

A volte invece di correre andavo a fare una passeggiata

nella piazzetta. Una volta ci sono andato a torso nudo e ho scoperto che era vietato. Pensavo fosse uno scherzo quando me lo avevano detto. Invece era vero. La polizia mi ha fermato e voleva multarmi. Hanno creduto al fatto che non lo sapessi e mi hanno lasciato andare.

Verso le sette nella piazza si facevano delle partitelle a calcio. I primi giorni sono rimasto lì a osservare, poi ho preso coraggio e mi sono fatto avanti per entrare in una delle due squadrette che si facevano al momento. È bello giocare a pallone. Ogni volta che ci gioco cerco di ricordarmi di farlo più spesso ma poi mi dimentico.

Di fianco al campetto improvvisato c'era un baretto con la radio sempre accesa. Mi piaceva molto la musica che si sentiva. E prendere una birra ghiacciata dopo la partita era diventato ormai un rituale. La ragazza dietro al banco quando mi vedeva mi faceva sempre un sorriso enorme e a volte quando mi giravo verso di lei scoprivo che mi stava guardando. Ho avuto la sensazione di piacerle, ma non ho voluto indagare. Mi piaceva da morire come mi guardava. E mi bastava quello.

A calcio non sono mai stato uno dal piede d'oro, ma tutto sommato me la sono sempre cavata. Non ero comunque quello che quando alle medie si facevano le squadre veniva scelto per ultimo. Quello è sempre stato Giovanni Gaffurini. Poverino. Costretto il più delle volte a portare il pallone da casa se voleva giocare. Soprannominato "il capitano" proprio per l'impossibilità di esserlo.

Un giorno nella piazzetta tutto scorreva come sempre. Le ragazze a bordo campo, i cani che gironzolavano con la loro solita lentezza, la musica del baretto, il sorriso della barista, c'erano anche i colpi di vento che portavano il solito profumo di grigliata di pesce. Proprio in quella apparente normalità è successo il miracolo. Il ragazzo Cilas, credo si scriva così, con cui tra l'altro lavoravo al cantiere, ha preso la palla dal portiere, me l'ha passata a metà campo e io, ispirato non so da quale divinità, ho scartato tre avversari, ho passato la palla sulla fascia a un compagno, il quale ha crossato al centro e io, staccandomi da terra in un'acrobatica e mirabolante rovesciata, ho messo la palla in rete.

Con quel goal ho strappato l'applauso anche degli avversari. Qualcuno mi ha anche stretto la mano. Io, fingendo che fosse una cosa del tutto naturale per me, mi sono rialzato e sono andato a centro campo come se niente fosse. Solamente un osservatore molto attento poteva notare un leggero zoppicare da parte mia. Nessuno, tranne me, sapeva che mi ero fatto un male boia cadendo sul terreno duro. Sono stato costretto a fingere di non soffrire per non deludere il mio pubblico e anche perché c'erano troppe ragazze intorno al campo. Comunque ne è valsa la pena perché dopo quel goal per qualche giorno qualcuno per strada mi ha anche chiamato Baggio.

Dopo poco tempo e grazie anche a quel gesto atletico, tra gli operai che lavoravano alla *posada*, i ragazzi con cui giocavo a calcio in piazza, i parenti di Sadi e quelli con cui bevevo le birre al baretto, conoscevo un sacco di gente. Anche quando entravo nei negozi a fare la spesa ormai mi salutavano come uno del posto. Mi ha aiutato molto anche il fatto che in paese sapessero che ero un amico di Federico.

Nel frattempo, mentre ero sempre più inserito in quella realtà, la mia vita passava in maniera totalmente diversa da come avevo sempre vissuto prima.

Ero in qualche modo fuggito dalla vecchia vita perché stavo troppo male. Ma non ho mai pensato che andandomene se ne sarebbe andato anche il mio dolore. Anzi, sapevo che era la mia ombra e che mi avrebbe seguito ovunque finché non lo avessi metabolizzato, elaborato e trasformato, ma soprattutto affrontato.

Un giorno, nonostante tutto fosse tranquillo come sempre, ho iniziato a sentire dentro di me un po' di agitazione. Non ero sereno. Avevo fatto anche uno strano sogno. Ero in cucina a casa di mio padre e mia sorella, e a un certo punto, masticando, mi sono accorto che perdevo i denti. Cadevano in maniera naturale, senza perdere sangue. Mi cascavano dalla bocca e, mentre mi abbassavo per raccoglierli, una infinita quantità di acqua entrava in casa, portava via i miei denti e poi spazzava via tutto, me compreso. Mi sono svegliato che muovevo le gambe come se nuotassi.

Al di là del sogno, forse mi rendevo conto che l'entusiasmo iniziale era finito e che i problemi stavano tornando a galla. I cattivi pensieri avevano cominciato a bussare nuovamente. Avevo fatto finta di niente per troppo tempo, spinto da quell'ondata di novità. All'inizio mi era piaciuto, come fossi ubriaco, ma ora l'effetto della sbronza stava finendo e io prendevo coscienza della mia situazione. Non avevo fatto chiarezza nella mia vita. Non avevo affrontato niente e non ero cambiato, mi ero solo preso una pausa da me, ma la scampagnata stava per concludersi.

Non capivo esattamente dov'ero e cosa stavo facendo. Non era come prima, che quando incontravo qualcuno sapevo praticamente tutto perché vedevo le stesse persone da anni. Prima, la gente sapeva chi ero, che macchina avevo, di cosa mi occupavo, chi fosse la mia famiglia e quali erano i giorni in cui andavo in palestra. Qui non ero più tutte quelle cose. Qui non ero. Punto. Prima, quando mi sentivo solo, mi bastava andare al bar e qualcuno che conoscevo lo trovavo sempre.

Io, che avevo sempre scelto "il conosciuto", la sicurezza, il controllo su tutto, vivevo ora senza certezze. In totale caduta libera. E non era più così affascinante come i primi giorni, non mi sentivo più Indiana Jones.

Tornare a casa la sera, tra le mie cose, prima mi dava tranquillità. Il mio letto, il mio stereo, il mio computer, la mia tazza. Tutti oggetti con cui avevo rapporti da anni. Tutte cose a cui, senza saperlo, la mia persona si aggrappava, che mi dicevano di riflesso chi fossi. Ho compreso in quei giorni quanto l'idea che avevo di me fosse ingombrante, quanto fosse invadente, e si mettesse sempre tra me e il mondo, impedendomi di vederlo. Non avevo mai capito prima che mi dovevo spostare. Spostare da me.

Avevo praticamente eliminato tutto ciò che mi definiva. Sradicato la mia vita. Stavo vivendo la disgregazione della mia personale esistenza.

Come quando vedi dei posti nuovi dopo esserti perso in macchina. Li vedi solamente perché ti sei perso. A me era capitato così. Vedevo parti di me che non avrei mai visto grazie al fatto che mi ero perso. Ero uscito dal solito tragitto che facevo abitualmente nella vita.

Eccomi arrivato alla fase in cui Ulisse dice di chiamarsi Nessuno. Girovagare lontano dalla strada che conoscevo in mezzo a paesaggi nuovi e sconosciuti mi faceva paura. Avevo nuovamente paura. Mi ero incartato. Incastrato da solo. Da piccolo mi ero affacciato attraverso la ringhiera del balcone e mi ero bloccato con la testa. C'era voluto mio nonno per liberarmi. All'andata tutto bene, ma nel ritorno le orecchie erano un ostacolo. Eccomi lì nuovamente in quella ringhiera invisibile. Mi ero affacciato per vedere cosa c'era dall'altra parte e non riuscivo più a tornare indietro.

Avvertivo già da qualche giorno un leggero disagio, ma quella mattina era esploso. "Cos'erano tutte quelle cose assurde che mi ero messo in testa?" Ho passato tutta la giornata pensando di tornare a casa, di tornare alla vita di prima. Ritirare la testa dalla ringhiera. Anche Sadi si era accorto che c'era qualcosa che non andava, ma non ho detto nulla nemmeno a lui. Ho cercato di capire quando ci fosse il primo aereo per l'Italia. La pseudo agenzia viaggi era chiusa, avrebbe aperto il giorno dopo e questo mi ha creato ancora più ansia perché mi faceva sentire in gabbia. Ormai volevo tornare a casa. Ho evitato di incontrare Sophie perché mi vergognavo.

Quella sera non riuscivo a dormire. Mi sono rotolato nel letto come i polli in rosticceria. A un certo punto la situazione si è aggravata. Non ero più nemmeno in grado di respirare bene. Facevo solo piccolissimi e rapidi respiri. Stavo male. Avevo paura. Ho pensato che stavo morendo. Mi sono lavato la faccia. Ho cercato di bere. Non mi passava. Non sapevo cosa fare. Alla fine sono andato a bussare alla porta di

Sophie: «Scusami se ti disturbo, ma sto male... sto male, non so cosa fare, non riesco a respirare, non c'è un dottore, qualcuno... non lo so, aiutami ti prego... non mi è mai capitato, non so cosa sia...».

Lei mi ha detto di stare calmo, di entrare in casa e di sedermi. Ma io non riuscivo a stare calmo e tanto meno a sedermi. Non sono riuscito nemmeno a entrare in casa.

«Aspetta un attimo: mi vesto e ti porto da una persona che forse può aiutarti.»

Siamo usciti e siamo andati in paese a piedi. La strada era vuota, non c'era nessuno. Mentre camminavo mi scusavo continuamente con lei, ma Sophie mi diceva di smettere di chiedere scusa.

Arrivati in paese, si è fermata davanti a una porta verde pastello. Almeno, con quella poca luce sembrava di quel colore. Ha bussato e dopo un paio di minuti si è presentata alla porta una donna grassa di colore. Ha salutato con calore Sophie, chiedendole cosa fosse successo. Poi ci ha fatti entrare.

Ero più spaventato e agitato di prima. Mi aspettavo un pronto soccorso o qualcosa del genere. Quando sto male preferisco gli ospedali pieni di medicine. "Magari adesso mi fa mangiare una cresta di gallo e bere pipì di capra" ho pensato.

Sophie le ha spiegato cosa avevo. Tina, così si chiamava la donnona, ha messo dell'acqua a bollire e ha iniziato a chiedere un po' di informazioni su di me. Era molto tranquilla e calma e questo mi infastidiva, perché non mi considerava granché. Forse né lei né Sophie avevano capito che stavo veramente male. Non riuscivo a respirare, ero agitato, probabilmente stavo per morire e quella signora non mi faceva niente, continuava a chiacchierare. Io non capivo molto, ho solamente sentito a un certo punto del discorso il nome mio e poi quello di Federico. Probabilmente le aveva detto che ero un suo amico. Ho chiesto cosa si stavano dicendo e Sophie mi ha spiegato che Tina aveva domandato come mi chiamavo e da dove venivo: «Le ho detto che sei un amico di Federico e che non riesci a respirare bene».

«E lei che ha detto?»

«Ha voluto sapere da quanto tempo sei qui, che lavoro fai, insomma un po' di cose.»

«Cosa c'entra, mica sono qui a chiederle la mano di sua figlia... io sto male.»

A quel punto Tina si è avvicinata e mi ha fissato negli occhi. Poi mi ha messo una mano sul petto, esattamente sul plesso solare, su quel buchino del diaframma che c'è appena sotto le costole. Continuava a guardarmi dritto negli occhi e per un istante mi sono sentito completamente nudo. Come se guardasse oltre, al di là di me. Poi mi ha detto una cosa nella sua lingua.

«Cosa ha detto?» ho chiesto a Sophie.

«Che in fondo ai tuoi occhi c'è un bambino che piange.»

Mi ha massaggiato sempre lì per qualche secondo, e ha chiuso gli occhi, poi ha iniziato a schiacciare e spingere forte con le dita. Mi faceva malissimo. Mi ha chiesto di respirare profondamente e quando buttavo fuori l'aria lei, assecondando il respiro, affondava e spingeva fortissimo. Dopo un po' di volte, credo a causa dei respiri profondi, ho avuto un giramento di testa e ho provato la sensazione che entrasse con la sua mano dentro di me, che mi stesse quasi trapassando. Teneva l'altra mano dietro la mia schiena alla stessa altezza per reggere la spinta e a un certo punto le sue mani si sono come toccate con me nel mezzo. È quello che ho sentito. Ha tolto la mano e mi ha abbracciato. Non sono mai riuscito a essere molto fisico con gli sconosciuti, ma c'era qualcosa di familiare in quell'abbraccio. Sembrava uno di quelli che mi dava mia nonna. L'unica alla quale lo permettevo anche da piccolo, a parte mia madre. Pian piano ho alzato le braccia penzolanti e l'ho abbracciata anch'io, in maniera naturale, come se si fossero mosse da sole. Nel punto in cui mi aveva massaggiato d'un tratto ho sentito un calore che da lì si irradiava in tutto il corpo. Le gambe hanno iniziato a tremare. Praticamente mi reggeva lei. Ho cominciato a sudare. Mi sudavano il collo, la schiena, la fronte. Sono scoppiato a piangere. Stavo piangendo, non ci potevo credere. Finalmente c'ero riuscito, mi ero liberato. È stato un pianto incontrollabile. Tossivo, singhiozzavo, piangevo e le lacrime mi scendevano fortissime come la pioggia in un temporale d'estate. Avrò pianto per almeno dieci minuti. Un'eternità. Sono rimasto in piedi in quella stanza, come un bambino, aggrappato a quella donna come se lei fosse la vita stessa. Mi viene da piangere ancora adesso ogni volta che ci penso. Pian piano tutto è tornato alla tranquillità. Mi sono seduto in silenzio. Non riuscivo a parlare. Ero sconvolto. Sophie e Tina sorridevano. Gli occhi di Sophie erano lucidi, credo avesse pianto anche lei. Io le guardavo e sorridevo. Ora stavo bene. Vivevo un benessere mai provato.

Tina ha preso il pentolino con l'acqua che bolliva e ci ha messo dentro una bustina.

«Adesso che mi dà?» ho chiesto a Sophie.

«Del tè verde, se lo vuoi.»

Mentre il tè si raffreddava nelle tazze, Tina mi ha fatto cenno di seguirla. Siamo andati in camera da letto e mi ha detto di specchiarmi. Ero diverso, completamente stravolto, ma i miei occhi erano puliti e brillavano come due piccole gocce di luce.

Dopo aver bevuto il tè ho chiesto quanto dovevo pagare. Mi ha detto di portarle l'indomani un chilo di caffè, che lo aveva finito.

Tornando a casa cercavo di saperne di più su quello che mi era capitato. Volevo sapere se anche Sophie aveva vissuto quell'esperienza. Mi ha detto che ogni tanto andava da lei e si abbracciavano, anche se non sempre piangeva. Era molto amica di Federico ed era stato lui a fargliela conoscere. In paese la chiamavano la *mulher del abraço.*

15
Come mi aveva detto Federico

Un paio di settimane fa ho intervistato un ragazzo non vedente dalla nascita che, a trentaquattro anni, ha riacquistato la vista. Un incontro interessante e molto emozionante. Riacquistare la vista per chi non ha mai veduto è praticamente come andare su un altro pianeta. Ora per riconoscere gli oggetti che vedeva per la prima volta doveva toccarli. Non si rendeva conto delle proporzioni e nemmeno delle distanze, infatti spesso andava a sbattere anche a occhi aperti. Non sapeva per esempio che un oggetto più è lontano e più lo vedi piccolo. Mi ha confessato che i primi tempi ha fatto fatica ad abituarsi, perché si sentiva totalmente spaesato. Per lui è stato praticamente come vivere una vita da capo. Non aveva ancora visto il mare. Ci siamo lasciati il numero di telefono perché gli ho promesso che ce lo avrei accompagnato appena Francesca avesse partorito. Chissà che emozione proverà a vederlo per la prima volta.

Avrei voluto fargli una domanda che c'eravamo posti una volta io e Federico sulla vita dei non vedenti, ma non ho avuto il coraggio. "Come fanno i non vedenti a capire quando devono smettere di pulirsi il sedere se non vedono il risultato sulla carta igienica?"

Come avrei potuto fare una domanda così?

Il giorno dopo essere stato da Tina la mia vita è cambiata. Come se fossi rinato. Sono stato partorito per la seconda volta. Il risveglio quella mattina è stato indimenticabile. Mi sentivo leggero. Stavo bene, come non lo ero mai stato. Come il ragazzo che ha riacquistato la vista, vedevo le cose di sempre in un altro modo, in una luce diversa. Ho avuto la sensazione di ricominciare a vivere veramente in quell'istante.

Mi sono rasato i capelli a zero, me li ha tagliati Sadi con la macchinetta. Volevo iniziare a vivere e quello mi è sembrato un modo simbolico per ricordarmelo. Non sapevo quanto mi sarei fermato a Capo Verde. Non pensavo di stabilirmi lì per il resto della vita; sicuramente prima o poi sarei tornato a casa, ma in quel momento non era importante sapere quando. Non avevo ancora affrontato le mie paure, ma l'esperienza con Tina aveva sbloccato qualcosa. Magari dopo qualche tempo sarei ripiombato nelle mie ansie, ma ora non era importante, in quei giorni volevo vivere quella meravigliosa sensazione. Tutto il mio sentire era amplificato. Ogni mattina, quando mi svegliavo all'alba, assaporavo il silenzio, il meraviglioso calore che ha il sole appena sorto. Lo sentivo sulla pelle come la carezza di un amico. Il suo tocco era delicato. Spesso facevo colazione e poi, sempre solo, una bella camminata al mare. Quando tornavo dalla passeggiata per iniziare a lavorare mi sembrava che fosse già passato un sacco di tempo. Al mattino alle nove mi pareva di avere già respirato una giornata intera. Pensavo, passeggiavo, contemplavo. Vivevo bene. La sera a letto leggevo. Andavo a dormire volentieri, mi svegliavo volentieri. Prima di andare a Boa Vista ogni mattina per alzarmi usavo il cellulare insieme alla sveglia, e pigiavo il pulsante "ripeti" per farlo risuonare dopo cinque minuti. Mi violentavo per mezz'ora facendolo squillare ripetutamente. Spegnevo e mi riaddormentavo con il cellulare in mano. Un vero supplizio. Mi ricordo che con Fede spesso ci facevamo lo scherzo, quando uno andava a casa dell'altro, di cambiare l'orario alla sveglia in modo che suonasse prima. Una mattina stavo per uscire di casa pensando che fossero le otto e mezzo, ma fuori era ancora troppo buio: ho controllato ed erano le sei e mezzo.

Quante volte a causa di questo scherzo idiota che ci facevamo ho sperato, svegliandomi, che me lo avesse fatto nuovamente. Così avrei potuto dormire ancora un po', invece scoprivo che l'orario della sveglia era reale. Peccato.

Se devo essere sincero, anche addormentarmi era diverso. Prima mi capitava spesso di non riuscire a prendere sonno anche se ero molto stanco. Magari ero sul divano o a tavola e non ce la facevo a tenere gli occhi aperti, poi andavo a letto e mi svegliavo. A Boa Vista non avevo mai problemi a dormire; a volte addirittura sembravo una bambola, una di quelle che quando le sdrai chiudono gli occhi automaticamente.

Vivere è stata la medicina del primo periodo, anche se era ovvio che non sarebbe bastata; ma all'inizio avere i miei tempi, passeggiare senza fretta, ascoltando il mio passo, mi ha aiutato a eliminare i piccoli tormenti. Diventavano effimeri. Affrontavo ogni cosa in maniera diversa. Tutto aveva un valore differente. Ero più attento. Trovavo la felicità nel concedermi del tempo per pensare, per ascoltarmi e per ascoltare. Prima facevo continuamente cose per distrarmi da me e dalla mia vita, invece ora facevo il contrario. Appena potevo scappavo subito da me, e godevo della mia compagnia, dei miei pensieri e delle mie domande. Mi sentivo come se mi fossi fidanzato.

Mi aiutava molto scrivere e leggere. I libri erano quelli di Federico. A volte trovavo frasi sottolineate da lui e le vivevo come se fossero delle parole che diceva a me. La prima frase sottolineata da Federico che ho letto me la sono imparata a memoria: "È ricercando l'impossibile che l'uomo ha sempre realizzato il possibile. Coloro che si sono saggiamente limitati a ciò che appariva loro come possibile non hanno mai avanzato di un solo passo". Erano parole di Bakunin.

Rimanevo volentieri da solo in silenzio. Il silenzio è stato uno degli incontri più affascinanti e misteriosi di quel periodo, tanto che ancora oggi non posso più farne a meno. Il silenzio è una delle abitudini della mia nuova vita. Perché è stato il silenzio, la relazione intima con la natura e la sua contemplazione, a regalarmi l'incontro con una parte di me. Quella con cui mi sono fidanzato. È stato il suo suono, la sua voce, la sua delicata melodia a portarmi nel regno dei significati. Fino a insegnarmi che potevo galleggiare sui silenzi profondi e lasciarmi trasportare liberamente, senza fatica, da una forza misteriosa che cominciavo a riconoscere in ogni cosa. Nelle ore della mattina o della notte, quando tutti i suoni si placavano, il silenzio diventava ogni giorno un'affascinante proposta, diventava infinite possibilità di essere. Il silenzio diventò un premio. Non era più assenza, ma abbondanza. I giorni scorrevano, come i tramonti che sembrano simili ma ogni volta danno un'emozione diversa. Stavo bene. Bene nel profondo. Pensavo a Fede e lo sentivo sempre lì con me. Sophie mi ha regalato anche qualche maglietta e un paio di calzoni corti di Federico. Ora avevo lui addosso.

Prima ero una persona spaventata. Avevo paura perché non vedevo. Ero come un bambino che passeggiava in una stanza buia. Adesso tutto era più chiaro: c'era luce, c'era amore. Ho imparato che il contrario dell'amore non è l'odio. L'odio è assenza d'amore, così come il buio è assenza di luce. L'opposto dell'amore è la paura. Per la prima volta nella vita non avevo paura o, meglio, avevo imparato a fare in modo che la paura non mi dominasse. Dal momento che avevo riconosciuto le mie angosce, esse avevano iniziato a perdere il loro potere su di me. Prima mi sembrava di poter fare solo poche cose nella vita. Adesso le possibilità mi sembravano infinite. La mia vita era sconfinata. La mia famiglia non erano più solamente i miei parenti, ma ogni essere umano che incontravo, come Sadi. E con loro riuscivo a essere una persona migliore. Come mi aveva detto Federico.

16

Una nuova vita. Anzi, due

Una sera di quei giorni ho scritto: "Qui la notte è buia veramente, non come in città. Tutto è silenzioso, ci sono solo piccoli rumori. Sono in casa con la porta aperta. È talmente silenzioso, qui, che sento il rumore del mare e di ogni oggetto che sposto e tocco. Le tazzine, il cucchiaino, i bicchieri. Lontano si sente un cane che abbaia e in sottofondo c'è sempre un tappeto di grilli che rendono tutto assolutamente romantico. Ovunque appoggio il mio sguardo trovo sempre una cosa che mi piace. Sono circondato dalla bellezza. La luce soffusa dell'abat-jour in fondo alla stanza, le tende bianche che si muovono con il vento, il tavolo di legno, la fiamma delle candele, la caraffa trasparente dell'acqua e le goccioline esterne che la percorrono. Qualche minuto fa sono uscito. Si vedevano le stelle. Palpitavano. Quando ero piccolo mio nonno mi aveva detto che di notte Dio metteva una coperta fra la terra e il sole per farci dormire e che le stelle erano la luce che passava dai buchini della coperta. Da allora non c'è stata mai una volta che guardando il cielo la notte non ci abbia pensato. E sempre ce n'era una che lampeggiava e si spostava.

"Sento una quiete nel cuore. La vita mi attraversa e mi accarezza in ogni mia cellula. Sono acceso. In queste notti buie ho spesso trovato pensieri di luce. Un saluto sale dal profondo di me a cercare Federico."

Ho posato la penna, ho chiuso il taccuino e ho fatto una passeggiata. Ho visto Sophie seduta sotto la veranda. Dalla finestra dietro di lei usciva un piccolo fascio di luce. Sembrava un dipinto del Caravaggio. Mi sono avvicinato. Ci siamo guardati e lei mi ha fatto un piccolo sorriso. Si vedeva una lacrima sulla guancia. La prima che ho visto da quando la conoscevo. Mi sono seduto accanto a lei. «Stai male? Che c'è?»

«Niente, pensavo.»

«Posso rimanere o preferisci restare sola?»

«No, mi fa piacere se rimani.»

«A cosa pensavi, a Federico?»

«Anche. Stavo pensando un po' a tutto e alla fine mi è venuto da piangere. Penso a Federico, a ciò che ha significato per me incontrarlo, al fatto che mi ha lasciato una creatura che sta crescendo dentro di me, a cosa le dirò quando mi chiederà di suo padre. Penso anche a come sarebbe stata diversa tutta la mia vita se non lo avessi conosciuto. Sai quante cose mi ha insegnato, su quante cose mi ha fatto cambiare idea? Ti ricordi che ti ho detto che non volevo fare la foto vicino alla Torre Eiffel e poi alla fine è la mia preferita? Quante cose che non volevo o che non mi piacevano lui mi ha insegnato ad apprezzare, a capire e addirittura ad amare...»

«Lui diceva lo stesso di te. Molte volte mi ha raccontato che tu gli avevi insegnato un sacco di cose, e tu pensi lo stesso di lui.»

«Boh... so solo che lui è stato nella mia vita per poco, ma l'ha cambiata radicalmente. E la cosa assurda sai qual è? La mia vita lui l'ha migliorata.

«Sono contenta che i nostri destini si siano incrociati. Tutte le persone, quando parlano di qualcuno che non c'è più, dicono cose stupende, ma lui era veramente diverso. Per me non è morto: se n'è solamente andato. Quante volte fisso il mare o la strada verso casa aspettando che sbuchi da un momento all'altro sorridendomi. Le emozioni che mi ha regalato, quelle che ho vissuto e che ancora vivo grazie al nostro incontro, sono così forti che in fondo, se ci penso bene, sono una donna fortunata. Certo poteva andare meglio, ma potevo anche non conoscerlo.

«Non voglio che sembri un discorso patetico del tipo: "Va bene così". No! Non va bene così. Però dietro a questa situazione assurda c'è qualcosa di miracoloso che mi dona una strana serenità. Mi sento accarezzata da qualcosa. Forse è lui che mi sta vicino. La vita non era mai stata così per me prima.»

Capivo perfettamente cosa intendesse dire Sophie. Da una vicenda così tremenda erano nate tante cose belle. In questo caso addirittura una creatura.

Anch'io ho spesso pensato che Federico fosse un angelo, perché aveva dato alla mia vita una giusta direzione; io stavo andando alla deriva e mi stavo perdendo dietro a una serie di cose inutili, e lui mi ha impedito di perdere la grande occasione di vivere: di provare il brivido infinito del rischio e trovare il coraggio di esserci veramente.

Era portatore di un qualcosa da cui si poteva attingere semplicemente standogli vicino. Federico, senza saperlo, mi ha salvato. La sua morte ha stravolto totalmente la mia scala dei valori, l'essenza della mia emotività e la percezione delle cose, ma soprattutto mi ha consegnato la consapevolezza di essere sopravvissuto al dolore, e quando lo sai poche cose ti spaventano. Scopri di essere più forte di quanto credevi.

Dopo circa un paio di mesi da quella serata Sophie ha dato alla luce Angelica. Una bambina splendida, piena di capelli scuri come suo padre.

Solamente qualche mese prima la vita mi aveva portato via Federico, e adesso mi dava in braccio sua figlia. Non sapevo se essere triste o felice. In realtà mi sono accorto subito di essere contentissimo.

Angelica era figlia del miracolo.

Nei giorni successivi cercavo di rendermi utile e di fare il bravo zio. Ero rinato. Federico e Sophie avevano dato la vita a due persone.

17

I miei giorni erano sempre diversi

Quando Angelica stava per compiere il primo mese, i lavori della *posada* finalmente erano terminati, a parte dei piccoli ritocchi d'arredo, la linea telefonica e l'allacciamento a internet. Il grosso era fatto. Già da un po' le camere erano finite, i bagni funzionanti, la cucina pronta, l'impianto elettrico perfetto.

Sophie si occupava di tutto, aiutata da altre persone del posto, e io non avevo più impegni. Avrei gestito la *posada* per i primi tempi, visto che la maternità occupava molto Sophie, e poi quando Angelica avrebbe avuto almeno tre mesi io sarei tornato a casa e Sophie sarebbe venuta con me per presentare la nipotina ai nonni. Prima in Italia dai genitori di Federico, poi a Parigi dai suoi.

La *posada* avrebbe aperto di lì a un mese circa. Non avevo niente da fare. Oziavo e andavo a trovare Angelica. Infatti mi presentavo come *l'ozio Michele*. Una battuta che capivo solo io.

Mi svegliavo la mattina e avevo tutto il giorno libero davanti a me. Per la prima volta dopo tanto tempo non facevo nulla e non avevo sensi di colpa. Quante volte nel non far niente avevo avuto la sensazione di perdere tempo, di sprecarlo, renderlo inutile, e poi alla fine non me lo godevo e mi sentivo a disagio. Dovevo fare subito qualcosa. Avevo l'ossessione del dover fare. Invece in quel periodo, in quel mio nuovo essere me stesso, avevo imparato la meraviglia dell'ozio. Vivevo ormai in simbiosi con la natura. Rimanevo a osservare e ascoltare il mare per ore e ore, o una pianta, o sdraiato a guardare le figure delle nuvole e i loro molteplici cambiamenti.

Stavo bene, non ho mai sentito la sensazione di perdere del tempo, anzi, mi sembrava che stessi facendo qualcosa di utile. Di utile per me. Lì è successa una cosa strana. Per circa due settimane ho vissuto una fase simile alla beatitudine. In realtà era semplice rincoglionimento. In quei giorni, mi bastava vedere una foglia staccarsi da un albero che mi veniva da piangere. Ricordo che un giorno avevo quasi pianto in riva a un laghetto guardando una pianta che bagnava i suoi rami nell'acqua. Mi è capitato di commuovermi osservando il sole che filtrando dalle persiane semichiuse formava linee di luce sul letto e sul muro. Ascoltando il suono della pioggia che cade sui tetti. L'acqua di una fontana. Le cicale nei pomeriggi silenziosi. Vedendo la rugiada al mattino. Diventano tutti attimi preziosi. Il cuore mi si riempiva di gratitudine.

Tutto si rivelava come per la prima volta. Si schiudevano di fronte a me le incredibili forme in cui la vita si manifesta e colpivano la mia anima con un senso di meraviglia. Eppure era sempre stato tutto lì sotto i miei occhi come sempre. Ero io che prima non c'ero.

Vedevo Dio in ogni cosa.

La gioia, la serenità, la quiete dell'anima, quel sentirmi unito e connesso alla meraviglia del creato: tutto questo sentimento per me era Dio. Forse è Dio.

Poi, con il tempo, mi è capitato di provarlo anche per gli oggetti. Osservavo una matita e la annusavo. Toccavo un quaderno. Passare le dita sulla carta mi dava piacere. Toccare una stoffa, un tessuto. Osservavo un bicchiere, una tazza, una bottiglia. Il tavolo di legno, la lampada, una chiave. Quand'ero piccolo ricordo che mia nonna trattava gli oggetti di casa con grande attenzione e amore. La cura con cui ripiegava il suo scialle era così sacra, che sembrava quasi lo coccolasse. Le tazzine del caffè erano trattate con riguardo e avevano un grande valore, anche se non dal punto di vista materiale. Tutto aveva dignità.

Mia nonna serviva il caffè portando la tazzina, il piattino, la zuccheriera, il cucchiaino come se ti stesse presentando dei membri della famiglia. Era come se fosse grata a ogni oggetto per ciò che era. Come se pensasse che avessero un'anima anche loro e facessero parte del mistero della vita.

Quel nuovo modo naturale di vivere mi aveva fatto trovare il giusto respiro. Una vita a misura del mio respiro e un respiro a misura della mia vita. Le cose non si vedono per ciò che sono ma per ciò che sei. Tutto era vivo, tutto vibrava e si muoveva, eppure tutto sembrava così fermo, immobile, statico anche se in realtà era pervaso dalla sinfonia della vita. La cosa straordinaria che mi colpisce a volte osservando la realtà sta anche nel fatto che tutto l'andare e venire della vita – tutti i suoi giochi, i suoi disegni e la sua infinita attività – avviene in silenzio.

Era diventato realtà quello che desideravo veramente nel profondo di me stesso e che prima di allora non avevo mai avuto il coraggio di inseguire. Come se nel pacco di Natale avessi trovato il regalo che non ho mai avuto il coraggio di chiedere. Fortuna che è stata solo una fase breve perché stavo iniziando a pensare di poter parlare agli animali come san Francesco. Meglio così. Anche perché sinceramente, con tutto il rispetto, io, a un passero, che cazzo gli dico?

Un giorno ho avvertito una voglia improvvisa di scrivere. Sentivo la necessità di farlo, come se dovessi svuotarmi di qualcosa. Dentro di me viveva un'altra persona capace di stare bene con poco, capace di ascoltarsi. Ero attento. Si dice che l'attenzione sia la preghiera spontanea dell'anima. La mia anima pregava, quindi. Ero stato totalmente egoista in quell'ultimo periodo e sono contento di esserlo stato. Del resto, comunque, non sarei stato in grado né di aiutare né di prendermi cura di nessuno. Mi ero messo, per la prima volta nella vita, davanti a tutti. Senza sensi di colpa. Ne avevo bisogno. In quei giorni sentivo la necessità di scrivere. Non ero partito con l'idea di realizzare il mio sogno e scrivere un libro. Ero partito senza alcuna idea. Senza meta. Ma quel nuovo modo di vivere mi aveva donato qualcosa di cui poter scrivere. Credo che la capacità di tirare fuori la mia emotività fosse merito, oltre che di Tina, anche del fatto che avevo imparato a interessarmi alla vita.

Così, un giorno, di getto ho iniziato a scrivere il mio libro. E la creatività mi ha salvato. Quando certi pensieri e certi sentimenti mi assalivano, in passato non sapevo come formularli. Esprimendomi ho sfidato e ho percorso il mio destino. La creatività è il respiro della personalità e ti rivela il tuo mondo.

Ho pensato che il mio destino fosse quello di confermare me stesso attraverso il mio sentire per scoprire il grande mistero della vita, anche se credo che non ci riuscirò mai. Ma sebbene non sia in grado di scoprire il senso della vita, posso per lo meno dare un significato alla mia esistenza.

Se non avessi trovato il modo di esprimere il mio sentimento, avrei rischiato di arrivare al termine dei miei giorni e, girandomi, vedere un solo giorno. Sempre lo stesso.

E non ero creativo perché scrivevo il libro, lo ero in tutto ciò che facevo. Ragionavo senza condizionamenti. Avevo imparato il valore dell'agire, il fascino dell'operosità, il mistero che accompagna il creare, anche solo un tavolo, una sedia, un disegno. Non era semplicemente lavorare. Non so se avevo talento nello scrivere, ma sicuramente avevo scoperto di avere delle capacità manuali, e fare cose mi purificava la mente. Scoprirmi capace di fare cose mi coinvolgeva.

Avevo capito quel che intendeva Federico quando mi aveva detto che la felicità non è fare tutto ciò che si vuole, ma è volere tutto ciò che si fa. Infatti io ero felice perché tutto ciò che facevo era quello che volevo fare. E i miei giorni erano sempre diversi.

18
Caro papà

Una cosa che mi mancava a Capo Verde era una buona bottiglia di vino rosso. Devo essere sincero: a volte lo avrei preferito alla birra. Avevo chiesto a un ragazzo che doveva andare in Europa per un paio di settimane se tornando a Capo Verde mi portava una bottiglia di vino rosso. E così è successo. Quella sera volevo fare una sorpresa a Sophie e l'ho invitata a cena da me. Cena italiana: spaghetti pomodoro e basilico e vino pugliese. Primitivo di Manduria.

È stata contenta sia della cena sia della bottiglia. L'abbiamo bevuta tutta. Più io di lei.

Anche in quella occasione abbiamo parlato molto. Abbiamo pensato a una lista di libri da mettere nella *posada*. Un po' in francese, un po' in italiano, un po' in inglese. Volevamo fare un angolino dedicato a una piccola libreria per i clienti.

La mattina dopo ho scritto una lettera a Francesca e l'ho spedita. Non c'eravamo visti né sentiti dal giorno della mia partenza. Le ho scritto un po' di cose: che stavo bene, che avevo un sacco di storie da raccontarle, che stavo aiutando a fare dei lavori alla *posada* di Federico e Sophie, che sarei tornato presto e che avevo una grande sorpresa. Mi riferivo ad Angelica. Poi ho aggiunto che Sophie voleva fare una piccola libreria in un angolo della *posada* e che lei era la persona giusta per compilare una lista di libri adatti alla situazione. Le ho chiesto se per cortesia poteva prepararla e spedirci i libri; quando sarei tornato, di lì a poco, le avrei dato i soldi. Ho aggiunto che avevo voglia di vederla.

Dopo circa un mese sono arrivati i primi trenta libri.

Trenta libri e una lettera per me, dove mi salutava, mi diceva che anche lei aveva voglia di vedermi anche se non erano successe molte cose nuove da raccontare, e che era curiosa di sapere quale fosse la sorpresa. Alla fine mi ringraziava per averle chiesto questo favore. Soprattutto mi ringraziava per la fiducia.

"È stata una giornata meravigliosa", così concludeva il biglietto.

La sera in cui l'avevo invitata a cena Sophie parlava molto, forse per merito del vino. Dopo aver chiacchierato un po' di tutto, ha iniziato a raccontarmi della sua famiglia, soprattutto di suo padre, un famoso medico che spesso era costretto a viaggiare per il mondo, almeno quando lei era piccola.

«Era sempre in giro a preoccuparsi dei mali di tutti e non aveva mai tempo per il mio, io arrivavo sempre dopo.»

«Perché, che male avevi?»

«Nessuno, semplicemente avrei voluto passare più tempo con lui. Ho fatto le capriole nella vita per attirare la sua attenzione. Qualsiasi decisione importante dovessi prendere, non l'ho mai presa pensando alla mia felicità, ma a quella di mio padre. Volevo renderlo fiero di me. Prima di dire sì o no a una cosa, mi chiedevo sempre quale scelta avrebbe fatto più piacere a lui, ma è stato sempre tutto inutile. Così io mi sono trovata con una laurea di cui non mi fregava molto. Credo di aver scelto medicina perché lui era medico, e soprattutto di aver fatto pediatria perché volevo curare tutti i bambini del mondo nella speranza di curare la bambina che ero stata. Stavo quasi per sposarmi, era tutto pronto. Fortunatamente mi sono fermata in tempo. Dopo aver fatto quel danno e aver ferito un sacco di gente, in particolare il mio ex quasi marito, sono partita e dopo un po' sono arrivata qui. Sai, ho anche scoperto perché volevo sposarmi, il motivo vero. Ho capito che amavo l'idea di quel giorno, come fosse una esperienza unica che volevo provare, ero affascinata più dall'idea del matrimonio in sé che dallo sposarmi veramente. Non volevo perdermi la festa, il vestito, la promessa per sempre, ma mi sarebbero bastati quel giorno e un paio di colazioni nella nostra casa. Stop. Fortuna che è andata così.

«Ho imparato a fregarmene del giudizio di mio padre, che poi non è vero fino in fondo, perché comunque mi dispiace. Mi dispiace soprattutto che lui non capisca, ma non mi ferisce più al punto di farmi condizionare sul mio volere.

«Adesso sarei pediatra, vivrei con mio marito in campagna e sicuramente avrei un paio di bambini e un cane. Avrei realizzato l'idea di un pubblicitario.

«Povero papà, totalmente incapace di gestire la propria emotività, quasi da fare tenerezza. Stimato da tutti, ma in casa non è stato capace di dire un "ti voglio bene" con il cuore. Infatti si è sposato con una donna come mamma che è praticamente di ghiaccio, algida, con un fortissimo senso della disciplina e dell'ordine. Figlia di un generale. Quando facevamo i preparativi per il matrimonio sembrava si stesse sposando lei. Ha organizzato tutto. Proprio una bella coppia.»

«In che senso "ha organizzato tutto"? La decisione l'hai presa all'ultimo? Nel senso che c'era già tutto pronto?»

«Una settimana prima, non so nemmeno dove ho trovato la forza... forse dalla disperazione, che ha fatto emergere da quella confusione un pensiero lucido.»

Mentre mi parlava di suo padre notavo un sacco di cose in comune con il mio. Anch'io avevo avuto il desiderio di passare più tempo con lui e sicuramente anche lui era stato totalmente incapace di gestire la propria emotività.

«Da piccola non è che potevo lamentarmi perché la mia famiglia era ricca e mi costringeva quasi a sentirmi sempre fortunata e a non dimenticare che c'era chi stava peggio di me. Era come se io desiderassi un semplice bicchiere d'acqua e mi portassero ogni volta dello champagne prestigioso. E così per anni ho pensato che ero sbagliata, che non sapevo accontentarmi, che ero viziata e fatta male. Invece avevo semplicemente bisogno di un bicchiere d'acqua. Non avevo chiesto lo champagne, erano loro che me lo davano perché l'acqua non bastava ad annegare i loro sensi di colpa, la loro assenza emotiva, le loro mancanze.

«E poi mia madre era sempre perfetta in tutto. Era bella, intelligente, elegante. Io per lei non ero mai all'altezza.»

Sembrava che più che parlarmi volesse sfogarsi. Era un fiume in piena e io l'ho lasciata fare, senza interromperla. Nelle sue parole non c'era rancore o rabbia, anzi, era serena e sembrava raccontare di un'altra persona e non di sé.

Più tardi l'ho accompagnata a casa e quando sono tornato alla *posada* ho iniziato a scrivere. Quella sera però non mi sono dedicato al libro; preso dalle emozioni che mi avevano trasmesso le parole di Sophie ho scritto una lettera a mio padre. Era una cosa che volevo fare da tempo, ma non c'ero mai riuscito. Quella sera era l'occasione buona. Ormai avevo imparato a riconoscerle.

> Ciao papà, come stai? Scrivendoti mi sono accorto che non l'ho mai fatto. Anzi, per essere preciso non l'ho mai fatto da adulto, perché in realtà a scuola, alla festa del papà, ci facevano sempre fare quei cartoncini con scritto: "Auguri papà, ti voglio bene".
>
> È un po' che manco da casa e allora ho pensato di scriverti due righe per dirti come sto.
>
> Sono cambiate molte cose nella mia vita, e anche questa lettera è frutto di questi cambiamenti.
>
> Com'è difficile scriverti, papà. Non pensavo. Non ho ancora detto nulla e la pagina mi sembra già piena. Potrei iniziare con "ti voglio bene" come facevo con i cartoncini a scuola, ma non credo sia una buona idea. Che ti voglio bene lo sappiamo.
>
> Non abbiamo parlato molto ultimamente. Non è stato facile. La vita ci ha messo di fronte a prove dure da superare e forse alcune sono state troppo forti, sia per te sia per me. Ci siamo dovuti difendere per sopravvivere. Tu per non stare più male ti sei chiuso nella tua infelicità e nella tua solitudine, e mi hai lasciato fuori. Non mi hai più portato vicino al tuo cuore, non mi hai più fatto sentire il tuo calore. E io ho passato la vita solo, fuori dalla porta della tua infelicità a bussare perché tu mi facessi entrare, dandomi la possibilità di starti vicino. Volevo stare lì con te e tu me lo hai impedito. Tu non mi hai più aperto, papà, probabilmente nemmeno udivi le mie grida, il rumore del mio pian-

to. Hai fatto finta di non sentire. Ti ho odiato per questo, perché sei sempre stato incapace di ascoltarmi e capirmi veramente. Non mi hai mai guardato in fondo agli occhi. Non hai mai saputo chi fossi davvero. Ti dirò di più, spesso ho anche pensato che avrei preferito che fossi morto tu al posto della mamma. Ma questo forse lo hai desiderato anche tu. Ti ho odiato soprattutto perché non ti sei mai preoccupato della tua felicità. Mi hai dato un padre infelice. Questo ha impedito a me di essere felice, perché esserlo mi sembrava un tradimento, mi faceva sentire in colpa e mi dava l'idea di allontanarmi ulteriormente da te. Mi faceva sentire diverso. Così, non riuscendo a renderti felice ho iniziato a condividere un po' della tua infelicità. Stando sempre fuori dalle mura della tua indifferenza. Mi pareva di aiutarti, di alleggerirti la vita. Soprattutto, rinunciare alla mia felicità mi regalava l'illusione di esserti utile. Come se stare male in due ti potesse far sentire meno solo. Essere infelice mi avvicinava a te.

Quando me ne sono andato di casa mi hai fatto sentire un traditore. Era troppo chiedere che mi aiutassi a diventare uomo?

E poi non hai mai permesso un confronto. Un confronto sulle nostre idee, uno scambio di opinioni. Con te non è mai stato possibile, perché come un integralista ti sei barricato e chiuso nelle tue convinzioni, trasformando ogni opportunità di confronto in semplice scontro.

In questo periodo ho pensato molto alla mia vita e mi sono chiarito tante cose. Come una casa vecchia mi sono demolito e ricostruito. Non potevo più andare avanti a fare piccoli lavori di restauro. Ho dovuto demolire tutto e ricostruire dalle fondamenta. Qualcosa l'ho anche tenuto, non era tutto da buttare. Una cosa importante che ho imparato è stata quella di perdonarmi, ma soprattutto ho capito di voler essere felice. Ho scoperto di averlo sempre pensato, ma di non averlo mai voluto, mai cercato veramente. Pensavo di non meritarlo. Come pensavo di non meritarmi le carezze che non mi davi e gli abbracci che mi hai negato. Invece adesso so che merito tutta la felicità del mondo. Questo anche perché mi sono liberato un po' di te. Non prendere queste parole come uno sfogo, come un giudizio e tanto meno un'accusa. Conosco la tua vita al punto di sapere quanto sei stato più vittima che carnefice. I tuoi genitori, i tuoi fratelli ti hanno costretto a indurirti per sopravvivere. E se andiamo indietro, probabilmente è successo lo stesso al nonno con il bisnonno e al bisnonno con suo padre e su all'infinito. Questa lettera te la scrivo anche per rompere la catena.

La cosa che finalmente ora so con certezza è che ti amo. Ti amo papà. Ti amo da togliere il respiro quando ci penso. Ma per riuscire ad amarti così ho dovuto ucciderti, ho dovuto attribuirti le tue responsabilità, ho dovuto vederti per quello che sei. Meraviglioso. E doloroso.

Lo sai che ci sono state volte da piccolo che ho pensato di ucciderti veramente? Volevo ammazzarti perché ti amavo talmente tanto che non avrei retto al dolore se anche tu te ne fossi andato da un giorno all'altro com'era capitato con mamma. La paura di perderti all'improvviso era talmente forte che non mi faceva vivere in pace. Ammazzandoti avrei smesso di avere quella paura che mi impediva di vivere serenamente.

Anch'io mi sono preso le mie colpe.

Ho capito che portavo il peso del mondo sulle spalle pensando di essere una vittima degli accadimenti, ma in realtà ne ero il responsabile; avevo scelto io di essere così, quella condizione me l'ero imposta da solo, nessuno me l'aveva chiesto. Ero stato io a darmi tutta quella importanza, e alla fine mi ci ero affezionato a quel ruolo, che non era neppure il risultato di una condizione da vittima, semmai da vanitoso. Il mio modo di essere era semplicemente un atto di puro narcisismo. Ora tutto è chiaro e così ho potuto iniziare a fare un po' di ordine.

Non mi hai più spettinato, papà... Ti ricordi che da piccolo mi mettevi una mano sulla testa e mi spettinavi o mi facevi il solletico? Ricordi quando giocavamo a fare la lotta o quando ti battevo a braccio di ferro? E non dire che mi facevi vincere.

Non so quanto mi fermerò qui. Non ho progetti se non quello di chiarirmi bene le idee su chi sono e cosa realmente voglio fare della mia vita.

Ho voglia di vederti. Pensare a te mi ha fatto desiderare di essere lì. Sogno di poter giocare e ridere ancora con te. Ho voglia che mi spettini e che mi abbracci. E ti concederò la rivincita a braccio di ferro.

Mi porti a comprare il gelato?

Ti amo papà, ti amo veramente... a presto!

Tuo figlio Michele

19
A lui non può accadere

Sfoglio un mensile che ho trovato sul tavolino. È pieno d'immagini di donne nude e di situazioni provocanti. La ragazza seminuda che c'è sulla rivista assomiglia molto a Kate, e mi fa pensare a lei. Penso alla bellezza del nostro incontro.

Qualche giorno prima del mio ritorno in Italia, alla *posada* si è presentata una ragazza canadese. Era sabato mattina. Cercava una stanza per un paio di notti. Si chiamava Kate. A differenza degli altri clienti della *posada* non andava molto al mare. Più che altro andava in paese a fare piccoli acquisti tipo collanine, anelli in noce di cocco o cose di questo tipo. Spesso rimaneva a leggere sotto la veranda. Stava lì, un po' leggeva e un po' scriveva. Un pomeriggio mi sono avvicinato e le ho offerto una birra. Una delle difficoltà maggiori per una donna che viaggia da sola è quella di riuscire a stare in solitudine. In qualsiasi parte del mondo una donna trova sempre un uomo che crede stia cercando compagnia. Io le ho portato la birra, ma me ne stavo andando subito perché non la volevo disturbare.

È stata lei ad attaccare bottone chiedendomi di dov'ero, da quanto tempo ero lì e altre cose. Insomma, abbiamo iniziato a parlare. Sapevo che era canadese e che aveva venticinque anni perché avevo visto il passaporto. Tutto il resto mi era sconosciuto.

Essendo canadese ho pensato subito che magari anche lei mi avrebbe fatto fare l'idrocolon come era successo a Fede.

«*Do you know idrocolon?*»

«*What?*»

«*Nothing... anyway.*»

Lunedì mattina sarebbe ritornata in Canada dopo tre mesi di viaggio. Stava concludendo la vacanza che aveva desiderato tanto. Ed era molto contenta di averla fatta. «Una delle esperienze più belle della mia vita» mi ha detto.

Non so perché, ma con le persone che si incontrano quando si viaggia si è subito molto intimi. Si parla come se si fosse amici da anni. È un po' come quando ci si saluta fra motociclisti, o sui sentieri in montagna. Non so se succede perché quando sai che non ti vedrai di nuovo sei sciolto, più libero, con meno paure di essere giudicato o altro, comunque tutto è più fluido. Non c'è strategia. Puoi anche tentare di essere ciò che ti piacerebbe essere. Per qualche giorno si riesce.

Io non ero più stato con una donna da molto tempo. Da prima di partire: mesi. Devo dire che il mio desiderio di cambiare vita aveva in parte sopito il mio istinto sessuale. Non ero stato interessato a fare l'amore in quel periodo e nemmeno a frequentare donne. Quel giorno con Kate, invece, sentivo la tensione tra noi. Ho desiderato fare l'amore con lei dopo poche parole, dopo pochi minuti. Qualcosa in me si stava risvegliando. Si poteva quasi sentire il mio pisello gridare: "Finalmente!". Mi era sempre piaciuto fare l'amore, e avevo sempre cercato le occasioni per farlo. Forse perché non c'erano molte altre cose che mi davano quella soddisfazione. Avevo fatto l'amore ovunque, in tantissimi modi. A volte avevo fatto sentire una donna come un angelo, come una creatura delicata, e altre volte come l'ultima delle puttane. Spesso tutte e due le cose. Avevo accarezzato e avevo tirato capelli, avevo sussurrato parole dolci e schifezze infinite. Avevo costretto donne a dire e gridare cose irripetibili. Sono contento di averlo fatto. Non mi pento.

C'era un telefilm quando ero più piccolo che si chiamava

Kung Fu. Il protagonista, prima di lasciare la scuola dov'era stato addestrato, aveva dovuto alzare una pentola rovente con gli avambracci, in modo che il simbolo della scuola si tatuasse a fuoco per sempre. Da quel giorno aveva avuto due draghi incisi. Le donne con cui sono stato invece avevano all'interno delle cosce il segno delle mie orecchie, perché a me è sempre piaciuto molto restare là sotto. So che molti uomini lo fanno solo se sono innamorati. Io invece quasi sempre. L'unica differenza per me è che se sono innamorato mentre lo faccio ogni tanto butto l'occhio alla sua faccia per vedere se sto andando bene.

Quella sera io e Kate abbiamo cenato insieme. L'ho portata a mangiare a casa di una signora che cucina anche per le persone che vanno da lei. Nel senso che non è un vero e proprio ristorante, diciamo che fuori casa sua ha un paio di tavoli e volendo ti cucina la cena. Passi nel pomeriggio, le dici cosa vuoi e lei ti fa trovare tutto pronto. Ho fatto in tempo a ordinare insalata, un paio di aragoste, riso e birra ghiacciata. Si paga pochissimo e il pesce è fresco.

Stavamo bene insieme. Dopo cena abbiamo fatto una passeggiata e siamo andati a bere un'altra birra. Poi siamo tornati alla *posada*. Lungo la strada del ritorno ci siamo baciati. Ero stranito. Forse perché non lo facevo da tanto. Erano baci dolci, quelli che finiscono con piccolissimi ritorni sulle labbra come fanno gli uccellini quando mangiano. Quella notte abbiamo fatto l'amore. Ho imparato una cosa bellissima quella sera, ho imparato a darmi semplicemente per amore. Per amore dell'atto. Perché è bello fare l'amore, è bello incontrarsi così e comunicare con quel linguaggio. Toccare un corpo sconosciuto, visitarlo, esplorarlo, annusarlo, osservarlo mentre si muove, sentirsi addosso qualcuno, avvertire il suo calore. Abbiamo fatto l'amore perché lo sentivamo. Perché lo desideravamo anche solamente come puro atto di egoismo. Però non è stato egoismo, è stato piuttosto darsi totalmente a uno sconosciuto che senti vicino, senza dosare il desiderio affinché duri nel tempo ma prendendosi tutto e vivendolo fino in fondo incuranti del futuro. Cucinare tutto a fiamma alta. Con lei, per esempio, ho anche buttato su lo sguardo un paio di volte mentre la baciavo là. Quel nostro incontro era l'incontro di due vite che in quell'istante avevano l'incastro perfetto. Anche la scenografia ha avuto il suo peso. Se dovessimo incontrarci ora, non è detto che saremmo così in sintonia l'uno con l'altra come in quei giorni. Ma in quel momento eravamo perfetti e la vita ci aveva fatto incontrare. Sono occasioni rare che a volte si rischia di perdere perché non si è pronti e nemmeno abituati a vedere. Perché l'incontro amoroso tra due persone è spesso sopravvalutato. Ognuno si porta dietro ciò che è stato e ciò che sarà.

Quella sera non c'era passato e non c'era futuro. Tutto era lì, respiravamo solamente l'attimo presente. Ciò che viveva in quel momento. Abbiamo fatto l'amore in maniera semplice e casta. La castità non è astinenza, ma la capacità di fare qualsiasi esperienza senza malizia. Abbiamo finito di fare l'amore che stava arrivando la luce del giorno. Io ero di riposo. Siamo rimasti a letto a osservare il sole che rifletteva il suo colore sul mare. Con la luce sembrava tutto diverso, i nostri corpi, le nostre facce, la camera da letto. Abbiamo dormito un po'. Siamo rimasti sempre insieme, finché il lunedì mattina l'ho accompagnata in aeroporto. Era un servizio che faceva la *posada* ai suoi clienti. Quello del passaggio all'aeroporto, intendo. La domenica abbiamo fatto l'amore sempre. Sapevamo entrambi che dovevamo prendere tutto quello che di bello potevamo darci. Ognuno di noi è stato generoso nel sentimento e nella gioia per l'altro. Per due giorni ci siamo amati veramente. Che bella domenica: amore, cibo, docce, attenzioni, tenerezze, fame di attimi, fino alla fine del respiro.

Ricordo che ci siamo riaddormentati nel pomeriggio, dopo aver fatto l'amore, con la testa in fondo al letto e i piedi sui cuscini. Un sacco di volte mi era capitato di addormentarmi al contrario dopo una notte di meraviglia. Mi piace, perché vuol dire che non hai neppure la forza di sistemarti dritto. Quando mi capita ancora adesso con Francesca, quelle sono praticamente le uniche volte che addormentandomi non dico: "Buonanotte Federico".

Quando ho aperto gli occhi quel pomeriggio c'era la finestra aperta che guardava sul mare. Tutto era calmo. Il sole non si vedeva. Dei piccoli soffi di vento ci sfioravano. C'era silenzio. Solamente qualche uccellino. Che pace. Ho guardato Kate mentre dormiva: chissà dove viveva? Chissà com'erano la sua camera da letto e le facce di sua madre e suo padre. Chissà se aveva fratelli. Chissà che espressione aveva quando piangeva, e chissà com'era da bambina. Sapevo di lei solo che era carina, simpatica da morire, che rideva facilmente. Aveva un buon profumo della pelle, la sera si vestiva con gonne lunghe e colorate e portava una fascia in testa per tenere i capelli. Di lei sapevo che faceva l'amore in maniera divina e che era totalmente priva di freni inibitori. Era una persona libera, almeno sessualmente. Almeno con me.

Ho conosciuto un sacco di ragazze che non riuscivano a vivere le cose improvvise anche se erano straordinarie. Facevano di tutto per rendere quegli eventi comuni. Riconoscibili. Gestibili. Avrebbero voluto fare l'amore subito perché era quello che desideravano in quel momento, ma siccome non erano abituate a comportarsi così trasformavano quel desiderio fino a farlo diventare: "Andiamo a bere qualcosa". Non sapevano ascoltarsi, non avevano il coraggio di viversi e trasformavano ciò che sentivano in quello che sapevano fare.

Chissà se quelle così pensano che non vivendo le occasioni alla fine ci sia un premio? E chissà qual è poi questo premio. Essere considerate brave ragazze? Boh!

Ci sono persone che pensano si debba conoscere qualcuno per farci l'amore, altrimenti è solamente una questione di sesso. Una scopata. Io ho fatto l'amore con Kate.

Il fatto che qualcuno non riesca a essere così libero da entrare subito in intimità con una persona e a farci l'amore non significa che non può succedere. Significa solamente che a lui non può accadere.

20
Un buon motivo per non andare al lavoro

Quando devo tornare da un viaggio, già il giorno prima sono a casa. Nel senso che quando faccio la valigia mentalmente sono già partito. È un brutto vizio che non riesco a togliermi. Fatta la borsa partirei subito, infatti la preparo sempre il più tardi possibile. Meno giorni restano più mi sembrano tanti, nel senso che mi sembra più lungo aspettare cinque giorni che non dieci.

Già dal giorno prima ero in fibrillazione per partire. Si partiva. Si tornava in Italia. Si tornava dove avevo lasciato tutto. Avevo passato circa nove mesi in quel posto. Ero decisamente diverso ora da quando ero arrivato. Diciamo che i nove mesi che sono rimasto qui sono stati una nuova gestazione per me. Mi sono partorito. Mi sono dato alla luce. In parte. Non voglio dire che sono andato via di casa e dopo nove mesi, quando sono tornato, stavo bene, ero felice. Questo no. Ho imparato però che il viaggio trasmette esperienze che pensavo solamente il tempo potesse dare. Diciamo che viaggiare accelera il processo. Quel viaggio mi ha fatto capire cose importanti di me, ma soprattutto ha cambiato il mio atteggiamento verso la vita e adesso lei, la vita, ogni giorno mi insegna qualcosa che mi fa crescere. Ognuno di noi è fatto da tanti se stesso e non solamente da uno. Diciamo che siamo come un'assemblea condominiale composta da tante persone diverse. C'è quello più tollerante, c'è quello permaloso, quello che si incazza subito, quello che parla poco e quello che non sta mai zitto. Il me che aveva vissuto questa esperienza, quello dell'incontro con Sophie, era la persona che mi piaceva di più, la mia preferita, quella che mi faceva stare meglio, mi faceva sentire in armonia con tutto, ed è per questo motivo che l'ho messa nella stanza dei bottoni, diciamo al comando. Ogni tanto però, ancora adesso, c'è qualcuno che tira fuori parti di me più primitive e meno evolute, retaggi del passato che assumono il comando e mi trasformano in una persona che al momento non riesco a controllare ma che poi mi pento di essere stato. Ci sto ancora lavorando, e mi sa che ci dovrò lavorare ancora molto. Ma questo nuovo me che ho incontrato, che ho dato alla luce, tutto sommato mi piace. Molto lo devo a Sophie. Seguendo il suo esempio, il suo modo di vivere, ho percorso una strada che mi ha portato a incontrare un me amico, un me che mi vuole bene, al quale sono simpatico e che è in grado di aiutarmi. È stata Sophie a donarmi gli occhi nuovi con cui ho imparato a guardare il mondo. Attraverso la sua sensibilità sono stato in posti meravigliosi e ho visitato territori che non avrei mai visto senza di lei. Parlarle, aprirmi totalmente, rimanere ad ascoltarla, osservarla. La vita non si sarebbe mai rivelata così. Mi sono fidato e affidato completamente a lei, alla sua grazia, alla sua consapevolezza, al suo delicato modo di respirare la vita. Sophie sembra essere la depositaria del reale. È stato grazie alla sua gioia di vivere che ho imparato a perdonarmi, ma soprattutto ad amarmi e a vedermi bello. Prima di incontrarla non ero mai stato educato a vivere. Non ero in grado neppure di scoprire e vedere la bellezza nelle cose, ma quando ho imparato a riconoscerla mi ha salvato. Sono stato salvato dalla bellezza.

La questione non era semplicemente diventare più belli, ma imparare a guardare. Se si porta una persona che non conosce l'arte davanti a un quadro di Picasso, probabilmente vede solo mostri, proporzioni sbagliate, scarabocchi. Come il disegno di un bambino con poco talento. Apprezzerebbe sicuramente un quadro di Botticelli. Però chiunque conosca l'arte ed è capace di guardarla sa che Picasso è considerato uno dei più grandi geni del Novecento. Bisogna imparare a vedere le cose.

Sophie mi ha insegnato questo e ha cambiato completamente il mio rapporto con gli altri. Ho compreso che potevo realizzare le cose che volevo, ho imparato ad avere rispetto per la mia persona, a capire che avevo un valore. Ho imparato a vedere. È stata lei a insegnarmi che ci vuole molta disciplina per essere uno spirito libero. La mattina che siamo partiti io, Sophie e Angelica sembravamo una famiglia. Anzi, lo eravamo.

Il viaggio è stato velocissimo. Angelica ha praticamente dormito tutto il tempo. Si svegliava giusto per mangiare. Io e Sophie eravamo ancora vestiti leggeri. Non avevamo fretta di metterci i maglioni, volevamo sentirci a nostro agio il più possibile, ma visto che sull'aereo l'aria condizionata si faceva sentire, a turno siamo andati in bagno a cambiarci. Sophie è andata per prima e io sono rimasto solo con Angelica. La guardavo dormire. L'avevo fatto già un sacco di volte e spesso l'avevo tenuta in braccio, ma quell'occasione me la ricordo in maniera particolare. C'erano giorni che assomigliava alla mamma, giorni che assomigliava a Federico. Sulle orecchie non c'erano dubbi, erano le sue: le stesse orecchie di Fede, piccole e con quella strana curva della cartilagine.

Stavamo andando a presentarla ai nonni.

Com'era cambiata la vita nell'ultimo anno...

Le ho passato un dito sul naso e l'ho fatto scendere fino a toccarle le labbra. Ha fatto una espressione rintontita aprendo gli occhi a metà, ha mosso la bocca come se fosse impastata, ha richiuso gli occhi e ha continuato a dormire.

Quanti pensieri mi passavano per la testa quando la tenevo in braccio e la guardavo. Cercavo di immaginare Federico che la teneva in braccio o ci giocava. Nel frattempo era tornata Sophie e mi sono accorto che era la prima volta che la vedevo vestita in jeans e felpa. Sembrava un'altra persona. Poi mi sono cambiato io. Per mesi avevo sempre usato le infradito e adesso che mettevo le scarpe mi sembrava che i piedi si fossero ingranditi perché facevano fatica a entrare. Avevo le scarpe piene di piedi. Che bello mettersi le felpe o i maglioni quando si è abbronzati! Credo sia una delle cose che amo di più del mese di settembre. Appena dopo l'estate ti infili quel maglione blu e dalle maniche spuntano le mani color marroncino. Wow! Magari anche con i calzoni corti bianchi. Non so perché mi piace molto la versione estate sotto inverno sopra. Il contrasto mi fa impazzire. Giacca a vento e bermuda, per esempio. O maglietta maniche corte e cuffia di lana. Comunque abbronzati. Non ti accorgi di essere così abbronzato finché non torni in mezzo a chi non lo è o finché non ti vedi nello specchio di casa.

Sophie è rimasta in Italia una decina di giorni. Bisognava presentare la nipotina ai nonni, e poi lei non era mai stata lì e nessuno la conosceva. In quei giorni viveva da me, a casa mia. Qualcuno ha anche sospettato una relazione tra noi. Credo fosse normale pensarlo... per loro.

Solitamente nei film succede che una donna suoni alla porta con un bambino in braccio e dica: "Questa è tua figlia!".

Io e Sophie stavamo andando a casa dei genitori di Federico a dire: "Questa è vostra nipote".

I genitori di Federico li conoscevo molto bene. Sua mamma è stata un po' anche la mia. Quando per esempio andava a scuola ai colloqui, d'accordo con mio padre, chiedeva anche di me. Quindi mi sarei dovuto sentire abbastanza tranquillo, e invece ero tutto tranne che tranquillo. Ero emozionatissimo. Bisognava trovare un modo per non scioccarli troppo.

Ho suonato alla porta e ho detto chi ero. «Sono Michele, sono tornato e sono passato a salutarvi.»

È venuta Mariella ad aprirci, Giuseppe era in cantina a riparare una sedia. Ho presentato Sophie con un altro nome, dicendo che era una mia amica che avevo conosciuto in aereo.

«Ma che bellaaa... come si chiama?» ha detto Mariella guardando Angelica. «È tua, Michele?»

«No, non è mia, adesso ti spiego. Vado a chiamare Giuseppe. Intanto, ci fai un caffè?»

Sono sceso in cantina, Giuseppe era lì che trafficava con una sedia. Indossava una camicia di Fede. Quando mi ha visto è rimasto sorpreso, mi è venuto incontro e mi ha abbracciato. È sempre contento di vedermi, sia per il rapporto che ci unisce sia perché per lui è un po' come rivedere il figlio.

Siamo saliti in casa: Mariella stava piangendo con in braccio Angelica. Ho capito che Sophie aveva risolto il problema dicendole subito la verità. Avrà di certo trovato le parole giuste.

Così con Giuseppe non abbiamo dovuto inventare niente, ci ha pensato la moglie a dirgli che lei era Sophie e che Angelica era figlia di Federico.

Beh... è difficile spiegare la faccia del nonno. Sono rimasti tutto il tempo a passarsi la bambina. Erano felici, sconvolti, increduli, toccati dal miracolo. Non capivano cosa stavano vivendo.

Nei dieci giorni successivi Sophie è andata da loro quotidianamente, è successo anche che lasciasse Angelica dai nonni. Una volta che io non c'ero hanno anche parlato di questioni burocratiche: del cognome, del battesimo e cose di questo tipo. Tutto ciò che andava fatto è stato fatto.

Dopo essere stati da loro siamo andati da Francesca al bar. Quando siamo entrati lei mi ha sorriso subito, mi è venuta incontro e ci siamo abbracciati. Ero felice di sentirla ancora così vicina. Poi ha visto Sophie e Angelica e si è staccata come se avesse visto mia moglie e mia figlia.

Si è presentata. «Sono Francesca, un'amica di Michele.»

«Io sono Sophie e lei è Angelica.»

Francesca si è girata verso di me. «Sophie Sophie? Quella Sophie?»

«Sì.»

«E la bambina di chi è?»

«Indovina...»

«No, non può essere!»

«Sì.»

Francesca, dopo qualche secondo di occhi lucidi, ha iniziato a piangere.

Sophie ha consegnato la figlia di Federico nelle sue mani. Se la coccolava, cullandola come quando vuoi che un bambino si addormenti.

La sera dopo abbiamo mangiato tutti e quattro assieme a casa mia. Quasi quattro.

Ero felice di essere a casa.

Abbiamo parlato molto; negli ultimi mesi il mio francese era migliorato, ma soprattutto lo era l'italiano di Sophie.

Quando Francesca se n'è andata, devo dire che mi sembrava strano; anzi, sembrava strano che io rimanessi lì con un'altra donna. Anche se la situazione era chiara a tutti e due.

Io e Sophie siamo rimasti svegli per un po' quella notte.

«Francesca è una ragazza speciale» mi ha detto prima di addormentarsi.

Dopo dieci giorni Sophie se n'è andata a Parigi dagli altri nonni.

Con i genitori di Federico adesso c'è un bellissimo rapporto. Si sentono spesso e Sophie gli ha promesso che prima di tornare a Capo Verde sarebbe passata con Angelica da loro, e loro hanno deciso di andare poi a trovarla alla *posada*.

Nel frattempo io dovevo riorganizzare la mia vita. La prima cosa che ho fatto è stata quella di andare da mio padre e mia sorella. Chissà che effetto aveva fatto la lettera che avevo spedito. Qualsiasi reazione avesse scatenato, ora ero felice di andare da loro. Avevo voglia di vederli, di vedere la mia famiglia.

Sono entrato in officina e quando mio padre mi ha visto ha sorriso. Ho capito che anche lui era contento di vedermi. Ci siamo abbracciati. Non succedeva da tempo. Non un abbraccio di quelli lunghi, immobili e silenziosi. Un abbraccio veloce con una pacca imbarazzata sulla spalla, comunque bello. Poi dal vetro dell'ufficio mia sorella mi ha visto ed è venuta anche lei a salutarmi. Credo che l'accoglienza non fosse dovuta alla lettera ma al fatto che non ci vedevamo da così tanto tempo. Nell'angolo dell'officina, semicoperta da un telo, ho riconosciuto la mia macchina. Mio padre l'aveva sistemata. L'avevo lasciata piena di graffi, botte e un fanalino rotto, ora era messa a nuovo. Papà è molto bravo nel suo lavoro, e non lo dico perché lo amo. È bravo anche perché l'officina è stato il luogo dove si è rifugiato. Ha sempre lavorato anche il sabato e la domenica, perché gli veniva più facile che stare a casa con me e mia sorella o con i nonni. Con la mia macchina aveva fatto un bel lavoro, tanto che me ne sono accorto anch'io che di queste cose non ci capisco niente. Mi ha detto che non l'aveva venduta, ma che se ero ancora deciso a farlo l'avrebbe comprata lui, altrimenti potevo riprenderla anche subito. Era sicuramente un gesto d'amore. Li ho avvisati che sarei andato a mangiare da loro e gli ho spiegato che in quei giorni a casa mia vivevano la ragazza di Federico e sua figlia.

«Come sua figlia?»

Ho raccontato loro tutta la storia. Mia sorella ha pianto.

Anche se avevo deciso di non venderla più, ho lasciato la macchina in officina da mio padre e ho usato la bici.

La sera a cena abbiamo deciso che la casa dove vivevano aveva bisogno di una bella imbiancata e di qualche lavoretto. Dopo l'esperienza con la *posada* mi sentivo quasi un esperto, anche se mio padre è uno che sa fare tutto e aveva bisogno solo di una mano, non di un maestro.

Il sabato e la domenica successivi abbiamo lavorato insieme. Stare con lui tutto il giorno è stato veramente bello. Era da tanto che non passavamo del tempo insieme da soli. Mio padre parlava in continuazione, era un fiume in piena, l'ho anche rivisto finalmente ridere, come quella volta quando ero piccolo o come quando guardava i film di Peppone e Don Camillo. Una vera ossessione, Peppone e Don Camillo, tanto che anch'io quei film li ho visti un sacco di volte. L'altra fissa di mio padre erano i western, soprattutto quelli con John Wayne. Abbiamo anche parlato della mamma ed è stata una vera sorpresa, perché a casa mia non era mai capitato. Mia madre esisteva solamente nelle reciproche solitudini. Mentre io avrei avuto bisogno di parlarne.

Gli ho anche chiesto se non avesse mai avuto il desiderio o la voglia di avere un'altra donna e lui mi ha detto... di reggergli la scala.

Mi ha raccontato degli aneddoti di lui e di mia madre che non sapevo. Mia madre l'aveva conosciuta in officina quando lui aveva venticinque anni. L'officina non era sua, lui era l'apprendista. C'è una bellissima foto in bianco e nero di mio padre di quel periodo: un bel ragazzo pieno di capelli scuri, sorridente, in maglietta bianca con le maniche tirate su. Il classico ragazzo che ai tempi chiamavano un "bel fusto". Mia madre era andata lì con suo padre e a lui era piaciuta subito, ma non aveva detto niente perché lei non era sola. Poi però, preso da quel colpo di fulmine, è andato a cercarla nel paese vicino, dove sapeva che viveva, finché non l'ha trovata, corteggiata e infine sposata.

Questa storia l'avevo già sentita, la cosa che non sapevo e che mi ha confessato in quei due giorni era che le aveva scritto un sacco di lettere d'amore alle quali lei aveva risposto e che conservava ancora oggi in una scatola. Quanto mi piacerebbe leggerne almeno una. A proposito di lettere, in quel weekend passato insieme nessuno dei due ha fatto riferimento alla lettera che avevo scritto, e non credo nemmeno che il cambiamento di mio padre fosse dovuto a quello. Comunque qualcosa era cambiato.

In una pausa dal lavoro, siamo andati a mangiare il gelato. Mio padre, poi, non è che sia rimasto come quei due giorni: con il tempo la cosa si è ridimensionata, ma qualcosa era successo, e il nostro rapporto andava meglio. Soprattutto i suoi tentativi d'aprirsi e i suoi goffi gesti d'affetto mi facevano una enorme tenerezza. Del resto, l'ho già detto: lo amo e non ci posso fare niente.

L'altra cosa importante che dovevo fare dopo il mio ritorno era trovare un lavoro. Qualsiasi cosa mi fosse capitata, sarebbe stato comunque diverso da prima. Prima avevo paura perché non conoscevo alternative, mi tenevo stretto il lavoro con il terrore di perderlo perché non sapevo cosa avrei potuto fare altrimenti. Quello che mi era successo, le cose che avevo vissuto e imparato, prima non riuscivo nemmeno a immaginarmele. Ora avevo dato libero sfogo alla mia creatività. Non ero più solo. Sentivo che la vita mi proteggeva.

È bello affrontare le proprie angosce e capire perché hai una paura e non un'altra. Comprenderne i motivi, e le cause che si nascondono dietro.

I primi due mesi ho fatto l'elettricista. Anzi, l'elettricista era Filippo, un vecchio amico, io facevo l'aiuto elettricista. Mi sono divertito con lui; fortunatamente crescendo era cambiato, aveva messo la testa a posto, come avrebbe detto mia nonna. Era sempre stato un ragazzo agitato e attaccabrighe. Da ragazzini, se eri suo amico potevi stare tranquillo ma se per caso non gli eri simpatico era una vera rottura di scatole. Voleva sempre fare a pugni. Era famoso soprattutto perché non si tirava indietro nemmeno se era da solo contro tre o quattro. Di lui, a un certo punto, si raccontavano storie quasi da film di Bruce Lee. C'era chi diceva di averlo visto andare in un campo nomadi per recuperare un motorino rubato e picchiarne cinque o sei. Più passavano gli anni, più le storie si ingrandivano. Filippo – e di questo eravamo sicuri perché avevamo fonti certe – a un certo punto aveva fatto il culo a Gozzilla. Vere o non vere che fossero queste storie, comunque lui ha sempre avuto, oltre alla prestanza fisica, una forza pazzesca. Non è molto muscoloso, però è un fascio di nervi e soprattutto ha il carattere giusto per le risse. Oltre alla fisicità, credo che per fare a pugni ci voglia un tipo di carattere adatto e lui ce l'ha. Una volta a scuola lo avevano definito "un ragazzo problematico". Aveva perso anche lui un genitore, e forse è per questo motivo che gli sono sempre stato simpatico. Avevamo qualcosa in comune. A un certo punto avevo smesso di uscire con lui perché era una mina vagante. Andavi a bere una birra e si creava una tensione insopportabile. Bastava uno sguardo di qualcuno che lui non gradiva o un complimento alla sua ragazza, che partiva il circo. Gli piaceva così tanto far andare le mani che spesso, prima di entrare in discoteca, faceva stretching nel parcheggio. Adesso, miracolo dell'evoluzione, è diventato una persona tranquilla, addirittura un bravo papà.

Una mattina, mentre stavamo lavorando, Filippo mi ha detto che quando lui e sua moglie hanno concepito loro figlio probabilmente lei dormiva. Mi ha fatto ridere. Lei è infermiera e quando fa turni che non combaciano con i suoi va a letto infilando solamente una gamba nel pigiama e lasciando fuori l'altra, così che quando Filippo torna, se ha voglia di fare l'amore, può farlo senza svegliarla del tutto. Trombare nel dormiveglia: la storia del pigiama dimostra la grandezza del genio umano.

Dopo aver fatto l'elettricista, ho lavorato in un laboratorio che confeziona candele profumate dentro i bicchieri. Nel frattempo sfruttavo la mia fantastica agenda e, anche grazie a una serie di amicizie coltivate in passato, riuscivo a piazzare qualche intervista e articolo qua e là. La mia agenda era un pozzo di possibilità, e quando mi era capitato di perderla era stata una vera tragedia, anzi, una vera *tragenda*. Per fortuna l'ho sempre ritrovata.

Ho continuato a scrivere il libro e dopo qualche tempo ho richiamato Elsa Franzetti chiedendole se era ancora interessata a leggere il manoscritto. Mi ha detto sì e dopo un mese le ho consegnato la prima stesura. Era provvisoria, con ancora molte cose da cambiare e correggere. Il libro però le è piaciuto ed è stato pubblicato. Avevo realizzato uno dei miei sogni, che non era scrivere un libro di successo, ma scrivere un libro, tutto qui.

Il libro non era più semplicemente un sogno, era una delle cose che volevo fare nella vita; ma ora ce n'erano molte altre. I miei sogni diventavano i miei progetti.

"Inizia a buttare giù le parole che hai dentro e poi magari, mentre lo fai, capisci che in realtà non è un libro ma è una canzone che vuoi scrivere" mi aveva detto Federico e aveva avuto ragione. La cosa strana era che nel mio nuovo modo di essere e di pormi ero coinvolgente. Quando proponevo le mie idee, i miei progetti, difficilmente mi dicevano di no. Non ho mai capito come mai: forse perché erano belli o forse perché quando si sta bene si vede, e le persone si fidano e vorrebbero condividere un po' di quella felicità.

O forse aveva ragione Gesù: "Chiedi e ti sarà dato".

Quindi ora ho scritto un libro, a giorni ne finirò un altro, scrivo articoli e interviste come free lance.

Sono tranquillo. Mi occupo di vita. Mi è capitato anche di non far niente per qualche giorno. A volte se capivo che i soldi mi bastavano, non lavoravo. Mi rifiutavo di ammazzarmi per potermi comprare cose che non mi servivano. Facevo bene i conti ed ero libero di organizzarmi. Ero diventato un artista del tempo.

Prima, perché non andassi a lavorare doveva accadere qualcosa di brutto: visite mediche, analisi, funerali, denunce per furto, incidenti. Solo se mi era successo qualcosa di negativo potevo mancare qualche ora. Non potevo assentarmi dal lavoro perché ero particolarmente felice e volevo andare a fare una passeggiata, o perché avevo voglia di fare l'amore. Dovevo sperare minimo nella febbre. Per un funerale sì, per una nascita no.

Questi miei ragionamenti finivano invece per dare a tutti un'idea molto diversa: per molti ero uno che non aveva voglia di lavorare, un fannullone che non voleva piegare la schiena, uno pigro.

È vero, ma se domani quando mi sveglio mi sento un po' giù e capisco che è una giornata di merda, giuro che vado a lavorare tutto il giorno.

Ma domani mi sveglio papà... Beh, mi sembra un buon motivo per non andare al lavoro.

21
Non puoi capire quanto

Alla mattina quando abitavo a Capo Verde riuscivo anche a prendermi una pausa per andare a fare la spesa. Frutta, verdura, pesce, riso... che cucinavo a pranzo. Ho imparato a cucinare. Ho sperimentato nuovi piatti. Mi piaceva provare sapori diversi, inventare ricette. Era una delle cose che avevo iniziato a fare mentre vivevo lì: prendermi del tempo per cucinare. Tagliare i peperoni, le zucchine, la cipolla, l'aglio, il prezzemolo, il basilico. Preparare il pesce, condire l'insalata. Che bello cucinare, che belli i colori e i sapori. Tutto questo con della musica in sottofondo e una birra ghiacciata da sorseggiare, o del vino rosso. Una sera c'era il bicchiere del vino di fianco al tagliere con le verdure a fette e della pasta fumante nello scolapasta. Ho fatto una foto.

Anche mangiare mi piace molto.

Un altro piacere che avevo scoperto vivendo a Boa Vista era quello di lavare i panni mentre facevo la doccia. Unire le due cose. E poi, prima di stenderli, sbatterli bene e sentire quelle goccioline addosso... mi faceva impazzire. Avevo imparato anche a conoscere i venti, che non serve a molto, ma era bello sapere il nome di chi mi asciugava i panni.

Devo dire che sotto la doccia mi piace fare un sacco di cose. Lavarmi i denti, per esempio, fare la barba, o la pipì. Diciamo che faccio fatica a lavare i panni in questa casa, la mia doccia non è grandissima, però è sufficiente per lavarmi i denti e fare pipì. Non insieme però.

Anche quando mi capitava di fare la doccia a casa di qualcuno, magari di una ragazza con cui ero stato, se mi scappava la facevo, ma avevo sempre paura che lei entrasse all'improvviso per farsi la doccia con me e vedesse quel rigagnolo giallino là in fondo ai piedi. Una cosa che invece mi irrita da morire è fare la doccia a casa di qualcuno che invece del box ha la tenda di plastica che ti si attacca addosso. Mentre mi lavo mi si appiccica al gomito o alla schiena o al polpaccio. Che nervi. Preferisco tenerla aperta e poi asciugare il pavimento.

Comunque mi piace molto l'idea di essere stato in un posto dove non mi sono messo le scarpe per così tanto tempo. Stando scalzo per molto tempo, ho dovuto iniziare a tagliarmi le unghie con la forbicina, mentre io ero sempre stato abituato a togliere il pezzetto in più con l'unghia delle mani prima di andare a letto. Quando si tolgono le scarpe e le calze, il piede è un po' sudato e le unghie sono morbide e, se l'operazione si fa immediatamente, si possono tagliare con l'unghia dura del pollice. Se invece il piede, come a Capo Verde, non è mai chiuso in una scarpa rimane asciutto: le unghie diventano dure e se tenti di toglierle con l'unghia del pollice, in quel caso vince quella dell'alluce. Anche i piedi diventano duri senza scarpe, non solo le unghie. I primi tempi non riuscivo a stare sulla sabbia di giorno. Dopo un mese spegnevo le sigarette con i piedi.

Mi piace l'estate, vestirsi al mattino in un secondo: maglietta, calzoncini, infradito; ma devo dire che mi piace anche l'inverno. Non amo molto il freddo, però tornare a casa la sera dopo il lavoro un po' infreddolito e bagnato mi fa apprezzare ancora di più casa mia. Chiudere la porta, togliersi la giacca. Accendere le luci, lo stereo, prepararmi un bel bagno bollente, lavarmi bene, vestirmi comodo e cucinarmi qualcosa di caldo. A me piace. Anche mangiare le cose che solitamente mangiano gli anziani, tipo la minestrina, il farro, l'orzo. Adoro le zuppe. Metto talmente tanto formaggio che mi rimane in fondo al piatto e attaccato al cucchiaio. Lo devo togliere con i denti, e se non lavo subito devo chiamare dei muratori per toglierlo.

La minestra mi piace, perfino quella dell'ospedale. Lo so che fa schifo a tutti, ma la minestra e il purè dell'ospedale mi fanno impazzire.

Anche il tè che portano il pomeriggio, pieno di limone, lo trovo buonissimo. Chissà se qui in clinica lo danno? E poi all'ospedale si mangia alle sei e d'inverno è una meraviglia.

A parte che negli ospedali si può bere il caffè più buono del mondo, quello che si fanno gli infermieri per loro e che non possono dare ai pazienti. Una volta però ero stato ricoverato una settimana in ospedale dopo aver fatto un incidente in motorino e, siccome ero entrato nelle simpatie di alcuni infermieri, la notte avevo avuto l'onore di assaggiare il caffè fatto dalla loro sacra moka. Un'esperienza sublime.

I primi mesi dopo essere tornato in Italia ho passato molto tempo in casa. Volevo finire di scrivere il libro e quel lavoro mi coinvolgeva totalmente. Scrivevo non solo il libro, ma anche frasi, pensieri, poesie, e poi disegnavo. A volte iniziavo a disegnare senza sapere esattamente cosa, per capirlo avevo bisogno di più tempo e di vedere dove mi portava il tutto, e lo stesso accadeva con la scrittura. Iniziavo a scrivere e poi i personaggi sembravano vivere di vita propria e mi guidavano loro, così che anche io diventavo curioso di sapere come sarebbe andata a finire.

Poi leggevo, guardavo film, ascoltavo musica, rimanevo seduto in silenzio. Stavo in compagnia dei miei nuovi "amici immaginari". Mi piaceva chiamarli così. Mi capitava di trovarmi molto più in sintonia e intimità con uno scrittore, un regista, un poeta, un musicista che con una persona che magari conoscevo da anni. Certe frasi in un libro o in un film o in una canzone sembravano come un'eco della mia voce interiore. Vivevo isolato, ma mai solo. Ero circondato da persone che mi parlavano attraverso i loro lavori, le loro opere.

A Boa Vista avevo letto dei libri appartenuti a Federico che mi erano piaciuti molto. Sophie me ne ha regalato uno. Mi dava volentieri le sue cose, ma io preferivo lasciarle al loro posto, mi sembrava giusto così. L'unico che mi sono preso è *La montagna incantata*. Ce l'ho sul comodino.

Già gli ultimi giorni a Boa Vista mi era scoppiata la voglia di casa. È una voglia che ogni tanto si impossessa di me, era successo anche in passato, soprattutto d'inverno; magari ero in macchina o in treno verso sera, quando fa già buio, e vedevo delle luci accese in case sconosciute e avrei voluto essere anch'io a casa mia, non desideravo altro.

Dopo il mio ritorno Francesca era praticamente l'unica persona che vedevo, a parte la mia famiglia. Ero diventato una sorta di clandestino sociale. Mi sentivo come il porcospino del racconto di Schopenhauer, quello che possiede molto calore interno e decide così la distanza da tenere.

Dopo tanti anni finalmente temevo più la mia coscienza del giudizio degli altri.

Facevo delle passeggiate in città o dei giri in bici. Le persone che incontravo mi dicevano tutte praticamente le stesse cose. Mi davano subito la mia tabella peso: "Sei ingrassato o sbaglio?". Oppure: "Mi sembri dimagrito...", magari lo stesso giorno. Poi, dopo avermi detto se ero più magro o più grasso, mi chiedevano che lavoro facevo e, la terza cosa, se ero fidanzato. La mia risposta era sempre: "No, non sono interessato". La loro frase successiva era immancabilmente: "Si vede che non hai trovato ancora quella giusta". Oppure, in alternativa: "Sei troppo innamorato di te stesso".

Nella città dove vivo esiste da molti anni il matto del paese. Leggenda vuole che dopo la morte di sua moglie sia impazzito. È un signore che gira per la città e parla, gesticola, discute da solo. Noi lo chiamiamo "Oggettino" perché quando ti si avvicina ti chiede se hai un oggettino da regalargli, uno qualsiasi. Non chiede mai soldi, ma "oggettino oggettino". Credo che anch'io, se dicessi le cose che penso mentre cammino, sarei considerato matto come lui. La differenza tra me e lui, a parte chiedere un oggettino, è solo una questione di volume: cioè lui non riesce a pensare senza dire ad alta voce quel pensiero. L'altro giorno gli ho dato un oggettino, ho preso il mio vecchio auricolare e gliel'ho regalato. Adesso, quando passeggia parlando e discutendo da solo, chi non lo conosce pensa semplicemente che stia facendo una telefonata appassionata. Per loro non è un matto. Anche a me piace parlare ad alta voce da solo e spesso uso questo escamotage per non farmi beccare.

È stato contento del regalo. Questa mattina era sotto il bar di casa e mi ha ringraziato ancora, ma l'ha fatto per una cosa che io non gli ho mai dato. Non si ricordava di me.

Il bar sotto casa nel periodo che sono stato via ha cambiato gestione e quella nuova ha messo la *pay TV* per guardare le partite. Praticamente è come essere allo stadio, perché anche al bar la gente fa i cori. Spesso è fastidioso. Dopo un po' di tempo ho sviluppato la capacità di capire il risultato della partita in base alle bestemmie o alle grida di gioia. È comunque sempre meglio che avere un vicino di casa sordo e con dei gusti musicali di merda. Per esempio, la vicina di casa di Francesca ascolta sempre musica tipo Ricky Martin o Shakira. Mi piacerebbe che anche lei come Oggettino accettasse un bel regalo: delle cuffie!

Un giorno gironzolavo per casa mettendo un po' in ordine. Ci sono giorni in cui divento una brava donna di casa. Pulisco, lavo, stendo e poi alla fine mi prendo cura di me. Mi faccio una doccia, mi metto la crema, mi lavo i denti due o tre volte e poi passo il filo interdentale, mi taglio bene le unghie, con la forbicina però. In quel mio giorno vissuto da donna, dopo tutte le cure, ho deciso di farmi un caffè. Mentre stavo per chiudere la moka, ho avvertito una strana sensazione, un brivido freddo lungo la schiena. La moka mi è caduta dalle mani. Ero come paralizzato. Sentivo una presenza dietro di me, come se ci fosse qualcuno.

Mi sono girato e sul divano di casa mia c'era Federico che sorridendomi ha detto: «Ciao, come stai?».

Io non riuscivo a parlare, ero totalmente muto e immobile. Ho sentito in un istante come una cascata d'acqua gelida sull'anima e poi subito fuoco. Caldo.

«Io bene... ma tu... tu non...»

«Si vede che stai bene. Hai visto che avevo ragione? Te l'avevo detto e tu che non ti fidavi...»

«Cosa?»

«Che sei molto di più di com'eri... che dentro ne avevi di roba da tirar fuori...»

«Più che altro mi sento diverso... e tu come stai?»

«Io bene.»

«E com'è lì?»

«Non posso parlare molto, dicono che qui deve essere una sorpresa. Non puoi nemmeno immaginare. Se te lo dico scopri che è talmente semplice da non credere, ti sembra così strano non averci mai pensato prima. Hai visto che bella Angelica, sono stato bravo, eh? Con lei parlo spesso. E Francesca come sta?»

«Sta bene, ma non stiamo più insieme, ricordi?»

«Certo che mi ricordo, e poi vi vedo spesso. Sono contento che hai conosciuto Sophie.»

«Posso abbracciarti?»

«No, non puoi toccarmi, non puoi nemmeno avvicinarti... ciao Michele, grazie per quello che hai fatto per me...»

«Veramente sei tu ad avere fatto delle cose per me, non io.»

«Beh, un giorno forse capirai... Ora devo andare. Di' a mio padre e mia madre che essere stato loro figlio mi ha salvato.»

Avrei voluto chiedergli un sacco di cose, come passava il suo tempo ora, se era diventato un angelo, o se lo era sempre stato, se aveva incontrato mia madre, oppure Bob Marley, invece sono riuscito solamente a chiedergli: «Federico... ma Dio esiste?».

Mi ha sorriso e mi ha detto: «Non puoi capire quanto».

22

Anche quando lei non c'è

Francesca era cambiata dopo il mio ritorno. Aveva smesso di parlare con quelle frasi con cui ogni tanto se ne usciva ma che non le appartenevano veramente. Quelle frasi che spesso usano le donne e che fanno semplicemente parte di un coro. Alcune le aveva dette anche a Federico:

"Il mio sogno è farmi una famiglia",
"Smetto di fumare appena rimango incinta",
"La fedeltà è una questione di rispetto",
"Sono una persona un po' particolare",
"Sono brava a dare consigli agli altri, ma non a me stessa".

Francesca era fuggita da quello stereotipo, da quella categoria di donne. Quelle donne totalmente inconsapevoli di essere sul cammino che ha come traguardo finale l'isterismo. Si era per lo meno salvata da quello. Non era una donna isterica.

Aveva capito l'importanza di trovare prima la propria strada a prescindere dagli altri. Pensare a se stessi non è egoismo. Egoismo semmai è occuparsi *solo* di se stessi. Non sapeva come fare a cambiare delle cose della sua vita, ma aveva capito l'importanza di farlo.

Cinzia, per esempio, è l'immagine perfetta della donna isterica. L'altro giorno l'ho incontrata, era insieme con suo marito Fabrizio. Dopo tanto tempo che provavano ad avere un figlio finalmente c'erano riusciti. Matteo.

«Matteo saluta... Matteo fai vedere quanti anni hai... Matteo fai sentire bene come ti chiami... MAT-TE-O! Fai vedere come fai l'indiano, augh, augh, augh... Come fa il cane, Matteo? E il gatto, Matteo? Matteo fai vedere come balli... Matteo vieni qua... Matteo vai là...»

Dopo un quarto d'ora ho cercato di dare di nascosto dei soldi a Matteo per comprarsi del crack.

Era questo che intendeva Federico quando aveva detto a Francesca che la famiglia non può essere un sogno, ma qualcuno con cui condividerlo.

Cinzia e Fabrizio non hanno nient'altro. Quando Matteo sarà un po' più grande, probabilmente faranno un altro figlio. È il cibo con cui si nutrono, è la cosa che gli dà l'illusione di non aver fallito. Soprattutto Cinzia come persona non esiste, non è mai esistita. Prima attaccata alla mamma, poi al papà, poi a Fabrizio, e adesso "Matteo, Matteo, Matteo"; e alla fine, da vecchia, ai suoi acciacchi.

Prima brava figlia, poi brava moglie e adesso brava mamma.

Sono quelli che ti vedono come il loro bambino anche quando hai quarant'anni. Non lo hanno lasciato in pace un attimo 'sto povero Matteo. E chissà che sofferenza se poi non sarà come loro lo vogliono. Sono quelli che tentano di far fare ai figli quello che volevano fare loro senza però riuscirci. Io non so che padre sarò ma, Alice, ti prometto che cercherò di darti un padre felice, e che se tu sarai felice oppure no dipenderà molto da te, ma io farò tutto il possibile per crearti intorno un mondo gentile, delicato, divertente affinché tu senta sempre il desiderio e la voglia di partecipare, di essere coinvolta e tranquilla.

Da quando sono tornato da Capo Verde sono passati circa due anni, e nel frattempo ho fatto anche altri viaggi. Sono stato in Nepal, in Perú, in Nuova Zelanda.

Io e Francesca ci siamo sempre sentiti e frequentati. Poi un giorno, durante uno dei miei viaggi, ho scoperto che desideravo tornare a casa per raccontarle tutto ciò che avevo vissuto. Sentivo i continui richiami della mia anima verso di lei. Francesca appartiene a quella categoria di donne che, se non si è spinti dall'ossessione o dalla paura di perderle, non ti saziano mai. Francesca non mi sazia mai.

Era pura come lo spazio silenzioso tra due parole. In quel periodo Francesca conteneva dentro di sé una quantità d'amore che chiedeva solamente di poter vivere. Di poter uscire. Ci sono persone che emotivamente sono come fontane, ti danno tutto ciò che hanno dentro, altre, come Francesca, invece sono come pozzi. Bisogna andare dentro. La loro acqua è nascosta e protetta nel profondo e hanno bisogno di qualcuno che le aiuti a tirarla fuori. Non volevo che si innamorasse di me, ma che si innamorasse di lei. Della vita. Altrimenti sarebbe stato un contratto a termine, com'era già stato. Un amore con scadenza, un amore con il timer.

Un giorno mi ha confessato che quando stava con me si vedeva più bella. Immagino succeda quando ci si vede riflessi negli occhi di chi ci ama. E quella era l'unica cosa che potevo fare. Farle vedere e capire la sua naturale bellezza. Tutto ciò che avevo imparato nell'ultimo periodo era una scoperta talmente potente che non potevo non condividerla con chi amavo. Ma non volevo scegliere io per la sua vita. Mi ricordo, per esempio, che molte cose che diceva Sophie le avevo già sentite da Federico, ma da lei era come se le sentissi per la prima volta. Solamente perché quando stavo con Federico non ero pronto, non ero ricettivo. Non ero interessato, anzi, automaticamente assumevo un atteggiamento di difesa, mi proteggevo.

Con Francesca è successo lo stesso. Le sono stato vicino e l'ho fatta sentire amata, e bella. Io e Francesca uscivamo insieme, ma non facevamo l'amore. Un giorno mi ha detto che quella cosa così piccola e stupida come scegliere i libri per la *posada* l'aveva fatta sentire talmente bene che le era tornata la voglia di tentare in qualche modo di trovare un nuovo lavoro. Un altro giorno mi ha detto che voleva assolutamente cambiare vita, ma che non sapeva come fare, non sapeva da che parte iniziare. Mi sono proposto di aiutarla e lei ha accettato. È stato uno dei giorni più felici della mia vita, perché la Francesca che è nata dopo quella decisione sarà tra poco la madre di Alice. Infatti Francesca la amo per molti motivi, non solo per quello che è, ma anche per il coraggio che ha avuto di essere così. Il coraggio di essere ciò che è diventata. Perché se lei avesse rinunciato, se non avesse avuto questo coraggio, la persona che adesso è non sarebbe mai esistita. Non ci sarebbe mai stata una testimonianza di questa Francesca. Invece tutto ciò che ha vissuto, tutte le cose che ha amato, tutte le emozioni che ha respirato veramente ora sono in lei, e io ne posso gioire visto che ha deciso di condividerle con me. Tutto ora viene servito e apparecchiato anche per me.

Per questo Francesca è un meraviglioso picnic.

Il fatto che abbia accettato il mio aiuto è stata una cosa importante, perché lei nella vita ha sempre fatto fatica a farsi aiutare, è sempre stata la signorina "ce la faccio da sola". Accettare il mio aiuto è stato già un forte segno di cambiamento.

Un paio di giorni dopo ha iniziato a cercare un lavoro nelle varie librerie della città. Purtroppo nessuna aveva bisogno di personale. Mi ricordo che ci è rimasta male.

Un giorno l'ho chiamata al telefono un sacco di volte, e alla fine mi ha risposto solo la sera. Piangeva. Sono andato da lei. Aveva la faccia gonfia e rossa. Nel pomeriggio aveva avuto una discussione con sua madre. L'ennesima. Non avendo trovato un posto in nessuna libreria aveva pensato che avrebbe potuto aprirne una piccola chiedendo al padre un prestito e la firma come garante per il mutuo. Erano solo supposizioni, tanto per vedere se era possibile, fattibile, ma la risposta era stata subito negativa. Suo padre le aveva detto di no: «Non posso farlo, la mamma non me lo permetterebbe, lo sai».

Infatti, quando il padre ne aveva parlato con la madre era successo un putiferio.

«Questa è la tua solita trovata della domenica. Ci vuoi rovinare tutti. Vuoi prosciugare i nostri soldi e farci perdere la casa? Una vita di lavoro e di sacrifici. Lascialo stare, tuo padre. Lui non ti direbbe mai di no e tu lo sai, per questo te ne approfitti. Non sta neanche molto bene. Lo farai morire di crepacuore. Dovresti vergognarti. Lascia stare con questa storia della libreria, non metterti in testa cose più grandi di te, stai bene al bar, dai retta a me che ti conosco bene. Prendi esempio da tua sorella. Quella non si mette in testa cose strane. È responsabile, lei...»

Le lacrime di quella volta non erano solamente per la libreria e nemmeno per la discussione con la madre. C'era qualcosa di più, anche se lei non riusciva a capire come mai quella volta si sentisse così male, fosse così disperata. A volte succede di avere una reazione più forte senza comprendere perché. È stato solamente la sera, quando ne abbiamo parlato, che piano piano ha iniziato a capire. Per la prima volta Francesca stava venendo a conoscenza dei ruoli, delle condizioni e dei meccanismi della sua famiglia. Aveva sempre visto il padre come una vittima di una moglie spietata e aveva sempre considerato la madre colpevole della sofferenza del padre. Colpevole della sua infelicità. Avrebbe sempre voluto prendersi cura lei del padre e liberarlo dalle grinfie crudeli della mamma. Anche lei era diventata una vittima, per stargli più vicino, come aveva fatto mia sorella con mio padre. La stessa cosa. Era la sorella maggiore di Francesca quella vincente. Lei e il padre erano i perdenti. I poverini. Le vittime, appunto. Ma quel giorno stava per capire finalmente tutto. Il padre non era una vittima, ma il carnefice di se stesso. Aveva deciso di essere vittima e si era scelto e creato quella situazione per godere del suo dolore. Usava le altre persone per farsi del male. Metteva la frusta nelle mani degli altri. Ed era quello che aveva sempre fatto Francesca con tutti gli uomini con cui era stata.

Infatti appena le si era presentata l'opportunità di liberarsi, di non essere più rinunciataria nella vita per tentare la propria riscossa, la propria vittoria, il proprio cambiamento, il padre si era rifiutato di aiutarla, dando la colpa alla madre.

Nei giorni successivi ha capito. È stata come un'intuizione improvvisa, che l'ha aiutata a comprendere tutto ciò che c'era da capire. Prima però di arrivare a questa conoscenza, a questa intuizione, Francesca ha cercato nuovamente di fare un passo indietro, di tornare vittima. Tornare al suo posto. Al suo ruolo. Per questo, piangendo, mi ha confessato che si era sentita stupida per aver tentato di fare una cosa alla quale aveva già rinunciato da anni. Si era sentita ridicola e non sapeva come avesse potuto lasciarsi convincere a fare una cosa così assurda.

«I tuoi discorsi sono belli, ma la realtà è un'altra» mi ha detto con un tono come se fosse arrabbiata con me o come se in qualche modo fosse colpa mia. Ecco nuovamente il carnefice, ecco la vittima. «Ha ragione mia madre, è meglio se la smetto di mettermi in testa cose strane e inizio a mettere la testa a posto. Alla fine poi mi piace anche lavorare qui al bar.»

La storia di Francesca e di sua madre è descritta perfettamente nella favola di *Biancaneve*. È vero che la sorella di Francesca, più grande di lei di tre anni, era quella brava a scuola, brava a casa, sposata e con figli. Ma era comunque Francesca la preferita del padre. Sua sorella era sotto il totale controllo della mamma. Per lei era fondamentale l'approvazione della regina madre in ogni cosa, infatti aveva eseguito alla perfezione tutti i progetti e sposato gli ideali della mamma.

Sua madre era una donna forte e bella e, finché Francesca era una bambina, era rimasta comunque lei la regina di casa, perché nemmeno la figlia maggiore aveva conquistato il cuore del re. Ma quando Francesca era diventata grande, lo specchio aveva rivelato a sua madre chi era realmente ora la più bella del reame. La preferita.

Il bar e la rinuncia erano la mela rossa e Francesca, ascoltando il consiglio della madre, stava per mangiarla.

"Guarda com'è bella, è rossa, succosa e buona..."

Visto che si parla di favole e cartoni animati, aggiungerei

anche che tra Francesca e sua madre c'era un altro problema di fondo: la sindrome di Lady Oscar. Dopo la prima figlia femmina la mamma, che aveva sempre desiderato un maschio, aveva voluto subito un secondo figlio ma Francesca le aveva rovinato i piani.

Infatti non a caso Francesca ha avuto le mestruazioni molto tardi, perché ha sempre negato la sua femminilità. Francesca porta il nome del nonno cambiato al femminile a causa della sua testardaggine nel volere nascere femmina.

In quei giorni le sono stato vicino e l'ho convinta a non rinunciare.

Sapevo che gli altri non possono dirti niente per farti cambiare idea, se quel sentimento non esiste già dentro di te. Qualsiasi cosa ti dicano, qualsiasi dubbio, paura o altro una persona ti butti addosso, riesce a trovare terreno fertile soltanto se è già dentro di te. Altrimenti è impossibile.

Bastava solamente togliere quei dubbi dal profondo della sua intimità, e le parole della madre, del padre o di chiunque altro sarebbero state sterili.

Una sera mi ha detto: «Questa volta non ci rinuncio così facilmente».

E infatti, come accade a tutte le persone che decidono di andare verso i propri sogni, superate le prime difficoltà anche lei stava per essere aiutata. Il coraggioso si plasma la fortuna da solo.

Qualche giorno dopo la discussione, le lacrime, la disperazione, Francesca ha sentito due clienti del bar parlare di una libreria in via Vercelli. Il libraio, arrivato senza figli vicino alla pensione, aveva deciso di chiudere. Francesca ha capito che parlavano della libreria nella quale durante le sue ricerche non era entrata perché era troppo buia e dava l'idea di essere polverosa, vecchia e senza speranze. Nonostante tutto quello che aveva passato nei giorni precedenti, nel pomeriggio si è precipitata in quella libreria. Per qualche giorno ha deciso di tornarci per parlare con il vecchio libraio. Meno di un mese dopo Francesca lavorava nella libreria con uno stipendio basso. In cambio il signor Valerio, quello era il nome del libraio, le avrebbe insegnato il mestiere. Nei weekend spesso Francesca lavorava al bar di una discoteca per arrotondare un po'. Nel giro di qualche tempo la libreria aveva cambiato aspetto. Francesca era totalmente coinvolta in quest'avventura. Ha rifatto la vetrina, ha aggiunto delle lampade: qualcosa di magico stava succedendo.

La libreria adesso è diversa. È come Francesca l'aveva immaginata. Nel retro c'è un cortiletto interno: Francesca ha messo dei tavolini, delle sedie, delle panche con dei cuscini, e molte persone si mettono lì a leggere i libri che comprano. Si possono bere anche delle tisane.

Ci sono altri progetti e iniziative su cui Francesca sta lavorando. Adesso è in pausa.

Il signor Valerio è diventato un amico di famiglia, quasi un padre per lei, e devo dire con tutta onestà che da quando c'è Francesca con i suoi progetti lui è persino ringiovanito. Siamo tutti contenti perché abbiamo scoperto una verità importante: le cose possono accadere. E io non smetterò mai di gridarlo.

Anche in questi anni sono successe molte cose.

Quando Francesca ha iniziato a lavorare alla libreria è diventata un'altra persona. Ha anche smesso di fumare. Ha detto che le sigarette le servivano a sopportare la vita di prima. Il mio amore nei suoi confronti era talmente sincero, puro e disinteressato che col tempo anche lei non ha potuto che amarmi.

La nostra relazione si basa sulle nostre individualità e ci aiutiamo a vicenda affinché l'altro sia sempre più libero. Ci aiutiamo a vicenda a realizzare i nostri progetti. Condividiamo le nostre vite donandoci le reciproche libertà. Francesca rende ancora più bella la parte di me a cui ho dato vita. Anche quando lei non c'è.

23
Federico aveva ragione

Nel libro che ho scritto ho messo tutta la mia esistenza. Ho cercato di esprimere i sentimenti e le emozioni che ho provato nell'arco della vita facendo fare ai personaggi dei percorsi inventati. È un libro sincero, pieno di difetti e di concetti semplificati dalla mia mente modesta (modesta inteso non come mancanza di vanità, ma come qualità modesta). La difficoltà per uno che scrive sta nel fare agire i personaggi per far capire come sono, invece che dirlo o descriverlo sempre. Quando un personaggio entra in scena per la prima volta, io ho il difetto e il limite di dare un giudizio descrittivo, di mettere sempre un aggettivo; per esempio dico se è bello, o simpatico, o intelligente. Invece dovrei fare in modo che si intuisca com'è da come si comporta, da quello che fa. Questo è uno dei motivi per cui non sono un grande scrittore, oltre chiaramente per la forma o per la povertà di vocaboli.

Spero che il libro a cui sto lavorando in questi giorni sia migliore. È la storia di un uomo che si risveglia in una clinica dopo essere stato ricoverato per una strana malattia. L'uomo soffre della sindrome di Stendhal: di fronte a un capolavoro si viene sopraffatti dall'emozione per tanta bellezza e, non reggendola, si sviene. Il protagonista sviene ogni volta che si trova di fronte a un essere umano. Avendo studiato il corpo umano, e avendo acquisito la conoscenza di questa macchina perfetta, non riesce a reggere alla vista del miracolo che è l'uomo. Per questo motivo sto studiando anatomia. L'altro giorno ho letto una cosa incredibile, tanto che ho chiesto conferma a un medico. Su un'enciclopedia c'era scritto che se si prendono tutte le vene, le arterie e tutti i filamenti dei vasi capillari di una persona e si mettono in fila, si può anche fare due volte e mezzo il giro della Terra. È curioso. A me già il fatto che si possa arrivare in centro da casa mia sembra tanto.

Comunque più scopro il corpo umano, più rischio di diventare come il protagonista del mio libro.

Ieri sera, prima di fare la nostra solita passeggiata, io e Francesca abbiamo fatto l'amore. È stata l'ultima volta con il pancione, dalla prossima saremo nuovamente soli nell'atto di amarci. Lei era al lavandino che sciacquava dei bicchieri e delle tazze e io non ho resistito. Le sono arrivato dietro, ho iniziato a baciarle il collo e le spalle mentre con la mano le sfioravo la pancia e poi le cosce. Le ho alzato il vestito, e poco dopo ero dentro di lei, con tutte le dovute attenzioni. È stato eccitante: il suo profumo, i suoi ansimi, il rumore dell'acqua che continuava a scendere. Vedevo il getto caderle sulle mani e sui polsi. Francesca ha trentaquattro anni. Chissà che meraviglia quando ne avrà quaranta. Quante cose nuove ci saranno dentro di lei, quanta conoscenza in più, quanti boccioli che adesso in lei sono solamente semi. Il futuro è già qui. Questa è la bellezza di una donna: quando è ragazza è un luogo, ma quando è donna è un mondo.

Sono contento di invecchiare con lei, perché mi incuriosisce sapere come sarà, e come saremo. Penso a Francesca e penso ad Alice, e mi sento un pezzo di terra tra due mari.

In realtà Francesca, come tutte le donne, ha un sacco di età. A volte è più grande di me, a volte è più piccola. Come si fa a dare l'età anagrafica, quella della carta di identità, a una donna? Sarebbe come misurare la bellezza di un fiore in base all'altezza o a quanto è largo.

L'altra sera ho appoggiato la testa sulla sua pancia per sentire ogni minimo movimento. Mentre rimanevo lì e parlavo a bassa voce sperando che dall'altra parte Alice mi sentisse, Francesca mi ha accarezzato il capo. Per un attimo mi sono sentito figlio anch'io. Mi sono sentito più piccolo di lei. Mi accarezzava la testa come faceva mia madre quand'ero bambino. Mi sono abbandonato totalmente a quella sensazione. Quando settimana scorsa si è messa a piangere, l'ho abbracciata e le ho accarezzato il viso. In quel momento era tanto piccola e fragile: sembrava lei la figlia. A volte mentre ride pare una bambina, a volte una donna. L'età delle donne la si può solamente percepire osservandole nei loro molteplici cambiamenti. Non sono mai la stessa cosa.

Le donne non sono la somma di anni, ma di attimi. Francesca ha la stessa bellezza improvvisa della vita. A volte si amplifica in lei con un gesto, con un sorriso, una parola. Giunge inaspettata come la pioggia di un temporale in estate o come una giornata di sole d'inverno. È pura improvvisazione. È un brano jazz.

La prima volta che abbiamo fatto l'amore dal mio ritorno è stato dopo mesi. Sapevo che avremmo capito quando sarebbe stato il momento giusto e abbiamo saputo aspettare. Non troppo presto, non troppo tardi. Al dente. In realtà io l'avrei fatto anche prima, tuttavia era giusto che fosse lei a scegliere i tempi.

L'ultima volta che avevamo fatto l'amore non era stato indimenticabile. Era stato asettico, freddo, meccanico. Poco coinvolgente. C'eravamo annoiati l'uno dell'altra. Quell'ultima volta, dopo aver fatto l'amore, ricordo di aver sentito una sensazione di vuoto, di solitudine, quasi di fastidio.

Eppure Francesca mi piaceva. Il bacio prima di andare via ci aveva rivelato tutto. Uno di quei baci sterili, che sono solamente due labbra che si incontrano. È brutto baciarsi quando non ci si vuole più. Una delle cose più belle del mondo diventa una delle più sgradevoli. Credo che lei avesse provato la stessa sensazione. Anzi, ne sono certo, visto che di comune accordo dopo qualche giorno ci eravamo lasciati.

La prima volta che abbiamo rifatto l'amore invece è stato diverso. La sera precedente Francesca era venuta da me a mangiare e a vedere un film. Sul divano, mentre guardavamo *Il posto delle fragole* di Ingmar Bergman, l'avevo accarezzata in silenzio. I capelli soffici, le braccia lisce, le dita come petali e le unghie bianche e dure come piccole pietre. Francesca a volte aveva bisogno di calore, di attenzioni e di essere abbracciata. Desiderava essere accarezzata, semplici carezze che non fossero preliminari al sesso. Ho letto da qualche parte che il vero motivo per cui si sono estinti i dinosauri è perché nessuno li accarezzava. Bisogna sperare che l'uomo non faccia lo stesso stupido errore con le donne.

A un certo punto Francesca si era addormentata. Un po' la stanchezza, un po' Bergman. Ero contento di averla addosso. Poi l'ho svegliata.

Aveva i capelli che sembrava gli fosse scoppiato un petardo in testa. Si è spogliata e si è infilata sotto le coperte. Quella notte ha dormito da me.

Io non avevo sonno, sono andato in cucina e mi sono messo a scrivere. Quella notte ho scritto la mia prima poesia per Francesca. Non sono un poeta, ma queste parole sono solo per lei.

Tutto in questo istante mi appartiene
la luce mi accarezza
il suono sospeso mi confida segreti
delicata la vita mi osserva lasciandosi contemplare
qui ora tutto è eterno
come una goccia di sole nei tuoi occhi
e io respiro il desiderio di esserci, di appartenere
e per la prima volta di scegliermi
per sempre accanto a te.

Lei dice che è bella e che le piace. E a me basta questo.

La sera dopo è venuta nuovamente a cena a casa mia. La libreria le portava via molto tempo e nei weekend spesso lavorava, allora mi piaceva l'idea che quando aveva finito almeno trovasse tutto pronto. E poi a me piace cucinare.

Dopo cena eravamo nuovamente abbracciati sul divano.

Francesca mi stava raccontando quanto fosse felice di come stavano andando le cose e come si sentisse piena di vita, di energia, di voglia di fare e di dare. Poi ha iniziato a piangere. Piangeva perché stava bene. Ero felice per la sua felicità.

Quella sera abbiamo fatto l'amore. Per la prima volta veramente. Come se non lo avessimo mai fatto prima. Infatti così non lo avevamo mai fatto. Mentre la sfioravo, sentivo sulla punta delle dita una forza misteriosa che mi attraeva verso di lei.

Erano state le lacrime ad aprirmi la porta della sua vera intimità. Come quelle cascate che nascondono una grotta. Dietro c'era una parte nuova di Francesca. Io ero il primo uomo a entrare in quel luogo segreto, segreto anche a lei.

Non ci eravamo allontanati in quei mesi. Era come se andando via in realtà avessi preso la rincorsa per tornare più vicino. Siamo andati in camera, l'ho spogliata e l'ho messa a letto. Le ho chiesto di chiudere gli occhi e ho appoggiato lo sguardo su di lei. L'ho accarezzata lentamente, dalla testa ai piedi, senza mai toccarla. Rimanevo distante solamente qualche centimetro in modo che lei sentisse il calore della mano, ma non il tatto. Prima la testa, poi il viso, la fronte, le sopracciglia, gli occhi, il naso, le labbra, il mento. Senza toccarla, il mio viaggio è continuato sul collo, le spalle, i seni, il ventre, le gambe, i piedi. Sentivo che avvertiva il mio calore. Poi ho iniziato a carezzarla. Passavo la mano sul suo corpo come un mercante esperto fa con un tessuto pregiato.

Ho iniziato a baciarla. Appoggiavo le labbra ripercorrendo il cammino già tracciato. Volevo che tutto in lei fosse attesa. Festa. Evento.

Lei teneva gli occhi chiusi. Il suo respiro era cambiato, era cresciuto. Vedevo le sue mani stringere il lenzuolo. A un certo punto ha aperto gli occhi e ci siamo fissati senza dire niente. Mi sono sdraiato su di lei. La sua pelle era calda. Le ho accarezzato la fronte, ci siamo sorrisi, poi ho passato le dita sulle sue labbra. Amo le labbra. Le amo per il loro colore, per la loro forma e la loro morbidezza. Le amo perché sono costrette a non toccarsi se vogliono dire "ti odio" e obbligate a unirsi se vogliono dire "ti amo".

A un certo punto lei non è più riuscita a stare ferma, mi ha allontanato, mi ha fatto sdraiare sulla schiena e ha iniziato a baciarmi dalla testa ai piedi. Mi ha baciato il collo e poi è scesa. Mi baciava e scendeva, così che dove appoggiava i baci poco dopo mi sfioravano i suoi capelli quasi ad asciugarli. Come se i baci fossero passi silenziosi di una sposa verso l'altare del piacere e i suoi capelli lo strascico dell'abito.

Sono entrato dentro di lei.

Mi muovevo lentamente. Era tra le mie braccia ed era totalmente abbandonata. Al di là del sentimento che proviamo, i nostri corpi si piacciono. Io e Francesca ci incastriamo perfettamente.

Da quella notte la nostra sessualità è diventata sensualità. È diverso il modo in cui ci piace fare l'amore. Ci piace quando ci riempiamo di tenerezze, di baci delicati e lunghe carezze, ma anche quando ci lasciamo trasportare da una fame improvvisa e ci sbraniamo con tale passione che la tenerezza arriva solamente quando abbiamo finito. Ci piace giocare.

Poco più di un anno fa abbiamo deciso di non prendere più alcun tipo di precauzione. Non abbiamo voluto un bambino perché siamo innamorati, per fare dei figli non basta. L'innamoramento è come una sbronza che altera la realtà. Fare un figlio perché si è innamorati è come comprare una casa da ubriachi. E quando passa l'effetto? I figli diventano spesso catene. Desidero che Francesca sia la madre di mio figlio per come è lei e non per come la vedo io. L'amore che viviamo non investe solamente le nostre persone, ma è la condivisione di un amore verso molte cose. Quello che noi chiamiamo l'amore vero, come il sole, non cade solo sulle nostre case o solo su quelle belle. È un sentimento che non investe solo la persona amata, ma è un amore per la vita, per il mistero, per tutto ciò che abita insieme a noi questa straordinaria e affascinante avventura. Un amore per la gioia di esserci. È chiaro che poi uno ha i suoi gusti e le sue preferenze. Una sera le ho anche ripetuto il discorso che Federico mi aveva fatto quando ero stato con lui a Livorno, quando mi aveva detto che secondo lui sbagliavo nelle mie relazioni di coppia. Le ho raccontato perfino la storia dei porcospini di Schopenhauer.

Secondo lei Federico aveva ragione. Ma questo, ormai, era evidente a tutti.

24
Spero di meritarmelo

In questa sala d'aspetto non succede niente. Scendo all'ingresso della clinica e vado alla macchinetta del caffè. Ci sono pazienti di ogni tipo. Tutti in tuta o in pigiama. Certo che alcuni pigiami sono una vera tristezza. C'è un signore con un pigiama bianco con disegni marrone, tipo delle medaglie, delle monete, e l'elastico ai polsi e alle caviglie dello stesso colore. Per chiudere in bellezza, calzini bianchi e ciabatte di pelle, sempre marrone. Penso che chi si veste così dev'essere una persona che mangia a casa da sola e apparecchia con mezza tovaglia. C'è qualcosa di più triste che mangiare soli apparecchiando con la tovaglia piegata a metà?

Il caffè di queste macchinette mi fa venire la tachicardia, allora prendo un tè. Il tipo prima di me ha preso sicuramente un caffè, perché quando sorseggio il tè caldo sa di caffè.

Continuo a pensare alla mia vita negli ultimi anni. Sono contento di aver imparato a non appoggiare lo sguardo sempre nello stesso modo e con gli stessi occhi, ma a saper riconoscere i miei simili e riconoscermi negli altri. A riuscire il più possibile a essere vergine agli incontri, cercando di comprendere non solo l'altro, ma anche la parte nuova di me alla quale dà vita.

Mi è venuta in mente la sensazione che ho provato la sera che sono tornato in piazza dopo tanto tempo, quella piazza da cui Federico era scappato.

In quel periodo non facevo ancora l'amore con Francesca.

C'erano un sacco di belle ragazze, vestite benissimo, eppure nessuna aveva la luce che abitava in Francesca o in Sophie. Erano di una bellezza ordinaria, senza alcuna spezia o sapore originale. Erano diverse, ma si assomigliavano un po' tutte. Anche i ragazzi erano come in serie. Sembrava di essere in *Piazza degli analoghi*.

Tutti avevano il bicchiere in mano, come quando li avevo lasciati qualche anno prima. I miei amici di sempre. Tranne la nuova generazione, quella camionata di ragazzi. Loro erano ancora più uguali: occhiali, ciuffi, cinture, magliette aderenti e luccicanti. A parte questo, non era cambiato nulla, se non che io ero diventato quello "strano", come dicevano loro. Quello che, da quando Federico era morto, non era più lo stesso, che probabilmente aveva sbroccato. Per loro ero andato giù di testa, ero quello che faceva discorsi strani, che era diventato pesante. In realtà io non ero strano e non facevo discorsi strampalati, semplicemente avrei voluto condividere con loro le mie emozioni, ma non potevo descrivere ciò che avevo vissuto, perché non si poteva spiegare, bisognava che fosse anche per loro frutto dell'esperienza. Non si poteva comprendere con le parole, avrei finito con il parlare solo di me. Ogni cammino è personale e si deve fare soli: in due è una scampagnata. E poi molti di loro nemmeno mi ascoltavano veramente. L'idea di ciò che ero prima, di ciò che per loro ero sempre stato era più radicata di quello che ero diventato, più forte di ciò che ora potevo dire loro. Agli occhi di tutti ero rimasto quello di un tempo. Per tutta la vita. Non prendevano nemmeno in considerazione l'ipotesi che una persona potesse cambiare. Impossibile. Se uno era diverso da prima stava recitando una parte. Chi non cambia mai fatica a credere che qualcuno possa farlo. Anche quella sera mi avevano chiesto più volte se ero fidanzato e coloro ai quali avevo risposto di no mi avevano detto che non lo ero perché non avevo ancora trovato la persona giusta o perché ero troppo innamorato di me stesso. Ogni persona che ti si presenta davanti diventa semplicemente una versione diversa di te. Quella sera li osservavo senza dire niente, ma non ero così umile e delicato come volevo far credere; anzi, dentro di me sentivo una voce che giudicava.

Dio non ha mai fatto due persone uguali. Ma balzava subito all'occhio quanto impegno alcuni ci mettessero nel voler essere uguali. Non erano quadri, ma stampe, poster. Quante pettinature, occhiali, cinture, scarpe simili. Quanta disperazione dietro quei gesti, quanta solitudine nascosta fra quelle risate. Quante macchine dello stesso colore.

Io avevo avuto la fortuna di trovare delle persone che avevano stimolato la mia curiosità, che mi avevano indirizzato, consigliato e accompagnato, facendo nascere dentro di me delle piccole intuizioni, tuttavia non era del tutto sbagliato quel mio pensiero che mi faceva vedere alcuni dei miei amici come persone senza consistenza. A molti di loro voglio veramente bene. Ma non riuscivo più a considerarli come prima. Tutto mi sembrava più chiaro, vedevo i meccanismi, riconoscevo le equazioni e i codici d'accesso. E se la verità era quella che io percepivo?

In quelle serate sempre uguali, vissute così da anni, tutto mi sembrava fermo, immobile, anche se in apparenza era in movimento. Come quando in stazione sei seduto su un treno fermo e a un certo punto il treno si muove. Solo dopo qualche secondo scopri che era quello di fronte a te che stava partendo. E ti accorgi di essere sempre stato immobile, inchiodato alla stazione.

Però capitava che quando non vivevano nel contesto della piazza, in quel contesto di gruppo, di branco, di folla, e mi parlavano da soli fossero diversi. Quando avevamo l'occasione di fare due chiacchiere a quattr'occhi, per esempio durante un passaggio in macchina, quella maschera che vedevo su di loro in parte spariva; si aprivano e magari iniziavano a confidarti di essere annoiati da quella vita sempre uguale, di essere stanchi di trovarsi sempre nello stesso posto, di andare negli stessi locali e vedere le stesse facce, ma che non sapevano trovare un'alternativa valida. Non sapevano che cosa fare. Per questo nessuna di quelle donne, anche la più bella, poteva reggere il confronto con Francesca o Sophie, perché loro erano vive, erano accese, vibravano, erano soprattutto femminili. La loro era una bellezza eterna, l'altra seguiva le mode del momento. Le donne che vengono considerate belle in questo periodo a me spesso fanno tenerezza o spavento. Da quegli incontri ho imparato che per vedere le loro maschere ne indossavo una anch'io. Con Francesca invece ho trovato un angolo di mondo dove deporre la mia maschera di fronte a lei, che ha deposto la sua.

Insomma, non sembrava fossi stato via così tanto tempo da quella piazza. Non mi ero perso niente. Dopo cinque minuti era come se fossi rimasto sempre lì con loro. Sentivo ancora discorsi su quanto avevano bevuto la sera prima: «Ieri sera una bottiglia di vodka in due, siamo andati a casa che non ti dico come eravamo messi, strisciavamo per terra...». Qualcuno aveva ancora qualche colpetto di cocaina sul naso. Lo dicevano quasi con vanto. Faceva ridere. Per carità: l'avevo fatto anch'io e l'aveva fatto anche Fede, però a un certo punto basta.

Federico mi ha salvato da quel mondo. Sono stato fortunato ad avere un amico così. Un amico che vive in me ogni momento della vita. Spero di meritarmelo.

25

Caduti verso l'alto

Anche adesso che stiamo diventando genitori, io e Francesca abbiamo comunque ognuno la propria casa. Potendo permettercelo, invece che spendere i soldi in altre cose preferiamo così, anche se viviamo spesso insieme. In questo modo abbiamo trovato il nostro equilibrio e questa scelta ci aiuta a conservare il nostro rapporto. A volte dormo da lei, a volte dorme lei da me. Praticamente dormiamo sempre da noi.

Non voglio dire con questo che sia sbagliata la convivenza, semplicemente siamo sbagliati noi due per la convivenza. Ognuno deve trovare il proprio equilibrio, la propria condizione ideale. Noi l'abbiamo trovata così. Abbiamo pensato che avevamo bisogno di inventarci un nuovo modo di stare insieme, perché quello della generazione dei nostri genitori non era giusto per noi.

A volte, pur amandoci, ci capita di voler stare soli. Senza nemmeno la compagnia dell'altro. Non è che quando sono solo poi faccio cose strane o particolari. Non è che ho attimi di trasgressione solitaria. Semplicemente resto in compagnia di me stesso e della mia intimità. E così fa lei. Ho avuto la fortuna di trovare in Francesca una persona che capisse questo. Anzi, se devo essere sincero è stata lei più di me a difendere questa cosa.

Mi ricordo per esempio che una sera ho chiamato Francesca e le ho chiesto se voleva stare sola. Mi ha detto di no e io sono corso a dormire da lei. Che meraviglia conservare queste emozioni. Quante volte in passato avevo tentato di raggiungere questa libertà e invece ogni volta che chiedevo degli attimi miei scattavano subito strane dinamiche. "Che c'è, non mi ami più? È cambiato qualcosa? Ho fatto qualcosa che non va bene? Se ti sei rotto, dimmelo, non c'è problema..." O se non dicevano niente c'era comunque qualcosa di invisibile che aleggiava per un po' nell'aria. Come se mi fossi giocato un bonus. Come se poi dovessi fare il bravo e andare al recupero.

Sia io sia Francesca abbiamo messo il telefono fisso in casa. Solamente io ho il suo numero e solo lei ha il mio. Quando vogliamo riposare spegniamo il cellulare, e se c'è un'emergenza si può chiamare a casa. Il mio numero veramente ce l'hanno anche mio padre e mia sorella, ma sanno che devono telefonarmi solo se è necessario. Francesca invece ai suoi genitori non l'ha dato. Devo dire che comunque, da quando Francesca è cambiata e ha capito molte cose della sua famiglia, il loro rapporto è diverso; anzi, per essere precisi è Francesca che, non essendo più legata al loro consenso, ha fatto migliorare il loro legame. Si fida di se stessa. Del suo giudizio personale, e con loro non litiga più.

Una sera parlando della sua famiglia mi ha detto: «Senti della musica in questa stanza?».

Non sentivo nessuna musica.

«Non c'è musica in questa stanza» le ho risposto.

«Qui è pieno di musica, ma per sentirla servono gli strumenti. Se tu avessi una radio, una ricevente, capteresti tutta la musica che riempie queste mura. Non sai quanta ce n'è.»

«Cosa vuoi dire con questo?»

«È il problema che ho avuto sempre con la mia famiglia. Ho preteso che sentissero la musica senza averne gli strumenti e, invece di capire questo, continuavo ad alzare il volume, ma era inutile...»

Poi si è alzata e ha acceso la mia vecchia radio, continuando a girare la manopola delle stazioni.

«Senti quanta musica c'è?»

Mi era piaciuta quella metafora, tanto che me la sono anche giocata un paio di volte con altre persone. Quando per esempio, parlando con qualcuno, dicevo che Francesca e io aspettavamo un figlio ma ognuno aveva la propria casa, molte persone non capivano. Ai loro occhi sembra un amore meno profondo del loro. Il fatto che non volessimo condividere tutto fino in fondo, che volessimo conservare qualche cosa solo per noi stessi, screditava il nostro sentimento. Io e lei condividiamo tutto ciò che abbiamo in comune e tutto ciò che ci va, il resto no. Se uno vuole cambiare va bene, ma nessuno dei due esercita pressioni sull'altro. Non è detto che standо sotto lo stesso tetto una famiglia si possa dichiarare unita. In passato mi era capitato invece di fare cose che non volevo o farle fare a una donna con cui stavo. Oppure la persona con cui stavo le faceva pensando di far piacere a me. Nella peggiore delle ipotesi uno cercava di cambiare le cose dell'altro. Io non voglio cambiare ciò che di Francesca non condivido, e lei fa lo stesso con me.

Per esempio, a me non piace il campeggio. Non ci sono praticamente mai andato. Preferisco piuttosto una casetta di legno a pezzi, ma la vacanza in tenda non fa per me. Francesca invece ama il campeggio. Ci andava con la sua famiglia da piccola. Io non voglio che lei rinunci, ma nemmeno voglio andarci. Quindi, com'è successo l'anno scorso, lei è andata in campeggio con altra gente, con amici che come lei amano quel tipo di vacanza.

"Fate le vacanze separate? Siete in crisi? Se ci tieni dovevi andare lo stesso. Qualche compromesso si deve accettare. Se uno non è disposto a sacrificarsi un po'... Sei troppo egoista per stare con qualcuno. Che tristezza le vacanza separate..."

Quante frasi abbiamo sentito dagli altri. Ci amiamo ma ognuno di noi appartiene a se stesso, per questo ci desideriamo. Come si può altrimenti desiderare una cosa che si ha? Le persone non si possono possedere, si può solo averne l'illusione.

L'altra sera, per esempio, mi ha detto che voleva stare un po' sola con il suo pancione. Sono felice di sapere che sto con una donna con cui ci possiamo dire queste cose. Io sono rimasto a casa mia e ho tirato fuori dallo scatolone tutti i vecchi dischi che tenevo nello stanzino per sistemarli. Quanti ricordi ci sono in un vinile. Poi le ho fatto un CD. La mia compilation personale per lei l'ho intitolata *La vita insieme a te.*

Le ho scritto anche una piccola poesia, ormai c'ho preso gusto:

Gocce d'attesa
scivolano sulla superficie delle mie decisioni
in te il calore latente
di ciò che saremo
in te la certezza
di ciò che non sono stato mai.

La mattina dopo sono andato da Francesca con i cornetti caldi e il frutto del mio pensiero notturno per lei. Il fatto che non sia obbligatorio o scontato stare insieme ci fa vivere questi momenti in maniera più intensa. Perché sono il risultato di una scelta, una scelta reale e viva, non di qualche anno prima. Quando mi sveglio la mattina con Francesca a fianco, so con certezza che lei è lì perché lo desidera e non perché ci abita. E nessuno dei due vuole rinunciare al piacere meraviglioso di svegliarsi a fianco della persona che ama. Non vogliamo nemmeno che una cosa così straordinaria ed emozionante come aprire gli occhi e trovare ciò che si ha sempre desiderato al proprio fianco diventi un'abitudine. Nessuno dei due vuole perdere la sensazione meravigliosa di avvicinarsi spinti dal desiderio di sentire il tepore del corpo dell'altro.

Quando mi era capitato invece di stare un po' di tempo con una donna che magari si fermava spesso a dormire da me, la mattina a letto facevo finta di dormire e aspettavo che lei se ne andasse per poter girare per casa in solitudine. Ci sono state volte in passato che, dopo qualche giorno di convivenza con una persona, mi dava fastidio anche sentire il rumore che faceva il suo cucchiaino mentre mescolava il caffè.

Capita di rado che al mattino io e Francesca ci diciamo che cosa abbiamo sognato. Spesso, invece, quando dormiamo insieme, prima di addormentarci ci raccontiamo cosa vorremmo sognare. Ci piace di più. E poi ci piace da morire anche svegliarci da soli. La qualità nel nostro sentimento non si basa sulle parole "per sempre". Il fatto che adesso lo desideriamo non è sufficiente per farci pensare che lo sarà per sempre, finché morte non ci separi. Sarebbe troppo comodo, come a voler dire che si è trovata la persona con cui stare tutta la vita. Invece noi preferiamo essere le persone da ascoltare tutta la vita. Noi non consumiamo il nostro amore, ma lo proteggiamo, rinnovando quotidianamente il nostro sentimento. Come il pane che si compra ogni giorno anche se la panetteria è sempre la stessa. Il nostro amore è fragrante.

Viviamo per condividere. Praticamente siamo costretti a vivere per nutrirci a vicenda. Il contrario di quello che facevo prima. Spesso ero costretto a reprimermi per poter stare con qualcuno.

Il fatto di non stare sotto lo stesso tetto ci permette ancora, per esempio, di telefonarci e invitarci a cena. Lo so che è stupido, ma mi piace l'idea che si prepari per uscire con me.

Una mattina ho aperto gli occhi e lei era seduta sul bordo del letto. Guardava verso la finestra. Io vedevo la sua schiena e un pezzo del profilo del suo viso. Era così femminile che non sono riuscito a dire niente. Completamente nuda. Totalmente vestita d'amore. Ero incantato da quella poesia. Poi si è alzata ed è andata a chiudere l'imposta, ma prima di farlo è rimasta qualche istante a guardare fuori. Quel giorno era talmente ricorrente nella mia testa l'immagine di lei nuda che non ho potuto resistere al desiderio di comprarle un vestito per proteggere quel mio ricordo. Ne ho scelto uno ciclamino con dei disegni dello stesso colore ma di tonalità diverse.

Una mattina, prima di mettermi a scrivere e iniziare a riordinare le mie cose, ho deciso di uscire a fare la spesa. Quel giorno c'era il mercato. Mi piace andare al mercato. Quando faccio la spesa, di solito prima passeggio tra le bancarelle ma non compro niente per camminare senza pesi e farmi un'idea, poi torno indietro e faccio i miei acquisti. La verdura e i formaggi per me sono una faccenda seria.

Una cosa che mi piace dopo aver fatto la spesa è vedere il sedano che esce dal sacchetto. Non so perché, ma quel ciuffetto verde è un'immagine che mi piace. Anche la baguette mi fa lo stesso effetto. Andrei a vivere a Parigi solo per quello. Adoro le cose che escono dai sacchetti.

Ho chiamato Francesca per vedere se aveva tempo di venire con me a fare la spesa: il mercato è dietro la libreria, magari poteva prendersi un quarto d'ora. L'ho chiamata perché qualsiasi cosa fatta con lei diventa più bella. Francesca è una donna con cui secondo me qualunque uomo vorrebbe fare un giro al mercato.

«Pronto, Francesca... ti va di venire al mercato con me?»

«Quando?»

«Tra un paio di mesi... Secondo te?»

«Adesso non posso, lo sai che la mattina è un casino, piuttosto questa sera sei libero? Vorrei invitarti a cena.»

«Sono libero ma solo dopo le nove, se vuoi ci vediamo direttamente al ristorante. Dove mi porti?»

«Al Cascinetto.»

«Wow, serata romantica, collinetta con vista sulle luci della città... ti sei innamorata di me e mi vuoi far cadere nella rete, mi vuoi conquistare? Ti metti il vestito che ti ho regalato?»

«Non posso, non ho le scarpe adatte.»

«Vai a piedi nudi e aspettami. Te le porto io.»

Lei sa che una cosa che amo fare nella vita è comprare scarpe da donna. Quante ne ho regalate... forse ho comprato più scarpe da donna che da uomo. Se fossi donna avrei la casa piena di scarpe. Mi piace comprarle, aiutare a indossarle e guardarle mentre avvolgono il piede della donna con cui sto. Francesca lo sapeva e me lo aveva detto apposta, ne sono sicuro.

«Ah, Fra... ho buttato i nostri due spazzolini da denti questa mattina, ti va di ricomprarli?»

«Ma se stai andando a fare la spesa perché non li compri tu?»

«Se so che li hai comprati tu, un paio di volte al giorno sono sicuro che ti penso. Vabbè, li compro io, nove e un quarto al Cascinetto. Ciao ciao.»

«Ciao.»

Niente spesa con Francesca.

E pensare che una volta l'idea di avere a casa mia lo spazzolino da denti di un'altra persona che non fosse Federico mi terrorizzava.

Francesca, oltre allo spazzolino, ha l'asciugacapelli, qualche reggiseno, mutande e calze. In sostanza un paio di possibilità di vestirsi al mattino se resta a dormire la sera.

Sono passato in un negozio a comprarle un paio di scarpe.

Quando sono arrivato lei era lì che mi aspettava, a piedi nudi con la sua bellezza vertiginosa. Si era preparata come piace a me. Il vestito che le avevo regalato le lasciava le spalle scoperte, aveva i capelli raccolti e gli orecchini. Aveva una serie di pendenti bellissimi comprati in giro per il mondo e nei vari mercatini etnici. Le scarpe le sono piaciute molto. Abbiamo mangiato e bevuto del vino. Com'era bello tenere in mano quelle coppe di vino rosso. Ogni gesto era lento, interrotto ogni tanto dal colore bianco delle sue risa e dei suoi sorrisi.

"Cazzo mi sono dimenticato gli spazzolini!"

Dopo cena, prima del caffè, mi ha chiesto di alzarmi, di portare il bicchiere di vino e, mano nella mano, siamo andati nel parcheggio. Ha aperto la portiera della macchina e ha messo una canzone per noi. *Con una rosa* di Vinicio Capossela.

Abbiamo ballato nel parcheggio. Ho appoggiato come sempre il mio naso sul suo collo, l'ho baciato, ho baciato le sue spalle, ho mordicchiato un po' le sue orecchie. Insomma ho fatto il mio solito giretto su di lei. A dirla tutta le ho anche toccato un po' il culo. Ci siamo anche passati del vino dalle labbra e poi lei mi ha chiesto sussurrandomi nell'orecchio se la amavo, aggiungendo che tanto la risposta la sapeva già. Io le ho detto di no, che non la amavo e lei ha risposto: «Nemmeno io».

Abbiamo sorriso, poi mi ha sussurrato nell'orecchio: «Sarai il papà più sexy del mondo... sono incinta».

La mia reazione l'ho già descritta. Mi sono seduto in macchina perché in piedi non potevo stare. Mentre dall'autoradio uscivano ancora le parole della canzone: «... *portami allora portami il più bel fiore quello che duri più dell'amor per sé...*».

Ho fatto il viaggio di ritorno in macchina seduto di fianco a lei senza dire una parola. A un tratto dai miei occhi sono scese delle lacrime di silenziosa felicità.

Siamo passati alla farmacia di turno per prendere gli spazzolini da denti.

Una sera parlando con Francesca ci siamo fatti una promessa, forse l'unica: e cioè che entrambi ci impegnavamo a proteggere il nostro sentimento d'amore. Dovevamo vegliare sulla nostra felicità. Prima di chiedere all'altro: "Sei felice?", eravamo obbligati a chiederlo a noi stessi: "Sono felice?". E se qualcosa non andava bene, bisognava parlarne subito con l'altro. Si poteva chiederlo all'altro solamente dopo averlo chiesto prima a se stessi. È una grande promessa. Bisogna fidarsi dell'attenzione dell'altro, perché è l'unico che può farlo così da vicino.

"Sono felice? Sì, lo sono."

Qui alla clinica adesso piove. Da questa vetrata si vede tutto il giardino. Acqua, vento, tuoni e lampi. Mi viene voglia di mettermi il maglione blu. Tra l'altro mi starebbe proprio bene perché sono un po' abbronzato. Anche se è solo maggio, ho già preso qualche raggio di sole e poi un mesetto fa siamo stati al mare una settimana. Per motivi economici, andiamo fuori stagione. E poi siamo andati anche perché per un po' non ci muoveremo.

Qui diluvia e la pianta di fronte a me muove rami e foglie come una danzatrice impazzita. Mia madre mi raccontava che anche quando ero nato io c'era un forte temporale. Proprio come adesso. La cosa che mi ha sempre affascinato di quel racconto è che a causa del temporale, proprio mentre stavo per uscire del tutto – mancava solo ancora qualche "spinga... spinga... spinga" –, era andata via la luce e il medico con i suoi assistenti erano stati costretti a puntare verso la mia testa una torcia elettrica. Così in quella sala buia, con un'unica luce puntata su di me come l'occhio di bue che si usa in teatro, avevo fatto la mia entrata su questo palcoscenico. In scena lo spettacolo più bello: la vita.

"Signore e signori... Sipario!"

Qui intanto ha smesso di diluviare. Mi avvicino alla vetrata. Mentre guardo per vedere come la pioggia e il vento hanno cambiato il paesaggio, di fronte a me, sul vetro, osservo il percorso di una goccia d'acqua. La seguo con lo sguardo mentre scende, a un certo punto si ferma e si spacca in due gocce più piccole che percorrono ognuna una strada personale, a volte più rapida una, a volte l'altra, a volte si fermano. Dopo qualche istante le gocce si riavvicinano e si riuniscono nuovamente in un'unica goccia, come prima, che cade velocemente fino in fondo. È un percorso identico a quello fatto da me e Francesca. Uniti, poi separati, ognuno nel proprio viaggio per poi riunirsi nuovamente e lasciarsi andare.

Entrambi caduti verso l'alto.

26

È meglio se smetti di drogarti

Qualche mese fa ho scritto un articolo sulla *posada* di Sophie e sono riuscito a venderlo a un mensile. Hanno pubblicato anche un paio di foto. Sono molto fiero di quel lavoro. C'è un sacco d'amore nelle parole che ho scritto. Sophie mi ha mandato una e-mail per ringraziarmi, dicendo che aveva ricevuto un sacco di richieste dopo quell'articolo. Sono stato molto contento. Ho avuto la sensazione di aver fatto qualcosa di bello e di utile per qualcuno. Per Sophie che se lo merita e per le persone che ci andranno perché scopriranno un posto indimenticabile.

Nella e-mail c'erano anche delle foto di Angelica. Adesso ha poco più di due anni. Assomiglia tantissimo al padre. Chissà se anche mia figlia assomiglierà a me? Cerco di immaginarmi Alice a tutte le età. Quando la vedrò la prima volta, quando avrà cinque anni, poi venti, poi donna. Speriamo di esserci ancora per vederla donna.

Io ho un'immagine della vecchiaia che è sempre la stessa da anni. Mi vedo vecchio in una casa di campagna. Vedo il camino acceso in inverno, vedo la luce che esce dalle finestre nell'oscurità della sera. Vedo delle belle coperte colorate fatte di toppe e pezze cucite assieme come quella che aveva mia nonna. Mi vedo che coltivo l'orto in primavera e che passeggio nei campi in estate, che mi sveglio presto per respirare il giorno.

Anche se la mia vecchiaia non sarà così, mi piace assaporare il calore di queste immagini. Mi piacerebbe essere uno di quei vecchietti un po' saggi che hanno sempre una buona parola per tutti. Tutte queste cose le ho raccontate a Francesca. Mi ha chiesto se c'è anche lei in quelle immagini. Se la vedo. Allora ho chiuso gli occhi e ho iniziato a cercarla nella casa immaginaria. Ho girato tutte le stanze della mia fantasia per vedere se c'era, in alcune per essere sicuro ho anche acceso la luce. Mentre continuavo a descriverle ciò che vivevo, notavo un sacco di particolari, però lei in quella casa non c'era. Allora sono andato in giardino e l'ho cercata anche lì, ma niente: nessuna traccia di Francesca. Poi mi sono avvicinato ai fiori e, mentre stavo per raccoglierne qualcuno, mi sono accorto che avevo solo una mano libera perché con l'altra stavo tenendo lei. Francesca mi ha mandato a cacare.

Non vedo l'ora di sentire il rumore della macchina di Alice sulla ghiaia davanti a casa quando verrà a trovarci. Speriamo la promuovano subito all'esame della patente.

Mentre penso a tutto questo esce dalla porta l'ostetrica, mi dice che Alice è nata e che se voglio posso accompagnarla a farle il bagnetto. Me l'ha detto come se fosse una cosa normale. Cazzo, non ero pronto! Il cuore ha iniziato a battermi a mille. Sono entrato e lei era lì. Lei era Alice. Una goccia vivace d'amore. Un oceano senza sponde. In quell'istante silenzioso chiunque mi avesse guardato in fondo agli occhi avrebbe visto la mia anima tremare.

È difficile raccontare ciò che ho provato perché sinceramente quando l'ho vista non ho capito più niente. Ricordo solamente che ho riconosciuto subito in lei qualcosa di mio, qualcosa che mi apparteneva, di riconoscibile. In lei c'era qualcosa di familiare. Era una persona con cui sentivo di avere già confidenza. Mi era simpatica da morire. Lei era il *per sempre* che non ero mai stato capace di dire o di pensare. L'ostetrica mi ha chiesto se volevo cambiarla io.

«No, faccia lei, non so nemmeno da che parte iniziare.»

Quando ha finito me l'ha messa in braccio. Una gioia che

non finiva mai. Non c'è in commercio una droga così potente. La Terra ha rallentato finché ha smesso di girare su se stessa per almeno un minuto, poi con un piccolo soffio ha ricominciato il suo moto.

Siamo andati da Francesca, aveva un viso talmente stravolto che era bellissima. Sono rimasto lì con loro ad annusarle finché ho potuto.

Sono venuti in molti a vedere Alice. Molti ridevano, molti piangevano. Mio padre era diventato nonno e quando ha guardato Alice si è commosso. Mia sorella piangeva, come ha pianto Mariella, mentre Giuseppe ci faceva i complimenti e ci diceva che avrebbe giocato con Angelica. I genitori di Federico avevano deciso di trasferirsi qualche mese a Capo Verde per stare con la loro nipotina. Sophie gli aveva affittato una casa per sei mesi. Aveva invitato anche me e Francesca e sicuramente appena avremmo potuto ci saremmo andati.

Nel frattempo le ho scritto una lettera. Mi ha aiutato Francesca a tradurla in francese. Le ho messo anche una foto di Alice.

È venuto anche il signor Valerio, che sembrava il più contento di tutti, come se si sentisse anche lui nonno e in realtà un po' lo era.

Infine, felici anche loro, i genitori e la sorella di Francesca con il figlio, Davide. Un bambino di tre anni veramente simpatico e sveglio. Qualche mese fa io e Francesca siamo andati a pranzo dai suoi genitori e c'era anche la sorella Roberta con il marito Vincenzo e il piccolo Davide. I genitori di Francesca fanno parte di quelle persone che non capiscono come mai non ci sposiamo o non andiamo a convivere, soprattutto adesso che siamo genitori, quindi con me non sono particolarmente affettuosi, anche perché pensano che sia una mia idea e che Francesca abbia accettato perché è innamorata e succube di me. Io sono sereno.

Dopo pranzo sono andato nell'altra stanza a giocare con Davide. Mi ha fatto molto ridere, a un certo punto, quando abbiamo parlato di Gesù. Mi ha chiesto, guardando il crocifisso, come mai è lì in croce. Gli ho spiegato che ogni anno a Natale nasce e che ogni anno prima di Pasqua muore.

«Allora è già passata la Pasqua?»

«No, è tra qualche mese.»

«Allora questo Gesù è quello dell'anno scorso?»

Non sapevo che rispondere.

Fortunatamente non ha aspettato la risposta e mi ha subito detto: «Speriamo che non ammazzano anche quello di quest'anno».

Quando è entrato in stanza con la mamma e i nonni per vedere Francesca e Alice mi ha salutato e dopo qualche minuto mi ha chiesto se andavo a giocare con lui.

In quel momento non potevo.

Sono uscito un attimo a prendere una cosa in macchina. Mi sono seduto un istante sulla panchina nel giardino sotto l'ospedale. La panchina era ancora un po' bagnata, anche se ora c'erano dei bellissimi raggi di sole. C'era il profumo che si respira vicino alle piante e all'erba dopo la pioggia. Per la prima volta ho pensato ad Alice avendo un'immagine di lei nella memoria. Ho pensato anche a mia madre.

La notte sono rimasto a casa un po', ma non riuscivo a dormire e sono uscito.

Ho gironzolato in macchina senza meta ascoltando le mie canzoni preferite. Fermo ai semafori avrei voluto dire a tutti quelli che mi accostavano che avevo una figlia.

Con uno l'ho anche fatto. Ho tirato giù il finestrino e ho urlato: «Ho appena avuto una figlia, sono papà!».

Il ragazzo mi ha guardato un po' incredulo e mi ha detto: «Allora forse è meglio se smetti di drogarti».

27

Un'incantevole avventura

Una volta ho avuto una colica renale. Dicono sia il secondo dolore più acuto dopo il parto. Secondo me Francesca ha sofferto meno di quanto avessi sofferto io quando l'ho avuta. C'è stato un momento che ho quasi desiderato morire. Lei non ha avuto nessuna complicazione e ha fatto Alice, mentre io, con tutto il mio impegno e il mio dolore, ho fatto un sassolino. Potrò mai competere con una donna?

Dopo aver sofferto per la colica la mia vita è tornata come quella di prima, mentre da quando è nata Alice Francesca non ha più avuto tempo per sé. Diciamo pure che soprattutto all'inizio non esisteva più come persona o come donna. Era solamente mamma. Si era dovuta annullare. Tutta la sua vita era totalmente dedicata ad Alice. Anche per me ci sono stati dei cambiamenti, ma nulla al confronto. Il primo mese e mezzo allattava Alice ogni tre ore circa. Una donna distrutta. Girava per casa con questo seno enorme sempre pronta ad allattare. Sembrava una divinità indiana. Dopo il primo mese e mezzo Alice mangiava ogni cinque ore circa. Senza allattamento notturno, almeno mi sembra... non ricordo bene. Forse era dal secondo mese... boh. Francesca ricominciava a dormire un po'. Io cercavo di essere utile il più possibile. Fare la spesa, cucinare, lavare, cambiare i pannolini, farla addormentare, farla digerire, farle fare le scoreggine. Piegavo le sue gambe verso il petto tre o quattro volte come se stessi caricando un cannone o qualcosa del genere e infatti poi lei tirava la sua bombetta.

A volte invece Alice aveva le coliche e piangeva. Non riuscivamo a farla addormentare, poi un giorno abbiamo scoperto che in macchina dopo qualche chilometro dormiva. Quante volte la sera o addirittura la notte ci trovavamo a girare senza meta per la città in macchina. Erano uscite diverse dalle nostre solite passeggiate notturne, comunque ci piacevano. Erano un motivo per vivere la città in maniera insolita.

Francesca mi ha raccontato tutto ciò che aveva vissuto e provato. Per esempio mi ha detto che dopo il parto ha avvertito una sensazione di vuoto. Non avere più Alice in pancia la faceva sentire svuotata. Quanto invidio le donne per questa esperienza. Francesca aveva veramente bisogno di riposare. Quell'esperienza l'aveva realmente stravolta. Aveva bisogno di recuperare le energie, ma soprattutto anche di recuperarsi come persona. Riappropriarsi di sé, della sua femminilità e del suo modo di essere donna prima ancora che mamma. Doveva recuperarsi come individuo nella sua intimità. Insomma non era solamente una questione fisica.

Quando al settimo mese Fra ha smesso di allattare, abbiamo deciso che forse sarebbe stato bello se lei si fosse fatta un viaggio. Ad Alice ci pensavo io. Ero in grado di farlo.

Devo dire che grazie all'arrivo di Alice è rispuntata anche mia sorella. È stata una buona occasione per riavvicinarci. Stava già accadendo nell'ultimo periodo, perché mia sorella era andata a vivere da sola da qualche mese e io l'avevo aiutata a fare il trasloco e i soliti lavoretti. L'arrivo di Alice ha dato una accelerata al nostro riavvicinamento. Io e mia sorella non avevamo mai litigato, comunque, il nostro problema consisteva solo nella difficoltà di relazione. Adesso io e mia sorella stiamo ricostruendo un rapporto nuovo, parliamo molto e vado anche spesso a cena da lei o viene lei da me. Parlandole, ho scoperto molte cose di lei che non sapevo. Mia sorella ci aiuta molto con Alice, è una zia premurosa e affettuosa, ma soprattutto pratica, che è quello che più ci serve.

Sono contento del rapporto che siamo riusciti a recuperare io e la mia famiglia. È una bella sensazione.

La difficoltà del viaggio di Francesca era che lei e Alice erano entrate totalmente in simbiosi e il distacco, più che dal punto di vista fisico, era difficile dal punto di vista emotivo.

Uno dei problemi che molte mamme hanno è che non si fidano a lasciare i figli con nessuno. Pensano che solamente loro possono farli smettere di piangere, solo loro possono capire se hanno qualcosa, solo loro sono indispensabili. In parte hanno anche ragione, ma non così tanto. A volte è sempre per quel discorso dei ruoli. Francesca di me si fida. Così alla fine è partita per un viaggio di dieci giorni. Aveva pensato anche di andare da Sophie, ma alla fine ha preferito un posto dove non la conosceva nessuno per staccare veramente.

È andata in Messico.

L'abbiamo accompagnata all'aeroporto io e Alice. Francesca piangeva quando ci ha salutato all'ingresso del gate. Alice era appoggiata al mio petto nel suo marsupio. Mi fa sempre male separarmi da Francesca, ma è un dolore che mi emoziona, mi commuove, mi rende malinconico. Non vedevo l'ora che tornasse. Nel viaggio di ritorno in macchina Alice come sempre era seduta nel suo seggiolino sul sedile posteriore. La osservavo dallo specchietto retrovisore mentre si guardava attorno masticando il suo pesce di gomma. In quei giorni ho vissuto a casa di Francesca perché tutte le cose di Alice erano lì. Ogni tanto la portavo a dormire da me perché volevo farle sentire i miei dischi. Quando Alice sarà grande avrà due case, a volte staremo insieme tutti e tre, a volte lei starà solamente con Francesca e a volte con me.

Quando si sta con un genitore si comunica in maniera diversa, più intima. Si parla in un modo che quando si è con tutti e due non è possibile. Quando si è soli con la madre si parla in un modo, ma quando c'è anche il padre è diverso, i ruoli sono più evidenti quando si è tutti in una stanza. Nelle cene che faccio ultimamente da solo con mia sorella ho scoperto una persona nuova.

Con Francesca ci sentivamo tutti i giorni e all'inizio mi diceva che stava vivendo delle sensazioni strane. Era come se fosse tornata alla vita dopo un lungo sonno e quasi non era più abituata a pensare solamente alle sue esigenze. Noi le mancavamo molto e anche lei a noi, ma io e Alice stavamo bene e Francesca ha imparato a stare tranquilla.

Mi ha detto di essere felice di noi, di quello che avevamo fatto e di come stavamo insieme.

Le ho detto di salutarmi il mare e le ho chiesto se anche in Messico le onde dicevano il suo nome.

«Come il mio nome?»

«Di solito, quando arriva sulla spiaggia, il mare dice Fraaaaa... e io ho sempre pensato che avesse un debole per te.»

Mi ha detto che sono un cretino.

Mentre Francesca era in Messico è successa una cosa curiosa.

Non so se sia stato un caso, una coincidenza, un miracolo o una magia. La magia è semplicemente la versione laica del miracolo, ma siccome è stato tutto così divino forse posso chiamarlo miracolo. Comunque non è che mi interessi veramente capirlo.

È come quando ho visto Federico sul mio divano. Non so se era un'allucinazione.

Anche dopo la morte di mia mamma spesso mi svegliavo di notte perché avevo la sensazione che qualcuno mi stesse accarezzando la testa e ho sempre pensato fosse lei.

Comunque, un giorno, mentre Francesca era in Messico, ho sognato di fare l'amore con lei. Quando mi sono svegliato sono rimasto fermo a letto per godermi ancora l'emozione. Ci sono sogni che sembrano accaduti veramente. Sono particolarmente reali. È stato un sogno lunghissimo. E io sentivo di aver fatto realmente l'amore con lei. Ricordavo tutto. I baci, gli abbracci, le carezze, gli sguardi, le parole. Tutto era ancora vivo in me al risveglio quella mattina.

Alice dormiva nel lettino e stranamente, anche se erano le otto, non si era ancora svegliata. Poi la vibrazione del telefonino ha interrotto i miei pensieri. Era Francesca che mi telefonava.

«Ma che fai sveglia a quest'ora? Qui sono le otto, da te saranno le due...»

«Sono andata a dormire alle undici e mi sono svegliata da poco. Alice dorme?»

«Sì, strano, ma dorme ancora.»

«Ti ho chiamato perché avevo voglia di sentirti. Ho fatto un sogno pazzesco.»

«Brutto?»

«No, ho sognato che facevamo l'amore e quando mi sono svegliata era come se l'avessimo fatto veramente.»

Non sapevo come dirglielo.

«Francesca, ho fatto lo stesso sogno e al risveglio ho avuto la stessa sensazione.»

All'inizio non mi ha creduto, poi ha capito che parlavo seriamente.

In entrambi i sogni eravamo a casa mia e, tranne per alcuni particolari, il sogno era identico. Che cosa significava? Avevamo realmente fatto l'amore in un'altra dimensione, in un territorio immateriale. Cosa avevamo vissuto?

Di una cosa sono certo, che io Francesca la amerei comunque anche al di là di ogni confine.

Quando Francesca è tornata era abbronzata, riposata e sapeva di mare e sole.

Mentre Alice dormiva, io e lei abbiamo fatto l'amore e dopo cena abbiamo dormito tutti e tre nello stesso letto.

Prima di prendere sonno le ho guardate per un po' mentre erano a letto. Non mi sembrava vero che avevamo fatto quella cosa lì piccolina che dormiva a pancia in giù. Beh, io ho solo collaborato, il grosso lo ha fatto Francesca.

Per noi Alice è il futuro che avevamo nei nostri occhi. Non solo l'avevamo desiderata, ma eravamo anche stati capaci di aspettarla. L'altro giorno, mentre passeggiavo con loro, sono entrato nella panetteria sotto casa. Davanti alla cassa ho guardato fuori, attraverso la vetrina, e ho visto Francesca con in braccio Alice. In quell'istante ho desiderato che la mia vita avesse il loro profumo per sempre.

Mi sono alzato dal letto e sono andato in cucina a bere un bicchiere di latte. Poi mi sono seduto sul divano e con lo sguardo perso nel vuoto sono rimasto lì un po'.

Ho pensato che c'erano un sacco di persone alle quali dovevo dire grazie, un sacco di persone che mi avevano aiutato a superare momenti difficili. Grazie a loro sono riuscito a dare vita e a incontrare questa nuova parte di me che mi ha salvato. L'uomo che è venuto a salvarmi era in me.

Quando Federico era tornato dal suo lungo viaggio sia io sia Francesca gli avevamo chiesto più di una volta se era felice, se aveva trovato la felicità, se l'aveva conosciuta. Lui non aveva dato una risposta precisa, non aveva detto né sì né no. Ho capito solamente dopo perché. Non si tratta di essere felici o no, ma di qualcosa di diverso, di un nuovo sentimento che ci fa sentire uniti a qualcosa di misterioso e che non ci abbandona mai. Non so se è felicità, io lo chiamerei star bene. Bene veramente.

Dopo qualche istante ho iniziato a piangere in silenzio. Sembrava piangessi per tutto. Per quanto è bella e quanto è straziante la vita. Ho pianto per me, per la mia persona, per Francesca, per Federico, per Sophie, per Angelica e per Alice. Per l'infelicità che ha vissuto mio padre, per le carezze attese da mia sorella e mai arrivate. Ho pianto per mia madre. Ho pianto per tutti i colori dei fiori e per l'attimo esatto in cui si schiudono. Ho pianto per l'azzurro del mare e per la spuma bianca, per il vento che muove i rami, per i pomeriggi silenziosi d'estate. Per la mia moka del caffè. Per la bellezza di un bicchiere di vino rosso, per il colore della frutta e per i peperoni gialli. Ho pianto a dirotto per ogni tramonto e per ogni alba, per ogni bacio dato e per ogni lacrima asciugata. Per ogni cosa bella che ritorna, per la strada verso casa la sera. Per tutto il tempo che non tornerà. Per ogni brivido vissuto, per ogni sguardo appoggiato. Ho pianto per il modo in cui mio nonno camminava e per la sua malinconia.

Le mie lacrime contenevano tutto. Ho pianto per quanto sono stato bene e per quanto sono stato male in tutta questa vita.

Questa vita che per fortuna ho avuto il coraggio di amare. Questa vita che mi sono preso e che ho voluto vivere fino a farla stancare al punto di desiderare un po' di riposo, di desiderare d'addormentarmi come da piccolo sul sedile della macchina dopo essere stato dai nonni con la mia famiglia, stravolto per aver giocato tutto il giorno. E addormentato aspettare che mia madre mi prenda ancora una volta in braccio per portarmi finalmente a casa, dopo questa incantevole avventura.

Ciao Fede.

Indice

«Un posto nel mondo»
di Fabio Volo
Oscar bestsellers
Arnoldo Mondadori Editore

Questo volume è stato stampato
presso ELCOGRAF S.p.A.
Stabilimento - Cles (TN)
Stampato in Italia. Printed in Italy